ENOLLA BRUNETTI

Des Paillettes dans le Sable

Collection Romance

Suivi éditorial :©Anaïs Mony

Couverture et mise en page :©ManyDesign

Correction :©Emilie

Images © Adobe stock

ISBN : 978-2-493424-18-1

Existe en format numérique

Les éditions caméléon
8 place Pierre et Marie curie
60530 Neuilly en thelle

Dépôt légal : Novembre 2022

Dédicace

Prologue

Dinard, été 2073

« Au tamis de la vie, je n'ai gardé que les paillettes et tout le sable est parti au fil de l'eau ».

J'inscris cette citation d'Yvan Audouard qui semble avoir été écrite pour moi sur la page de garde, puis ajoute :

« Laissez-vous porter par vos rêves, ils ne vous mèneront pas toujours où vous voulez aller, mais où vous devez être.

Ils m'ont menée à vous et vous avez rempli ma vie de paillettes.
Avec tout mon amour.

Anna »

Anna

Bordeaux, décembre 2018.

Dans la chaleur ouatée de mon bureau, je me surprends une fois de plus à griffonner des femmes enceintes, des ventres rebondis ainsi que des bébés joufflus sur le rebord d'un dossier. Je sais qu'il faut que je sois patiente, Baptiste finira par être prêt. Dédramatiser, lâcher-prise. Je respire un grand coup. Ce n'est ni le lieu ni le moment pour analyser notre vie de couple.

Jessie, ma secrétaire, entre. Marocaine, entre deux âges, c'est une femme discrète et agréable.

— Votre mère au téléphone ! Vous voulez la prendre ou vous préférez la rappeler ?

— Passez-la-moi, merci !

Elle repart dans son bureau et transfère l'appel sur mon poste.

— Il faut que je te voie pour discuter de quelque chose d'important.

— Je t'écoute, dis-je sentant de l'inquiétude dans la voix de ma mère.

— Non, pas par téléphone.

— Nous en parlerons demain pour ton anniversaire si tu veux ? Mon prochain rendez-vous est arrivé.

— OK, bonne journée, je t'aime.

Elle raccroche et je me demande bien ce qui lui arrive. Sa voix n'était pas habituelle, plus fébrile, moins ancrée qu'à l'accoutumée. Seulement, je n'ai pas le temps d'y songer, que déjà, Jessie est dans le bureau.

— Madame Filliaud est arrivée.

Une femme à la silhouette longue et mince vient prendre conseil suite à sa séparation. Je lui expose les solutions qui s'offrent à elle pour la garde des enfants et pour se protéger juridiquement. Parfaite dans la peau de l'avocate, je suis pourtant lasse. Depuis que j'ai rejoint le cabinet familial, mon père a décidé que je m'occuperais des divorces et séparations sans me demander si cela me plaisait alors que mes deux frères ont obtenu les postes que je convoitais sans aucun effort. Cette situation devait être provisoire, mais je me rends bien compte qu'elle va perdurer. Je suis une rêveuse romantique et l'idée de ne traiter que d'affaires de rupture me déprime. J'ai tenté à plusieurs reprises d'en discuter avec lui, mais on ne peut pas dire qu'il soit à l'écoute. Encore une fois, il a décidé pour moi et ne compte pas revenir en arrière, même s'il me le fait espérer.

Madame Filliaud me parle et sa voix m'apparaît comme un lointain écho, je ne l'entends plus. Elle s'interrompt et je la vois observer mes dessins sur le bord du dossier. Prenant à nouveau conscience de l'endroit où je me trouve, je chasse le babillage incessant de mon cerveau sur tout ce qui ne me convient pas pour l'écouter. Son maigre visage s'est éclairé quelques instants, sans doute mué par un instinct de curiosité. Je retourne le porte-documents, gênée, et poursuis :

— Vous avez d'autres questions ?

— Je suis tellement fatiguée par tout ça. Vous savez, il me surveille. Il se met en bas de l'immeuble pour voir si je ne suis pas avec quelqu'un… Il me fait peur.

— Je suis désolée. Vous devriez porter plainte auprès de la police.

— Je l'ai fait… Mais tant qu'il ne me fait pas de mal, ils ne peuvent rien faire.

Ses mots se délient, sa souffrance se déverse, peut-être est-ce la vue de mes dessins qui a entrouvert une porte ? Elle raconte son calvaire, la violence physique et verbale qu'elle a subie et se met à sangloter. Je lui tends la boîte de Kleenex posée sur mon bureau. Cette situation me révulse, j'en ai presque les larmes aux yeux. Dans ces moments-là, je me sens si impuissante. J'ai envie de l'aider et mon cerveau commence à fourmiller d'idées. Je formule quelques paroles réconfortantes, lui offre un café et commence à lui expliquer les choix qui s'offrent à elle. Je lui parle du foyer pour femmes battues avec lequel je travaille. Son corps se redresse, elle semble m'écouter attentivement. J'aimerais faire plus, mais il faut croire que mes propositions l'encouragent. Elle me remercie vivement, part avec les coordonnées du centre en promettant de me donner des nouvelles. Voilà le genre d'affaires auxquelles j'aimerais prendre part, les violences conjugales. Avec tous les féminicides dont on parle, je me sentirais nettement plus utile que d'être au centre de conflits d'argent ou de garde d'enfant.

J'envoie un message à Baptiste avec la photo de mes dessins, persuadée qu'il va finir par dire oui. Il me répond

> Dès que le compromis de vente de notre maison sera signé.

Il n'a pas dit non et sur cette pensée positive, je retrousse mon plus beau sourire et vais chercher le client suivant.

Anna

Bordeaux, décembre 2018.

J'ouvre un œil, les rayons de lumière, chauds et intenses, filtrent à travers les rideaux et se réverbèrent sur le mobilier blanc. Je mets quelques minutes à réaliser où je me trouve. Je masse doucement ma nuque. Quelques heures plus tôt, allongée sur mon canapé, détaillant la liste des choses à faire, je m'étais dit «Je ne ferme les paupières que quelques minutes, juste le temps de les reposer», mais je pense que ça a duré plus longtemps !

Je tends le bras, tout à coup alerte, attrape mon téléphone et manque presque de faire un arrêt cardiaque : 17 h 30 ! Oups ! Moi qui avais pris mon après-midi pour organiser l'anniversaire de ma mère, c'est raté ! Il n'était pourtant que 14 heures lorsque j'ai fermé les yeux… Quelle idiote !

Il faut rapidement que j'aille chercher les gâteaux chez le pâtissier et les petits fours chez le traiteur. Je suis la reine de l'anticipation et cette fois-ci, j'ai peur de ne pas y arriver ! Submergée par le bruit de mes pulsations cardiaques, j'attrape mon téléphone et compose le numéro de mon mari pour qu'il me vienne en renfort.

«Bonjour, vous êtes bien sur la messagerie de Baptiste, je ne suis pas disponible pour le moment, mais laissez un message après le bip!»

Pff, il n'est jamais disponible de toute manière! Cinq ans de mariage et je ne peux jamais compter sur lui! Depuis qu'il a pris la direction de la banque, il rentre de plus en plus tard chaque soir et j'ai la sensation qu'il me délaisse. Je reste positive et tente tout de même ma chance en laissant un message vocal.

— Allô chéri, je me suis endormie et suis un peu en retard pour tout organiser. J'aimerais savoir si tu peux passer chez le traiteur en rentrant ? Bisous, à ce soir, je t'aime.

J'enfile ma paire de ballerines bleu nuit, puis me regarde dans le miroir de l'entrée. Un sillon parcourt mon front, vestige de mon récent sommeil, mon teint est pâle, mes cheveux châtains tombent sur mes épaules tels des fils enchevêtrés. Je mériterais un bon relooking, mais je n'ai pas le temps, le timer est lancé, j'ai une heure trente devant moi et pas une minute à perdre! J'entre dans ma *Fiat panda* bleue, insère la clé, la tourne et entends un clic. Deuxième tentative, toujours ce bruit sec qui résonne, puis une autre, clic… clic… clic… La batterie est morte. Je regarde le bouton des phares et me rends compte que je les ai laissés allumés. Je commence à m'énerver toute seule et parle à haute voix :

— Quelle gourde! Jamais, je ne serai dans les temps! Crotte, crotte, et re-crotte!

Madame Gerty, ma vieille voisine, m'espionne, sourcils froncés. Elle secoue sa main pour me saluer, mais en réalité, je la soupçonne de s'être arrêtée à la hauteur de ma voiture pour observer la scène.

Son chien, un vieux terrier marron, ventripotent la suit en dodelinant de la tête. On dit que les chiens ressemblent à leurs maîtres, je trouve cela assez vrai dans son cas : il a l'air aussi renfrogné qu'elle! Je continue à tourner ma clé en insultant ma voiture de tous les noms, même si je sais que mes efforts seront

vains. Madame Gerty n'a pas bougé, elle se retourne vers l'animal, satisfaite.

— Mhh, Bouboule, tu as vu, de nos jours les femmes ne sont plus ce qu'elles étaient! Quelle absence de classe, tous ces gros mots!

Bouboule remue fièrement la queue, sale bête! Elle s'est regardée avec ses vêtements dépareillés et ses fesses rebondies? Cette femme est une vraie peste, depuis qu'elle est à la retraite, elle s'est autoproclamée «gardienne bénévole de l'immeuble». Depuis son petit appartement du rez-de-chaussée, elle occupe ses journées à observer les faits et gestes de chacun. Une vraie vipère à la langue bien pendue. Elle ne rate jamais une occasion de faire des réflexions désobligeantes ou de médire sur les uns ou les autres. Je n'ai pas envie de me prendre la tête avec elle, je réponds donc d'un signe de la main comme si de rien n'était avec mon plus beau sourire. Elle détourne le regard et part en claquant les talons sur le sol.

La pâtisserie préférée de ma mère, «Chez Gusto», se situe à l'autre bout de la ville : je n'ai plus qu'à appeler un taxi! Elle a insisté pour que je commande des charlottes là-bas, pourtant, elle sait à quel point j'adore faire des gâteaux.

Je cherche désespérément mon téléphone dans mon sac et regarde l'écran. Il y a un message de Baptiste :

> Désolé, je ne pourrai pas passer chez le traiteur. À ce soir

Aucune explication, pas un bisou. Il n'a même pas pris le temps de me rappeler! Je ne réponds pas, je suis trop en colère face à son désinvestissement habituel. Le taxi arrive assez rapidement.

— Bonjour, Boulevard Wilson s'il vous plaît, pâtisserie «Chez Gusto».

Mon portable vibre, c'est Baptiste, j'espère qu'il a trouvé une solution. Je décroche.

— Allô ?

J'entends des râlements et des gémissements au bout du fil. Je suis médusée… Je dois mal entendre… Je répète :

— Allô ?

Pas de réponse. Je tends mon oreille. Pas de doute. Je reconnaîtrais les geignements de Baptiste entre mille. Quelle horreur ! Je sais que je devrais raccrocher, mais ma curiosité est bien trop grande… En état de choc, incapable du moindre mouvement, je sens mon estomac se tordre et devenir douloureux. Ma respiration se saccade à tel point que j'en ai le souffle coupé. Des larmes se joignent à mon état catatonique et, l'oreille toujours collée à l'appareil, j'entends Baptiste susurrer des mots tendres :

— Mhh… Tu es tellement belle Juliette…

Je dois halluciner ? *Pincez-moi pour me prouver que je ne suis pas dans un cauchemar ! Pas elle, pas Juliette, c'est impossible !*

Juliette est sa secrétaire, arrivée depuis plusieurs mois, blonde, très maquillée. Elle est l'archétype des femmes qui font fantasmer tous les hommes. Je l'avais surnommée Barbie Pétasse et Baptiste m'avait dit que j'étais méchante. J'avais pourtant raison de me méfier d'elle.

Le taxi s'arrête. Il doit m'appeler plusieurs fois avant que je ne revienne à la réalité. Les gémissements ne font que s'amplifier dans le téléphone toujours greffé à mon oreille. Devant le regard étonné du chauffeur, je l'ôte et l'éteins. Comme un pantin sans vie, je règle la note sans savoir combien je donne, puis descends, les jambes flageolantes. La vision brouillée par les larmes, j'entends en boucle Baptiste et Juliette dans ma tête. Je sens mon estomac se rétracter à nouveau, j'ai un affreux haut-le-cœur et la tête qui tourne. Comme si cela ne suffisait pas, un vent glacial me fouette le visage et m'assène le coup de trop. Une nausée plus violente

m'assaille et je termine à genoux devant le caniveau à vomir au pied de la pâtisserie. Je reste quelques minutes immobile à tenter de canaliser la douleur de cette trahison. Je sais que je n'ai pas de temps à perdre, il est déjà 18 h 15 et j'ai des invités ce soir. Je prends mon courage à deux mains et le peu de fierté qu'il me reste pour tenter de me redresser, mais la douleur est telle que j'ai mal partout. Repliée sur moi-même, je trébuche et me retrouve une fois de plus au sol. Mes pleurs redoublent d'intensité et l'impression que le monde s'écroule m'envahit. En relevant la tête, je m'aperçois que tous les gens dans la boutique m'observent à travers la devanture rutilante. Je dois me relever, je suis plus forte que ça, pourtant les gémissements de Baptiste refont surface à chaque fois que je tente de bouger et me paralysent. Après quelques essais infructueux, je finis par poser un pied devant l'autre et j'entre. Les regards rivés sur moi, je baisse les yeux et laisse la honte m'envahir. Incapable de me contrôler, je continue de déverser des litres de larmes.

La pâtisserie est d'une beauté saisissante, chaque détail semble avoir été étudié soigneusement. Les gâteaux sont présentés dans des écrins, tels des bijoux. Un lustre en diamant occupe un plafond aux moulures délicates recouvertes d'or, les vitrines étincelantes mettent en lumière un jeu artistique de couleurs et de saveurs. Ajoutez à cela, un sapin majestueux trônant dans l'entrée, me rappelant que Noël n'est pas loin. C'est à ce moment que je prends pleinement conscience de ce qu'il s'est passé au téléphone. C'est tellement cliché ! Son mari qui couche avec sa secrétaire, ça ne peut pas m'arriver à moi ! La douleur dans ma poitrine semble s'accentuer à chaque minute qui passe, mais les larmes se sont taries. Et dire que les fêtes de fin d'années approchent, moi qui aime tant Noël, comment cela va-t-il se passer après cette découverte ? C'est enfin à mon tour d'être servie.

La serveuse est superbe, elle aussi. Elle porte l'uniforme de la maison : un pantalon blanc et un tablier bleu pâle. Ses cheveux blonds sont attachés en un chignon et quelques mèches éparses

encadrent son visage. Le badge qu'elle porte indique «Nathalie».

— Bonjour Mademoiselle, que puis-je faire pour vous? me demande-t-elle de sa voix douce.

Mademoiselle... Du haut de mes trente ans, je ne suis plus vraiment une demoiselle! *Ce que je veux? Revenir en arrière et ne pas décrocher ce téléphone! Non, encore mieux, que Baptiste ne me trompe pas!*

J'interromps le fil de mes pensées pour répondre :

— J'ai commandé quatre charlottes hier soir, au nom de Bouleau.

Elle pianote de ses doigts délicats sur le clavier face à elle.

— Mhh, non, je n'ai rien à ce nom-là...

— Comment ça rien? dis-je sur un ton agressif.

Elle continue de relire les noms sur son registre.

— Vous avez dit comment ?

— Bouleau : B-O-U-L-E-A-U. Anna Bouleau, m'énervé-je.

— Non, non... Aucune Anna Bouleau et surtout aucune charlotte.

— Ce n'est pas possible! J'ai téléphoné hier et j'ai traversé toute la ville pour venir chercher ces gâteaux! Trouvez-les! C'est inadmissible!

— Je suis désolée, Madame, mais si vous n'êtes pas sur le registre, je ne peux rien faire pour vous...

Je hausse le ton, ma voix s'éraille et devient bien trop aiguë. Je ne me reconnais pas, moi qui suis habituellement si calme. Je crois qu'elle est en train de recevoir toute la colère accumulée ces dernières heures.

— Trouvez-les! hurlé-je en tapant des mains sur le comptoir.

Tous les regards sont à nouveau sur moi et je comprends que mon attitude est inadaptée. Elle cherche ses collègues des yeux, l'air désespéré. Je passe pour une hystérique, mais je m'en moque! Plus rien n'a d'importance.

— J'en ai besoin… C'est pour ce soir !

— Attendez, Madame, je vais voir avec le gérant ce que nous pouvons faire.

D'un pas assuré, sa longue silhouette se faufile dans l'arrière-boutique, puis revient quelques minutes plus tard, suivie d'un homme grand et athlétique. Les yeux embués, je les frotte du bout de mes mains sales qui sentent l'odeur âcre du vomi.

— Bonjour Madame. Nathalie me dit qu'il y a un problème avec votre commande ?

Je renifle. Il me regarde et semble étonné. Il ne doit pas comprendre mon attitude extravagante pour une commande de charlottes ! Il me sourit et se penche vers moi. Une mèche de cheveux noirs lui tombe sur le front avec désinvolture, lui donnant un air plutôt séduisant. Je l'observe, il semble tellement calme. Je prends ma respiration afin d'apaiser les soubresauts qui me parcourent, puis enchaîne :

— Euh… oui, j'ai téléphoné hier. J'ai trente personnes qui arrivent tout à l'heure et d'après votre collègue, aucun gâteau à mon nom ! C'est une véritable catastrophe, à cette heure-là, je n'ai aucune solution…

— Je ne sais pas ce qu'il s'est passé, mais la commande ne s'est pas enregistrée. Je suis vraiment désolé.

Je me sens désemparée. Je ne sais pas comment régler la situation, mes idées s'emmêlent. Et si on peut dire, la cerise sur le gâteau, c'est que justement je n'en ai pas ! La serveuse me propose de choisir quelques pâtisseries, mais pour trente personnes ne sera pas suffisant. À cette heure-là, les gros gâteaux ou les bûches sont déjà tous vendus. Les minutes s'écoulent m'enfonçant un peu plus dans ma journée cauchemardesque. *Quand est-ce que cela s'arrêtera ?* Immobile, sanglotante, je suis comme anesthésiée par les problèmes qui affluent dans ma tête. Les clients derrière moi s'impatientent. Nathalie trépigne, je sens son envie de me voir

disparaître, mais je ne bouge pas. Je ne sais pas quoi faire. Excédée par mon attitude, elle souffle.

— Si vous ne voulez rien prendre, il va falloir partir, il y a du monde derrière vous !

— Non, je veux une solution. J'ai traversé toute la ville alors que je suis en panne, j'ai dû prendre un taxi… J'ai trente personnes chez moi ce soir, s'il vous plaît, essayez de trouver une solution ! supplié-je en me remettant à pleurer, inconsolable.

Face à mon mutisme, le gérant murmure quelque chose à son employée. Je les observe discuter silencieusement jusqu'à ce que le patron m'interpelle.

— Écoutez, ce n'est pas dans nos habitudes de laisser les clients insatisfaits. Si vous voulez me suivre, je peux vous proposer de choisir quelque chose parmi nos «invendables». Il s'agit de gâteaux qui ont des défauts et qui ne correspondent pas aux critères d'excellence de «Chez Gusto». C'est tout ce que je peux faire, est-ce que cela vous conviendrait ? C'est assez exceptionnel, mais je ne peux pas vous laisser dans cet état-là pour quelques gâteaux !

— Oui, ce serait merveilleux, vous sauveriez ma soirée ! dis-je en reniflant.

— Venez, suivez-moi ! Je vais vous faire choisir.

La serveuse a haussé les sourcils, son visage si joli est déformé par la colère. Elle garde la bouche ouverte quelques secondes, puis elle appelle le client suivant, sans doute soulagée par mon départ imminent.

Il s'avance vers l'arrière-boutique et je lui emboîte le pas. J'ai encore plus honte que tout à l'heure. Je m'avance tête baissée pour éviter les visages qui m'entourent. Les événements se sont succédé de manière anarchique me donnant l'impression d'être dans un mauvais film.

— Quelle était votre commande ?

Sa voix me sort de mes rêveries.

— J'avais commandé quatre charlottes. C'est une journée un peu compliquée, il ne m'arrive que des catastrophes, je suis désolée pour mon attitude. Je suis très en retard dans l'organisation de l'anniversaire de ma mère ce soir. Je ne suis même pas passée chez le traiteur. Ma voiture est tombée en panne avant mon arrivée, je suis donc venue en taxi et je ne sais pas comment je vais m'en sortir. Merci en tout cas de votre gentillesse... débité-je d'une traite.

Le jeune pâtissier hausse les sourcils puis se fend d'un sourire bienveillant avant d'ajouter :

— De rien. Je ne suis pas garagiste, mais je peux au moins essayer de régler le problème des gâteaux. Je ne me suis pas présenté, je m'appelle Antony !

— Anna.

— Enchanté !

— De même ! rétorqué-je en reprenant un peu d'espoir.

Mon regard balaye les différents espaces où s'activent plusieurs pâtissiers tous concentrés sur leurs tâches. Tout comme la boutique, les cuisines sont étincelantes, équipées d'appareils dernier cri.

— Votre pâtisserie est incroyable. J'aurais rêvé de travailler dans un endroit comme ça ! terminé-je admirative.

Je me retourne étonnée de ne pas avoir de réponse et constate qu'il observe les pâtissiers s'activant méticuleusement à leurs différentes tâches, puis il se tourne finalement vers moi.

— Regardez ! Là, se trouve l'espace où l'on fabrique les crèmes, les entremets et autres appareils. Ici sont réalisés les feuilletés, m'explique-t-il à l'aide de grands gestes des mains comme le font les Italiens.

Malgré les émotions qui me traversent, je reste quelques secondes bouche bée devant cette organisation millimétrée.

— C'était mon rêve de jeunesse de faire de la pâtisserie, lui

confié-je mélancolique.

Son regard s'anime tout à coup.

— C'est vrai ? Vous faites quoi à la place ?

— Eh bien, je suis avocate dans le cabinet de mon père comme mes deux frères, avoué-je peu convaincue en baissant les yeux.

— Ah oui, c'est bien différent.

Il se remet à marcher et je lui emboîte le pas tout en poursuivant la discussion, afin qu'il ne soit pas mal à l'aise.

— Merci de me faire visiter, je suis émerveillée par cet endroit. Vous êtes le patron depuis longtemps ?

— J'ai acheté «Chez Gusto» il y a maintenant six mois, quand je suis arrivé à Bordeaux.

— Vous venez d'où ? Si ce n'est pas indiscret.

— Paris.

Il s'interrompt devant un immense frigo qu'il ouvre. De nombreux gâteaux sont entreposés à l'intérieur. Tout en plongeant son regard dans le mien, il me demande :

— À quoi vous les vouliez les charlottes ?

— J'avais commandé une «trois chocolats», deux à la fraise et la dernière «poire chocolat». Mais si vous me trouvez des gâteaux, ce sera parfait.

— Comme nous sommes en période de Noël, nous avons surtout des bûches. Il y a chocolat, fruits exotiques et café. Ça vous convient ?

J'observe les magnifiques gâteaux devant moi. Chaque détail a été étudié avec précaution, des fruits qui recouvrent les gâteaux, en passant par les moulures en chocolat ou encore les paillettes alimentaires. Ce sont de vrais tableaux d'une finesse et d'un ravissement pour les yeux. Je ne vois, a priori, aucun défaut, le niveau d'exigence de cette pâtisserie m'impressionne.

— Parfait, de toute façon, c'est déjà magnifique d'avoir une solution de secours, dis-je dans un soupir de soulagement.

Le fait que cet homme prenne en compte mon urgence et trouve une issue à mon problème m'enlève un énorme poids.

— Je vais demander à Nathalie d'emballer tout ça et j'arrive, me dit-il en me couvrant de son regard franc. Ça ira comme solution ?

— Se mettre dans cet état pour des pâtisseries, c'est nul, je sais, mais je ne veux pas décevoir ma mère à cause de faits qui n'ont rien à voir avec elle. Ma journée a été la plus pourrie que je n'ai jamais eue et vous, vous êtes là à m'aider… je… merci. Vraiment merci !

— Alors, c'est parfait !

L'homme ne me lâche pas du regard, j'ai bien conscience qu'en l'état actuel des choses, mes idées sont complètement brouillées et je me raccrocherais à n'importe quoi pour ne pas sombrer, mais cet inconnu a quelque chose qui me pousse à me confier sans barrière, sans masque. Mon soulagement est à son apogée quand il me propose :

— Il est où votre traiteur ?

— À Saint Augustin !

— Je vais débaucher, je peux vous y conduire si vous voulez !

— Oh ! C'est gentil de votre part, mais je vais me débrouiller, je ne veux pas abuser de votre gentillesse.

Une fois de plus, ses yeux s'ancrent dans les miens et l'espace d'une seconde, le temps s'arrête, puis il me rétorque :

— C'est sur mon chemin, aucun souci.

— Merci… Euh, excusez-moi, vous avez des toilettes ?

Il m'indique le lieu, puis part de l'autre côté, certainement demander à Nathalie d'emballer mes gâteaux.

Arrivée aux W.C., je m'avance vers le lavabo pour me passer le visage à l'eau et me rincer la bouche. Je m'observe dans la glace. Je crois que je n'ai jamais été aussi affreuse. Le nez rouge, les yeux gonflés, sans compter mon odeur et les taches de vomi sur ma veste. Quelle honte ! Mais bon, dans mon malheur, j'ai mes gâteaux, mon moyen de transport et surtout je pense que je serai à peu près à l'heure chez moi.

Je grimpe dans le Kangoo bleu pâle aux insignes de la maison. Antony démarre.

— Vous êtes heureuse ?

C'est quoi cette question ? On ne demande pas aux gens comme ça, s'ils sont heureux ! Pourtant c'est plus fort que moi, un petit « oui » sort de mes lèvres.

— Vous n'avez pas l'air convaincu par la réponse, s'exclame-t-il un sourire aux lèvres.

Énervée par son ton moqueur, je réponds d'un ton sec :

— Il faut dire que je ne suis pas habituée à ce genre de questions !

— Désolé, c'était maladroit. Je ne parlais pas en général, m'explique-t-il, mais je voulais savoir si vous étiez heureuse d'avoir une solution.

Il se tourne vers moi. Ses yeux se plissent à mesure qu'un sourire naît sur son visage. Je me sens un peu ridicule et détourne le regard. C'est vrai, pourquoi me demanderait-il si je suis heureuse ? *Je ne vais pas bien parfois !*

Son timbre de voix grave, sa façon de parler avec calme et la spontanéité avec laquelle il s'est occupé de moi me font me sentir bien à son contact. Maintenant qu'il conduit, je me permets de l'observer. Ses traits ne sont pas parfaits, son nez est un peu trop long, mais cela lui donne un charme fou. Sa chevelure noire et épaisse, parsemée, çà et là, de cheveux blancs, sa peau mate et ses petites rides aux coins de ses yeux verts le rendent vraiment agréable à regarder.

— Alors comme ça, vous êtes avocate. Ça vous plaît ? me demande-t-il soudain, me coupant de ma rêverie.

22

— À peu près… On ne peut pas dire que ce soit captivant. Mais il faut bien travailler, non ?

— Je ne sais pas, mon métier me passionne !

— Vous avez de la chance, admets-je dans un souffle.

— Je sais…

De sa voix envoûtante, il me raconte comment il a rencontré un des plus grands chefs pâtissiers de Paris, lui permettant de se former et d'ouvrir à son tour sa première pâtisserie quelques années plus tard. Il m'explique ensuite l'opportunité qui s'est offerte à lui de reprendre «Chez Gusto». Antony s'arrête quelques instants de parler pour se concentrer sur la route, le temps pour moi de fermer les yeux, son odeur de farine et de vanille me replonge à une époque où j'étais heureuse, où tous mes rêves me semblaient encore possibles, où je m'entraînais pour passer un concours pour devenir pâtissière. Je sens que la voiture s'arrête et j'ouvre subitement les yeux au moment où Antony lance d'un ton triomphal :

— Voilà, vous êtes arrivée chez le traiteur !

— Merci, je ne sais pas comment j'aurais fait sans vous, réponds-je embarrassée.

— Avec plaisir. Allez-y, je vous attends !

Je sors de la voiture, le laissant sur son téléphone, puis j'entre chez le traiteur. Derrière la vitrine remplie de charcuterie, de viande et d'œufs, se trouvent des étagères de bois sur lesquelles s'empilent des centaines de pots en verre dont les étiquettes sont fabriquées à la main. Les saucissons qui pendent au plafond donnent à ce lieu un air d'épicerie d'autrefois. Monsieur Pichon m'accueille de sa voix criarde. Il porte son tablier rouge floqué d'un «Mon papa est le meilleur cuisinier». Son ventre proéminent ne semble pas le gêner le moins du monde et il assure son service de manière dynamique. Il a ce sourire dans le regard qui donne chaud au cœur. La cinquantaine, une femme de la moitié de son âge et un petit garçon qui passe son temps à courir partout dans la boutique en se

prenant pour le patron, il semble toujours de bonne humeur.

— Salut Anna, prête pour ta soirée?

— Oui, si on veut…

— Tu n'as pas l'air dans ton assiette ma grande, tout va bien?

— Pas au top, mais ça ira mieux demain. Merci.

Je lui rends un sourire forcé et repense à Baptiste, mais chasse immédiatement toutes les pensées négatives que cela m'inspire. Antony m'attend et je n'ai pas envie de me remettre à pleurer.

— Je mets tout sur ton compte ma belle, file! Belle soirée à toi!

— Merci à vous aussi!

J'entre dans le Kangoo à l'odeur de vanille.

— Je vous dépose où? me demande Antony en replaçant la mèche de cheveux qui lui tombe négligemment sur le visage.

— Rue de la Pelouse de Douet, s'il vous plaît.

— OK!

On parle de tout, de rien, comme si nous nous connaissions depuis longtemps. J'en oublie presque mes problèmes et mes invités.

— Voilà, vous êtes arrivée à destination!

Il descend du fourgon pour m'ouvrir la porte.

— Vous allez avoir besoin d'aide pour tout descendre, je peux vous accompagner?

— Je ne veux pas vous déranger davantage, vous en avez déjà assez fait pour moi!

Sans répondre, il empile méticuleusement, du plus grand au plus petit carton, me dépose une pile sur les bras et prend l'autre. Il me suit dans le couloir, puis jusqu'à mon appartement. J'entre. Baptiste marche dans le salon, une serviette autour de la taille, sa peau ruisselante d'eau, son ventre rebondi, lié à sa mauvaise nutrition et au manque de sport. Il fait comme si de rien n'était,

comme s'il n'était pas avec Juliette tout à l'heure.

— Je te présente Antony, c'est le patron de «Chez Gusto». Il a eu la gentillesse de me raccompagner parce que je suis tombée en panne.

Baptiste le salue brièvement sans le remercier. L'atmosphère est pesante. Je suis tout à coup énervée et ne peux m'empêcher de lui faire une réflexion :

— Les invités arrivent dans cinq minutes, tu aurais pu commencer à organiser le salon.

— Oh, tu sais, j'ai beaucoup de travail en ce moment, je viens juste d'arriver.

J'ai envie de lui hurler «C'est sûr, passer du temps avec Barbie Pétasse a dû te demander un travail surhumain mon pauvre chéri!» Mais je ne relève pas, car j'aperçois Antony qui dépose les cartons sur le bar d'un air gêné. Il m'observe, encore une fois mon attitude doit lui sembler étrange.

— Je peux encore aider? demande-t-il.

Je le raccompagne jusqu'à la porte tout en lui répondant.

— Non merci, vous en avez déjà fait beaucoup. Je ne sais pas comment vous remercier. Vous avez été tellement prévenant alors que j'ai été désagréable.

— Ce n'est rien, cela arrive à tout le monde d'avoir un mauvais moment. Mais je sais ce que vous pouvez faire! J'anime mon premier cours de pâtisserie mardi soir, j'ai cru comprendre que vous aimiez pâtisser. J'ai un peu la pression, car c'est la première fois que je vais proposer ce genre d'activités… Ça vous dit de venir?

Je me demande s'il me drague et je pense à la tête que je dois avoir et à mon attitude un peu excentrique. Instinctivement, j'observe sa main, il porte une alliance. Il a sans doute juste pitié de moi.

— OK, je viendrai, dis-je sans réfléchir.

— À mardi alors !

Il tourne les talons. Je rentre dans l'appartement, prête à affronter cette soirée.

Anna

Bordeaux, décembre 2018.

Même si mon cœur est en miettes, l'urgence est d'accueillir les invités. Je déplace donc avec conviction les meubles, puis prépare un coin buffet à l'angle du salon. J'observe quelques minutes la pièce. La décoration « épurée » choisie par Baptiste m'apparaît sans âme. Le canapé blanc est posé sur une structure en métal, devant lui la table basse de chez *Roche Bobois* avec son design anguleux, le tout disposé dans une pièce aux murs ternes : on se croirait dans une maison témoin ! Afin de donner un aspect plus convivial, je dépose un plaid bleu sur le canapé et installe une nappe fleurie sur la table. La pièce a déjà l'air beaucoup plus sympathique ! J'observe le cadre de notre mariage accroché tel un trophée au-dessus de la cheminée, ma gorge se serre, car nous avons l'air tellement heureux sur ce cliché. Comment peut-il m'avoir trahie…

Je refrène mes pensées désagréables en me concentrant sur l'organisation et l'installation de l'espace, mais malgré mes efforts, mon cœur s'enserre m'empêchant de réfléchir comme il le faut. Cette douleur lancinante me ramène à la réalité de la situation.

Baptiste se met tranquillement du gel dans les cheveux devant le miroir du salon alors que je me bats avec le carton des petits fours en râlant. Je le sens qui m'observe du coin de l'œil. Son inertie me rend hystérique à l'intérieur, mais je reste le plus calme possible. Je n'ai pas le temps d'essuyer une tempête.

— Oui ? demandé-je.

— Tu ne vas pas recevoir les invités accoutrée ainsi ?

Il a cet air de dégoût qu'il sait si bien afficher quand les choses ne lui conviennent pas.

— Si, évidemment ! rétorqué-je en soufflant.

— Allez ! Va te changer mon ange, je m'occupe des petits fours !

J'ai envie de lui taper dessus avec ses « mon ange » et son attitude de chevalier servant, tout ça parce qu'il va ouvrir un pauvre carton ! À cet instant, je le déteste !

J'attrape la robe noire que je portais à l'anniversaire de ma meilleure amie et passe sous la douche. L'eau chaude qui ruisselle sur ma peau m'apaise un peu. Je ferme les yeux et prends le temps de faire trois grandes respirations pour calmer les palpitations de mon cœur. Je ne sais vraiment pas ce qu'il va se passer et cela m'angoisse ! Baptiste et moi sommes à une étape cruciale de notre vie : nous avons trouvé une maison à acheter et je sens que nous mettrons bientôt en route cet enfant que je désire tant. Je n'ai pas envie de tout abandonner. Après tout, est-ce si grave qu'il ait une aventure s'il m'aime ?

J'entends la sonnette de la porte d'entrée annoncer l'arrivée des premiers invités : il est temps que j'affronte la soirée ! J'enfile rapidement ma robe et une paire de collants et arrive dans le salon, cheveux mouillés.

Mon frère, Jean-Michel, entre avec sa femme et ses deux enfants. Arthur et Hector se jettent sur le buffet sans même dire bonjour. Rébecca a toujours l'air de sortir d'un magazine, elle a travaillé un moment chez *Chanel* et garde l'élégance qui lui a été transmise là-bas. Même le jour de son accouchement, elle était fraîche et souriante. Je la débarrasse de ses affaires que je dépose sur mon lit.

— Tu veux un peu d'aide, Anna?

— Euh, je pense que Baptiste a réussi à tout préparer pendant que je me douchais.

— Si tu veux, je peux te faire un brushing et t'aider à te maquiller?

Sa remarque est bienveillante, mais met l'accent sur mon allure qui laisse à désirer. J'accepte tout de même et, telle une poupée, je laisse mes muscles se détendre entre ses mains expertes.

— Tu n'as pas l'air dans ton assiette? questionne-t-elle inquiète.

— Si, ça va, merci. Juste un peu stressée, réponds-je en me tortillant, mal à l'aise de lui mentir.

Je n'ai vraiment pas envie de lui raconter ce qu'il se passe, nous ne sommes pas assez proches et pour le moment j'aimerais juste oublier.

La porte sonne, mon autre frère et son épouse sont les seconds à arriver puis le défilé des invités commence. Je suis présente sans vraiment l'être, tout bouge autour de moi, comme si je visionnais un film. Seul, mon corps est en mouvement, mes mains s'activent, je range, nettoie, réponds par oui ou non. Je suis une enveloppe vide.

Seule satisfaction dans ce brouillard, l'éclat de joie que je perçois dans le regard de ma mère, que je n'avais pas vu depuis longtemps. Elle déambule auprès des différents invités dans la robe de soie qu'elle a ramenée de son voyage en Asie. Les fleurs rouges rehaussent son teint laiteux, ses yeux bleus joliment maquillés éclairent son visage. Après avoir salué tout le monde, elle s'approche de moi. Je peux voir dans son regard qu'elle est émue.

— Merci Anna, c'est une magnifique fête! me dit-elle en me serrant dans ses bras.

— De rien, avec plaisir, je t'aime maman.

Je reste quelques minutes au creux de ses bras, respirant cette odeur rassurante que seules les mamans possèdent. Elle prend un peu de recul et soutient mon regard.

— Je t'aime aussi ma fille. Mais tu n'as pas l'air très bien ce soir, je me trompe ?

— Non, en effet… Rien de grave.

— Tu es sûre ? s'enquiert-elle en fronçant les sourcils.

J'avale difficilement ma salive, je ne peux décidément rien lui cacher. Je finis donc par avouer ce qui me torture douloureusement le cœur.

— Baptiste a une aventure, lâché-je d'une traite. Je ne lui en ai pas encore parlé.

Le regard de ma mère devient soudain sombre.

— Ah bon ? Qu'est-ce qui te fait penser ça ?

— Une conversation téléphonique que j'ai entendue…

— Tu es sûre ?

— Oui. Je ne sais pas quoi faire. Je l'aime et je ne veux pas que l'on se sépare.

Sentant l'émotion me gagner et ne voulant pas gâcher la soirée de ma mère avec mes pleurs, je respire calmement et regarde aux alentours pour voir si je peux m'éclipser.

— J'espère que les choses vont s'arranger, enfin si tu le veux ? Je suis désolée de demander ça, mais es-tu heureuse avec lui ? Penses-tu qu'il te convienne ? me questionne ma mère en me prenant les mains.

Cette question me met hors de moi et je réponds avec plus de véhémence que je ne l'aurais voulu.

— Bien sûr maman, sinon je ne l'aurais pas épousé !

— J'ai bien épousé ton père… murmure-t-elle comme pour elle-même.

— Ce n'est pas pareil! Baptiste et moi, on s'aime! Nous allons acheter cette maison dont on rêve et avoir un enfant! Ce n'est pas une petite aventure qui va mettre en péril tout ça, c'est moi qui te le dis! Je vais me battre pour nous deux!

— OK ma chérie, ne te fâche pas! Je ne portais aucun jugement, je te posais simplement la question. Parfois, nous restons pour de mauvaises raisons, c'est tout. Si ce n'est pas le cas, tant mieux.

— Ce n'est pas le cas. Avant ça, nous étions très heureux et je suis certaine que cela va s'arranger.

Je ne sais pas si c'est elle ou moi que j'essaye de convaincre, mais il faut que cette conversation cesse rapidement, car mon ventre se tord de douleur à l'idée qu'elle puisse avoir raison.

— J'ai de la chance d'avoir une fille comme toi, mais je sais que tu me ressembles beaucoup et que tu es capable de beaucoup de sacrifices au nom du devoir et de l'engagement. Je veux que tu sois heureuse, alors s'il te plaît, prends soin de toi, ne fais pas les mêmes erreurs que moi…

— Merci maman. Au fait, tu voulais me parler de quelque chose, non? dis-je pour passer à autre chose.

— Ce n'est pas le moment. Retiens juste que je t'aime.

Nous terminons dans les bras l'une de l'autre. Une sensation trop courte de bien-être avant de devoir retourner aux invités. Tout le monde semble profiter de la soirée, sauf moi. Malgré mes propos positifs envers ma mère, mon cœur est serré et une boule s'est formée dans ma gorge. J'ai hâte de pouvoir parler avec Baptiste et mettre les choses au clair tout autant que je redoute la tournure que peut prendre cette discussion. Un peu à l'écart, j'en profite pour envoyer un message sur mon groupe de copines avec qui je dîne tous les mardis.

Messagerie de groupe : Nous les princesses !

> Coucou les filles, opération urgence grade rouge. Pas disponible mardi, mais peut-on manger ensemble lundi ? J'ai besoin de vous et de vos conseils !

> Laurène : Faut que je voie comment faire garder mes gosses sinon je ne suis pas contre, j'ai aussi des trucs à vous raconter et il est hors de question d'attendre une semaine !

> Marine : OK pour moi, suis entièrement dispo : c'est ça d'être célibataire endurcie !

> Merci les filles, j'ai des tas de trucs à vous raconter ! Hâte de vous voir. Si tu ne peux pas faire garder les enfants on peut venir chez toi ?

> Laurène : Si t'as pas peur du bruit de mes trois monstres, pas de souci ! À lundi les filles !

Je suis rassurée de voir mes amies bientôt, mais à cet instant, je n'ai qu'une envie, c'est que cette soirée se termine ! Avec soulagement, je constate que ma famille commence à partir. Je n'ai même pas goûté les gâteaux, moi qui suis si gourmande. Chaque minute qui se rapproche de la discussion avec Baptiste m'enserre un peu plus le cœur, j'ai de plus en plus de mal à respirer.

Tel un automate, je les salue, pressée de les voir partir. Baptiste ne m'a pas adressé la parole de la soirée, trop absorbé par sa

discussion avec oncle Louis. Mes parents étant les derniers à partir, ma mère s'approche de moi et entoure, de ses bras, mon corps tendu.

— Les choses n'arrivent jamais par hasard ma fille, ne l'oublie jamais.

Mon père s'impatiente. Avec sa mine renfrognée, il me serre la main comme à une employée. Il a pris cette habitude depuis que j'ai rejoint son cabinet et je ne comprends pas que la distance qu'il est capable d'afficher dans la sphère publique perdure dans la sphère privée. Enfin, la porte se ferme.

Baptiste s'approche joyeusement. Il n'a aucune idée du cataclysme qui se déroule dans ma tête. Des bouffées de chaleur m'enveloppent, ma respiration se saccade, ma gorge et mon estomac se resserrent. J'aimerais être courageuse et forte, mais je sens que je vais fondre en larmes comme une enfant.

— Ma chérie, c'était vraiment réussi cette soirée! J'ai discuté avec ton oncle de l'avancée de la bourse dans sa société et je pense que je vais investir. T'en penses quoi, ma puce?

Je m'assois sur le lit, essayant de rassembler mes idées. Mon cœur bat tellement fort que je l'entends résonner dans le creux de mes oreilles.

— Anna?

— Oui?

— Tu ne m'as pas répondu!

— En fait…

Mon cœur s'est encore accéléré, les mots sont coincés dans ma gorge. Je m'entends répondre, impuissante :

— En fait, c'est une bonne idée la bourse.

— Oui, je pense aussi. Bien sûr, je n'investirai pas beaucoup au début. Mais ça peut rapporter gros, tu sais.

Cette situation est absurde. Ne pas lui parler n'est pas la solution,

mais si je lui parle, va-t-il me quitter ? S'il part, je ne le supporterai pas…

Mon impuissance m'agace, je me donnerais des claques. Enfin, j'arrive à articuler :

— Tu sais… Euh… Il faut que…

La phrase prend forme dans ma tête, mais avant que je n'arrive à la prononcer, il sort de la chambre sans m'écouter et se dirige dans la salle de bain pour se brosser les dents. Je reste plantée là, sur le bord de mon lit. Je livre une bataille contre moi-même. Dois-je lui parler ? Mon côté rationnel me dit que oui, mais la peur me paralyse. Ce sentiment de naviguer dans le noir sans savoir ce qu'il va se passer me met dans l'inconfort, ma peur de l'abandon me saute en pleine figure, je ne suis pas prête à ce que ma vie vole en éclats.

Il revient, s'installe de son côté du lit, m'embrasse le front du bout des lèvres. Je suis à nouveau mutique. Il se tourne, éteint la lampe de chevet et reste dos à moi en chien de fusil. J'entends sa respiration lente et profonde, il a trouvé le sommeil rapidement. À mon tour, je me couche sur le dos sans me déshabiller. Je reste les yeux grands ouverts à peser le pour et le contre de cette discussion que je n'ai pas réussi à avoir. On dit que la nuit porte conseil, mais porte-t-elle conseil si on ne dort pas ? Les heures passent, lentement. J'attrape mon téléphone pour regarder l'heure. Il est 4 h 53 et une nuit blanche semble être ce qui m'attend.

Heureusement, demain, nous sommes samedi et je ne travaille pas.

Si je comptais les moutons ? Non, je vais plutôt compter le nombre de fois que je peux jeter cette pourriture de secrétaire par-dessus la barrière : une fois, deux fois, trois fois… 5 h-5 h 15-5 h 30-5 h 45. À 6 h. Après avoir jeté quatre cents fois Barbie Pétasse de toutes les manières possibles sans avoir pu fermer l'œil, je décide de me lever.

Antony

Bordeaux, décembre 2018.

Après avoir ramené Anna chez elle, les vendeuses en ont fait toute une histoire. Voilà que je ramène des clientes désagréables! Je sais qu'elles ont cancané dans mon dos et je ne peux que les comprendre. Moi qui passe mon temps à leur répéter qu'il faut avoir une ligne de conduite et être exemplaire, je n'ai pas respecté mes propos. En tant que patron, je n'aurais pas dû. Je ne m'explique pas non plus ce qui m'a poussé à la ramener chez elle. Sûrement cette simplicité et cette authenticité que je ne retrouve plus chez les femmes qui s'intéressent à moi depuis que j'ai acheté "Chez Gusto".

Toujours est-il que je n'arrive pas à me la sortir de la tête. C'est dingue. Comme si mon cerveau ne voulait plus m'obéir. Il y a des millions de filles sur Terre et je n'explique pas qu'on puisse se focaliser sur une seule, croisée si peu de temps. Je ne m'attendais pas à ce qu'elle soit en couple, mais je suis soulagé. Sentir mon corps tressaillir lorsqu'elle s'est assise près de moi dans le Kangoo m'a déstabilisé. J'ai besoin d'écrire ce que j'ai sur le cœur. Cela

m'aidera peut-être à chasser toutes les pensées déplacées qui m'assaillent. *Comme si j'avais le droit de désirer cette femme…* Il faut que je sois raisonnable.

Je joue avec mon alliance tout en tentant de calmer mes pensées. Pourtant, lorsque je ferme les yeux, je revois le regard d'Anna, ses cheveux en bataille, son air désespéré et mon corps se réveille. A priori, on peut dompter sa conscience, mais pas son inconscient… Anna, quel doux prénom.

J'attrape mon téléphone et sans réfléchir, tape son nom sur Google. "Anna Bouleau-Avocate". Il y a une photo d'elle en robe. Je la trouve belle. De quoi ai-je l'air ? Aller la googliser ! Pour la première fois depuis longtemps, je n'arrive pas à calmer mes idées. En plus, je lui ai proposé de venir au cours de pâtisserie. Mais qu'est-ce qu'il m'a pris ? À croire que j'ai envie de me mettre dans une situation indélicate… Si elle vient chaque semaine, la torture de sa présence va être un supplice. Un doux supplice ?

Lorsque j'entends Lucia m'appeler, je redescends vite sur Terre pour la rejoindre.

36

Anna

Bordeaux, décembre 2018.

J'attrape de la farine, des œufs, du beurre, de la levure et de la vanille pour faire des pancakes. J'ai toujours trouvé du réconfort à faire de la pâtisserie. Je les regarde gonfler tranquillement tandis que des embruns sucrés aux notes de vanille se diffusent dans la pièce. Je prépare de la pâte à tartiner dans le robot mixeur puis des cookies chocolat blanc cranberries. Il faut la cavalerie lourde pour retrouver le moral ! À 8 heures, je descends chez l'épicier pour acheter des oranges, des œufs et du bacon pour compléter le petit-déjeuner.

Tout sera irréprochable !

À 9 heures, je prends une grande décision : je ne lui parlerai pas, je ne vais pas prendre le risque qu'il me quitte. C'est à elle que je vais m'adresser, pour lui faire comprendre qu'elle n'a pas sa place dans la vie de mon mari. Le samedi, il ne travaille pas, mais Barbie

Pétasse, oui. Je peux donc aller discuter avec elle.

J'installe tout d'abord la nappe vichy, presse les oranges que je verse dans de grands verres colorés. Sur des assiettes fleuries, je dépose les cookies encore fumants et les pancakes. Je plie minutieusement les serviettes en papier en forme de fleurs. Il est 10 heures quand ma table est enfin dressée. Je suis prête à partir. J'ai enfilé mon jeans camel qui, paraît-il, me fait de jolies fesses, mon pull beige, des bottes à talon et j'ai pris le temps de me maquiller. Je souligne mes yeux d'un dernier trait de crayon au niveau du miroir de l'entrée et attrape mon manteau avec détermination, prête à aller affronter l'ennemie. Je laisse un petit mot à Baptiste.

« Bon petit dej, j'espère que tu as bien dormi. Je t'aime »

J'ouvre la porte d'entrée et pars à pied en direction de la banque. Je m'entraîne mentalement afin que mon discours soit le plus clair possible. J'ai l'impression de jouer ma vie sur ce coup-là. J'entre calmement, je fais la queue au comptoir afin de reprendre mes esprits. Martine, la collègue de Baptiste, m'aperçoit en allant chercher un client. Elle agite sa main.

— Bonjour, madame Bouleau, que faites-vous ici ? Votre mari ne travaille pas aujourd'hui !

— Oui, merci, je sais, il m'a chargé de venir voir Juliette, sa secrétaire. J'ai un message pour elle. Puis-je y aller ?

— Oui, son bureau est par là, à côté de celui de votre époux.

Je la remercie et m'avance comme une lionne prête à tuer sa proie. Je suis plus déterminée que jamais, je ne ressens pas la peur. Je frappe à la porte. Une voix suave me répond :

— Oui, entrez !

Je m'exécute et lorsqu'elle m'aperçoit, son joli visage se déforme sous le coup de la surprise.

— Bonjour, vous désirez ?

J'observe la pièce. Son bureau est étroit. La lumière est tamisée,

car elle a en partie fermé les stores. Sur son bureau trône un cadre la représentant, entourée de ses enfants.

Elle est assise, son décolleté déborde de son tee-shirt rose pâle, ses cheveux blond platine tombent en cascade sur ses épaules, son parfum enivrant emplit l'espace. Malgré la couche imposante de maquillage on peut voir que les courbes de son visage sont harmonieuses. Elle est juste vulgaire. J'essaye de contenir ma colère afin que mon ton ne trahisse pas mon émotion.

— Bonjour, je ne sais pas si vous le savez, mais je suis la femme de Baptiste.

— Oui, je sais.

Elle me répond d'un air hautain, j'ai envie de la claquer !

— Alors voilà, je viens vous voir pour que les choses soient claires. Baptiste et moi, on s'aime, on va faire un bébé et donc, j'aimerais que vous le laissiez tranquille.

— Euh, il y a erreur je crois…

— Non, non aucune erreur. Son téléphone a composé mon numéro tout seul hier et j'ai entendu vos cris de gorilles !

Elle devient rouge tout à coup, baisse la tête. Elle a déjà perdu l'assurance qu'elle affichait à mon arrivée.

— Euh… Et il en pense quoi Baptiste ?

— On s'en fiche, ce n'est pas votre problème ! C'est *mon* mari et je vous demande de le laisser tranquille ! C'est clair ?

Ma voix est devenue bien trop aiguë, j'essaye de me contenir pour ne pas crier…

— Il est assez grand pour prendre ses décisions lui-même non ?

Je fulmine, pour qui elle se prend celle-là ?!

— Alors que les choses soient claires, espèce de fouteuse de merde, je sais que vous êtes mère célibataire et que vous élevez seule vos deux enfants. Vous avez donc besoin d'un travail. Donc, soit vous demandez votre mutation, soit je ferai en sorte que vous soyez virée. Vous entendez, virée. Je détache chacune des lettres afin que ça soit plus clair : V.I.R.E.E. Est-ce que c'est assez limpide pour vous ? Je vous donne une semaine. Pas un jour de plus. Je peux faire de votre vie un cauchemar !

Furieuse, je la menace du bout du doigt. L'adrénaline me donne une force que je ne me connais pas, moi qui ne m'énerve jamais.

Je vois que son regard se fige. C'est évident, elle panique. Je jubile intérieurement sentant que je marque des points.

— Mais quand même… Juste pour ça ? Ça ne se reproduira plus, je vous le promets… gémit-elle.

— Comment ça «Juste pour ça» ? Vous volez le mari d'une autre et vous appelez ça «juste pour ça» ? Mais vous êtes vraiment la pire des garces !

Je me sens devenir rouge, mais j'essaye toujours de rester digne et le plus calme possible compte tenu des circonstances.

— Ce n'est pas ce que je voulais dire… Je suis tombée amoureuse, je n'ai voulu faire de mal à personne, je suis désolée. Mes enfants sont à l'école près d'ici et mes parents s'en occupent, ce serait une vraie galère de changer d'agence. Et puis… Je pense quand même que c'est à Baptiste de choisir.

Son visage s'est rembruni, elle a perdu toute son assurance, je le sens.

— C'est tout vu, Baptiste et moi on s'aime et vous n'êtes rien pour lui ! Je vous préviens, soit vous partez de vous-même en vous faisant muter gentiment, soit vous serez virée comme une malpropre ! Je ne vous laisserai pas détruire ma vie, vous entendez !

— D'accord, je vais y réfléchir. Je ne veux pas perdre mon travail, j'en ai vraiment besoin…

Elle a des larmes au coin des yeux, elle semble bien plus fragile que moi pour l'instant, ce qui me donne davantage d'assurance.

— OK, alors on s'est comprises. J'espère ne pas avoir besoin de

vous faire perdre votre emploi. Pensez à vos enfants, plutôt qu'à votre plaisir… Bonne journée, Madame !

Je tourne les talons, me sentant plus forte que jamais. Je sais que je n'ai aucun pouvoir pour la faire virer, mais mon coup de bluff me donne une sensation de toute puissance. Je la laisse avachie sur son siège, en pleurs, j'ai gagné : Moi : 1 - Barbie Pétasse : 0.

Je rentre chez moi. Baptiste m'accueille tout sourire devant son petit-déjeuner.

— Merci mon ange, tu es parfaite.

Je roucoule.

— Je sais.

Anna

Bordeaux, décembre 2018.

J'arrive au travail, sans énergie. Notre dimanche s'est déroulé sans incident. Baptiste est allé courir pendant que je préparais le petit-déjeuner, puis nous avons mangé chez ses parents avec sa sœur. La journée a été interminable, car Baptiste était d'une humeur exécrable. Il a regardé son téléphone toute la journée, sans doute dans l'attente de nouvelles de Juliette qui ne sont pas arrivées. Je n'ai qu'une hâte, rejoindre mes amies pour pouvoir avoir leur avis sur la situation.

Les dossiers sont empilés sur mon bureau. J'ai rendez-vous pour une conciliation à 9 heures et je révise donc le dossier. Je me suis mise en pilote automatique, enchaînant une plaidoirie et des rendez-vous sans aucune motivation. Mon travail, pourtant varié, devrait me satisfaire, mais je n'y trouve aucun plaisir. Je suis, paraît-il, plutôt douée pour les conciliations et très recommandée par mes clients, mais je ne me sens pas à ma place. Je suis très créative, rêveuse et peu organisée, ce qui ne convient pas du tout à la profession que j'ai choisie. Au départ, j'imaginais que je

43

défendrais des femmes battues, des enfants en souffrance et que j'aiderais la justice. Cette idée me plaisait, mais elle est loin, très loin du quotidien que m'offre le cabinet de mon père. Je laisse alors mon esprit vagabonder vers ce cours de pâtisserie proposé par ce beau jeune homme de "Chez Gusto". Je m'interroge encore sur sa prévenance alors que j'ai été parfaitement odieuse avec les vendeuses. Je regarde mon agenda et y inscris ce cours ce qui me redonne le sourire.

Après cette journée interminable, je retrouve mes amies place de la Victoire. Laurène a réussi à se libérer et elle est d'humeur joyeuse.

La place s'est parée d'un immense sapin scintillant. J'aime les fêtes de fin d'année qui ont un goût d'enfance et d'insouciance. Le serveur est déguisé en lutin. Il nous propose le cocktail spécial Noël, mais nous préférons nos mojitos habituels. Il suffit de peu : de la musique, des rires, le son étouffé des conversations alentour et nos trois verres sur la table pour que mon moral remonte en flèche. Le serveur, plutôt agréable à regarder avec sa peau basanée, drague ouvertement Marine qui se dandine sur sa chaise, sa crinière blonde ondulant au gré de ses mouvements. Je suis amusée par son comportement, mais Laurène interrompt ce jeune apollon pour entrer dans le vif du sujet :

— Alors, qu'est-ce qu'il y a de si urgent, Anna ?

Je leur raconte tout : le coup de fil, ma rencontre avec Barbie Pétasse, ma décision de garder le silence pour ne pas risquer la rupture. Je parle d'une traite, essayant d'être le plus clair possible malgré les émotions qui me submergent.

— Non, mais Anna, il faut que tu lui parles, il risque de recommencer sinon ! m'interrompt Laurène en fronçant les sourcils.

— C'est clair, il faut que tu le mettes face à ses responsabilités ! C'est trop facile là ! renchérit Marine tout en continuant à faire des

œillades au serveur.

— Je n'ai pas réussi, avoué-je penaude. Je crois que j'étais en état de choc. J'ai eu peur. Peur que tout change.

— Mais tu dois le faire, tu ne peux pas le laisser s'en tirer comme ça, s'insurge Laurène.

Je regarde mes amies, me sentant acculée et jugée. Je sens la colère monter en moi. Je sais qu'elles n'y sont pour rien, mais elles appuient là où ça me fait mal.

— Barbie Pétasse m'a dit que c'était terminé. L'histoire est close, répliqué-je sur la défensive.

J'attrape mon téléphone et fais mine de lire un message, espérant qu'elles passeront à autre chose. En relevant la tête, je vois la mine contrariée de Laurène. Elle est du genre têtu. Elle soutient mon regard tout en sirotant son cocktail puis lance :

— Tu sais très bien que ce n'est pas fini. S'il te trompe, c'est qu'il y a quelque chose qui ne va pas entre vous. C'est pour ça que c'est important d'avoir cette conversation. Enfin, il me semble.

Marine, qui n'a que peu parlé jusqu'à présent, trop occupée à jouer avec ses cheveux en faisant les yeux doux au Lutin-serveur, déclare qu'elle est tout à fait d'accord avec Laurène.

Le mal-être de la situation me reprend, moi qui me pensais plus forte. Surtout après avoir pris cette décision, voilà que mes amies envoient tout valser en quelques paroles. Les larmes au coin des yeux, je me lève rapidement, n'ayant pas envie de m'afficher ainsi.

— Tout va très bien les filles. Merci. J'avais besoin d'être écoutée et non que vous me disiez que mon couple va mal ou ce qu'il faut que je fasse ou non. Bonne soirée !

Je me dirige en colère vers le comptoir pour régler la note. Le serveur me semble tout à coup ridicule avec son bonnet rouge et vert. Je lui tends un billet que je lui laisse sans récupérer ma monnaie. Je veux quitter les lieux au plus vite. Marine et Laurène sont restées

assises, interloquées, peu habituées à ce genre de comportement de ma part. De quel droit me jugent-elles? Une larme roule sur ma joue, je l'essuie du rebord de ma manche et quitte le bar.

Je monte dans le tram et me mets à sangloter, n'arrivant pas, encore une fois, à maîtriser le flot de mes émotions. Est-ce qu'elles ont raison? Est-ce que mon couple va mal et que je me voile la face?

Décidément, je suis une vraie madeleine en ce moment! Je me mouche bruyamment oubliant où je me trouve quelques secondes. Puis je lève les yeux et tombe nez à nez avec Antony, le pâtissier de "Chez Gusto", qui m'observe.

— Bonjour, vous pleurez encore? dit-il à la fois amusé et attristé.

— C'est une période difficile... dis-je en reniflant.

— Noël, c'est ça? Vous n'aimez pas cette période? demande-t-il en me tendant un mouchoir sorti de sa poche.

Je le regarde, désarçonnée. J'adore Noël, comment peut-il croire que... Oh et puis crotte, qu'est-ce qu'ils ont tous à vouloir penser à ma place.

— Non, ce n'est pas cela, réponds-je sèchement.

— Alors, je suis désolé, je ne peux rien faire pour vous à part vous proposer de venir goûter ma nouvelle recette de religieuse vanille croustillante. Je viens de la tester et j'ai besoin d'un avis. Et puis, la pâtisserie, c'est bon pour le moral! lance-t-il d'un ton nonchalant qui ne manque pas de charme.

Pourquoi fait-il ça? On se connaît à peine...

— OK, de toute façon ça ne peut que me faire du bien, dis-je dans un soupir, tout à coup soulagée de ne pas me retrouver seule avec mes démons intérieurs. Et puis, il faut avouer que la présence d'Antony est plutôt plaisante. Je le connais depuis peu, mais il trouve toujours les mots justes pour m'apaiser et, pour ne rien gâcher, il est vraiment très agréable à regarder.

Je ne sais pas pourquoi il m'a proposé de venir, mais je saisis l'occasion de me changer les idées.

«Chez Gusto» est à deux arrêts de tram et nous entrons par la porte arrière. Je me retrouve dans une salle contenant des fauteuils baroques mauves, une petite table et des chaises. C'est, semble-t-il, un coin repas. Sur la table se trouve un vase bleu clair avec un magnifique bouquet de roses. Antony parle sans interruption alors que je reste silencieuse. Il m'explique en détail la nouvelle recette qu'il a élaborée et je ferme les yeux pour la visualiser, l'écoutant décrire chaque geste technique avec précision. Lorsque j'ouvre les yeux, j'aperçois des petites rides aux coins de son regard quand il sourit, je le trouve beau. En sa présence, je me sens apaisée. Il allume la bouilloire et me tend une boîte contenant des sachets de thé en soutenant mon regard, ce qui déclenche quelques frissons au creux de mon ventre. J'essaye de me recentrer sur la religieuse en espérant qu'il n'ait rien remarqué de mon trouble.

— Vous aimez le thé au moins ?

— Oui, je vais prendre celui-ci : *air de fête*, violette, vanille, citron. J'ai bien besoin d'un peu de joie !

Il sourit à ma remarque et dépose ensuite sur une assiette deux belles religieuses recouvertes d'un nappage blanc immaculé sur le chou du dessous et de caramel craquant sur le dessus avant de s'asseoir près de moi. Manger me fera du bien, avec les mojitos que j'ai bus et toutes ces émotions, j'ai un peu l'impression que la pièce danse autour de moi.

— Et voici le fameux gâteau !

— Il était temps, j'avais l'eau à la bouche après tous ces détails !

Je mords dans le chou. La crème est d'une légèreté incroyable, le mélange de vanille et de caramel provoque une explosion de sensations sur mes papilles gustatives. Je me délecte de chaque bouchée et me surprends à gémir de plaisir…

— Mhh… C'est vraiment délicieux.

Antony est resté immobile à m'observer comme s'il ne voulait rien rater de la scène. Le coin de ses lèvres se retrousse pour faire naître un sourire.

— Vous aimez? Vraiment? demande-t-il, le regard pétillant comme celui d'un enfant.

— Oh oui… Vous en doutez? dis-je la bouche pleine tout en essuyant un peu de crème sur le rebord de mes lèvres du bout de la langue.

— Je n'étais pas sûr du résultat.

— C'est la meilleure religieuse que je n'ai jamais mangée.

— J'en suis ravi.

Il essuie le contour de mes lèvres du bout des doigts. C'est un geste qui pourrait paraître déplacé, mais fait tellement naturellement qu'il ne m'a pas gêné.

— Merci, mon moral va mieux, dis-je réellement rassérénée par ce moment.

— Si ce n'est pas trop indiscret, je peux savoir ce qu'il vous arrive?

— Euh… C'est compliqué. Je… Enfin…

— Vous n'êtes pas obligée…

Je suis gênée, nous ne nous connaissons pas. Je me livre peu facilement en général. Mais parler à quelqu'un de neutre me fera peut-être du bien, d'autant plus que je me sens terriblement bien près de lui. Alors je me lance :

— Je suis mariée avec Baptiste que vous avez vu l'autre jour. Je l'aime et il me rend heureuse. Enfin… me rendait… Je me suis récemment rendu compte qu'il me trompait, depuis, je me sens complètement perdue.

Je m'interromps pour reprendre mon souffle. Antony a posé sa main sur ma cuisse de manière protectrice. Il semble réellement s'inquiéter pour moi.

— Je n'ai pas réussi à lui parler sur le moment. C'est bête, je le sais, mais je ne m'y attendais pas et j'étais dans un état second.

— Ça peut se comprendre, me dit-il en me couvrant de son regard doux.

— En revanche, j'ai fait un truc un peu dingue, avoué-je en faisant une moue légèrement amusée.

Je vois son regard s'animer par la curiosité et j'avoue donc que je suis allée voir sa maîtresse sur un coup de tête en lui racontant la scène.

— Mes amies pensent que s'il me trompe c'est que quelque chose ne va pas entre nous.

— Et vous, vous en pensez quoi ?

— Je suis un peu déboussolée. Je n'ai pas la sensation que quelque chose cloche et je n'ai surtout pas envie que nous nous séparions après tout ce que nous avons construit.

— Vous pensez qu'il va vous quitter si vous en discutez ?

— Je ne sais pas, ça me fait peur…

— Pourquoi ?

Antony est très à l'écoute et cela faisait longtemps que quelqu'un ne m'avait pas donné l'opportunité de réfléchir ainsi sur moi ou sur ma vie.

— Je n'aime pas le changement, expliqué-je. J'ai toujours eu cette peur de l'abandon ancrée en moi. Je ne l'explique pas. Je sais que la tromperie peut être la conséquence d'un problème dans le couple, mais je ne vois pas. Nous sommes heureux ensemble enfin, il me semblait.

— Il a peut-être une explication à vous fournir. Mais si vous ne le questionnez pas, vous ne le saurez jamais.

— Oui, vous avez raison. C'est juste de la peur. Au fond, je sais qu'il va falloir que je le fasse. Sinon, il risque de recommencer, et surtout, je risque de ne plus jamais être sereine. J'en suis consciente.

49

Je tape sur mes cuisses ce qui lui fait retirer sa main. C'est sûrement mieux ainsi, car sa présence, même si je lui parle de Baptiste, me perturbe tout de même un peu.

— Vous faites comme vous le sentez. Je vous pose la question, mais il n'y a que vous qui pouvez le savoir. Pour ma part, je pense que dans un couple, la communication est très importante et la confiance aussi.

— C'est vrai. Merci beaucoup. Je vais finir par vous être redevable : deux fois que vous me redonnez le sourire !

— De rien, c'est avec plaisir. Ça rend toujours heureux de faire sourire les autres. Et puis, vous avez fait «testeur de gâteau». Ça m'a bien aidé, on est quitte, s'exclame-t-il avec enthousiasme.

Nous discutons ensuite pâtisserie et du contenu du cours de demain. Je suis ravie à l'idée d'y participer. Je promets d'être là à 19 heures. Le temps est passé à une allure incroyable et je suis surprise d'avoir pris autant de plaisir en partageant ce moment avec lui. Il ne m'a pas jugée et m'a aidée à trouver mes propres solutions. Sa voix grave m'a apaisée. Il me lance un "courage Anna" au moment où je passe la porte. Ces quelques mots me donnent un élan de motivation pour parler à Baptiste. Sa présence m'a fait du bien, j'ai vraiment hâte d'être mardi.

La banque étant fermée le lundi, je retrouve Baptiste devant sa *PlayStation*, un paquet de chips débordant sur la table basse et plusieurs bières entamées. Il ne lève pas les yeux et lance dans le vide :

— Salut ma chérie !

Plus motivée que jamais après ma discussion avec Antony, je

lance :

— Tu peux arrêter ton jeu ? Il faut qu'on parle.

— Euh… Je finis ma partie quand même !

Je décide de rester calme et d'attendre. Je respire tranquillement essayant de distraire l'incessante angoisse qui me taraude… Il n'est pas à son avantage, son ventre un peu bedonnant, sa peau presque translucide par manque de soleil, sa chevelure éparse. Les chips craquent dans sa bouche et les miettes tombent sur le canapé. C'est la première fois que je l'observe de la sorte, comme s'il n'était pas à sa place dans ma vie. Je chasse cette pensée et profite de ce moment d'attente pour me faire un thé. J'en profite pour envoyer un message et m'excuser auprès de mes amies pour être partie aussi rapidement. Le temps paraît toujours plus long lorsqu'on a une conversation importante qui nous attend. Je prépare des fondants au chocolat pour me détendre et une heure plus tard, Baptiste éteint sa console, se poste face à moi en s'appuyant sur le bar et me lance innocemment :

— Tu as passé une bonne journée ?

Il n'a absolument aucune idée de l'afflux d'émotions qui me submerge. J'inspire. J'expire. J'inspire. J'expire. J'étais décidée tout à l'heure, il ne faut pas que je flanche. Je repense aux doux mots d'Antony : courage Anna…

— Il faut que je te parle, annoncé-je avec détermination.

Ses sourcils se froncent. Il m'observe sans savoir où je veux en venir. J'aimerais tant qu'il m'avoue de lui-même son infidélité, je tente donc :

— Tu n'as pas quelque chose d'important à m'avouer ?

— Euh… non.

Je vois l'inquiétude dans ses yeux. J'essaye de garder mon calme, mais une colère sourde grandit en moi. Je laisse les minutes s'écouler, silencieuse.

— Bon, si tu ne veux pas me parler, je vais te donner un indice. Tu étais où avant l'anniversaire de ma mère ?

Il soutient tout de même mon regard.

— Tu ne vas quand même pas me reprocher de ne pas t'avoir aidée ? s'indigne-t-il. Non parce que cette idée de fête, c'était la tienne !

— Ce n'est pas ça, Baptiste, dis-je en tentant de garder mon calme. Tu ne vois pas où je veux en venir ? Tu as la mémoire courte !

J'observe la peur dans son regard fuyant. Il a placé une main sur son front et je sens qu'il cherche ses mots.

— Euh…

— Oui, tu sais quand je t'ai demandé d'aller chez le traiteur et que tu étais «trop occupé» !

Ma voix part dans les aigus tandis que je ravale un sanglot.

— Non, vraiment je ne vois pas où tu veux en venir !

Non, mais quelle insolence ! Comment peut-il mentir de la sorte avec autant d'assurance. J'expire bruyamment avant de lancer avec véhémence :

— Et si je te dis Juliette, ça te parle ?

Il devient tout blanc, il sait que j'ai compris, mais il réfléchit encore à une façon de s'en sortir. Il est tout à coup mutique, les minutes s'égrainent, je perds patience.

— Alors ?

— Euh…

— Euh quoi ? Tu vas avouer ou tu comptes t'enfoncer dans ton mensonge ?

— Non, mais je ne vois pas ce que tu insinues ? répond-il fébrilement.

— Tu te fous de moi ? répliqué-je avec ardeur.

Baptiste baisse les yeux, je l'observe se recroqueviller sur lui-

même.

— C'est juste ma collègue…

— Arrête! Parce que là tu vas vraiment passer pour un imbécile!

Je me lève, décidée à quitter la pièce, énervée par son mensonge. Il me retient le bras.

— Comment tu sais?

— Ce n'est pas le problème! dis-je sèchement.

Les mots se sont échappés de manière plus forte que je ne l'aurais voulu. J'essaye de garder mon sang-froid, mais je n'y parviens pas. Mon ton se fait de plus en plus agressif.

— Tu te fous de moi et tu crois que tu vas t'en sortir comme ça? T'es vraiment trop con…

Son regard devient implorant. Il essaye de me prendre dans ses bras et je le repousse violemment.

— Je suis vraiment désolé, m'implore-t-il. Je te jure que ça n'est arrivé qu'une seule fois et que ça ne se reproduira plus jamais! Elle ne compte pas… Je te jure… Je t'aime… Pardon…

— Tu ne me mérites pas! crié-je.

Il se met à sangloter et essaye de me serrer à nouveau dans ses bras, mais je le pousse contre le bar.

— C'est trop facile! fulminé-je en me sentant tout à coup en position de supériorité. Tu crois que tu peux simplement t'excuser et que je vais tout te pardonner?

— Mais je t'aime, dit-il les yeux inondés de larmes. je te promets que ça n'arrivera plus.

— Oui, ça ne se reproduira plus jamais étant donné que tu vas la faire muter dans une autre banque! Je l'ai prévenue!

— Tu as fait quoi? s'inquiète-t-il.

— J'ai fait ce qu'il fallait! rétorqué-je en sentant une vague de puissance me parcourir.

— OK, tout ce que tu veux, mais je t'en prie, pardonne-moi !

Il s'approche pour me prendre dans ses bras, mais je me débats à nouveau et le tape pour qu'il s'éloigne. Tout ce que j'ai contenu ces dernières heures explose, les mots sortent dans un éclat de violence sans que je ne puisse les retenir.

— Je te déteste tellement, tu es la pire des personnes au monde, tu ne me mérites pas !

— Je t'aime Anna, je t'en supplie, ne me quitte pas…

Il pleure, mes barrières s'effondrent et les larmes perlent sur mes joues. Il s'assoit sur un tabouret de bar et prend son visage entre ses mains.

— Je t'aime, je t'aime tellement. Je ne suis rien sans toi. Pardonne-moi. Pitié…

Il semble faible tout à coup, je ne l'ai jamais vu comme ça. Mes résolutions s'effondrent progressivement, je sais que je vais lui pardonner, je n'envisage pas une minute ma vie sans lui. Mais pour l'instant, j'ai encore envie de le faire mariner…

— Pourquoi as-tu fait ça ? Pourquoi as-tu fait ça ? Pourquoi as-tu fait ça ?

Je répète cette litanie en boucle, doucement, les mots mêlés aux soupirs et aux sanglots. Il ne répond pas. Sa posture s'est ratatinée, son visage toujours entre ses mains. Puis, tout à coup, comme s'il avait été piqué par une bête quelconque, il se lève.

— Je ne sais pas pourquoi j'ai agi ainsi, je t'aime, tu es la femme de ma vie. Je suis naze, ce n'était que du désir. Pardon, je ne sais pas quoi faire pour que tu me croies… Tu comprends Anna, sans toi, je suis perdu !

Je l'observe, il s'est maintenant mis à genoux devant moi, comme si son corps cherchait comment se positionner pour appuyer ses propos. Il pose une main sur mes genoux. Je me laisse faire.

— Tu peux me pardonner ?

— Je ne sais pas…

— Anna, tu es ma femme et je veux un bébé avec toi. Je sais que je t'ai dit que je n'étais pas prêt, mais maintenant je le suis. Faisons-le et repartons sur de bonnes bases ! Il n'y a que toi qui comptes.

Il a touché la corde sensible, celle du bébé que je désire tant. Je finis par céder et me blottir dans ses bras. J'ai mal partout, mais une part de moi est soulagée. Nous passons des heures dans les bras l'un de l'autre dans la chaleur de notre appartement. Je ne suis pas encore capable de coucher avec lui, même si je ressens qu'il en a envie, je suis encore trop en colère. Et puis, cela serait trop facile. Mes sentiments sont mitigés. Chaque minute qui passe m'apporte une nouvelle nuance de l'arc-en-ciel de mes émotions : apaisement, colère, angoisse, amour, énervement, tranquillité.

Anna

Bordeaux, décembre 2018.

Lorsque mon réveil sonne, je me fais la réflexion que je n'ai envie ni de me lever ni d'être dans ma vie. J'entends la respiration de Baptiste, calme et apaisée. La mienne est saccadée et mon estomac me fait souffrir.

Je vois pourtant des couples se déchirer chaque jour, je suis tout de même spécialiste dans les divorces et je n'ai rien vu venir. Comment vais-je réussir à réellement lui pardonner ? Ce n'était qu'une seule fois… Mais l'était-ce vraiment ? Je sais bien que les hommes infidèles ne le sont rarement qu'à une seule occasion, pourtant, j'ai envie de croire Baptiste. Ma raison et mes sentiments sont totalement antagonistes pour le coup.

Je passe d'un état à l'autre. Des centaines de questions se bousculent ne laissant plus la place à autre chose : quand va-t-elle partir de la banque ? Et si elle reste encore quelques mois, est-ce que ça n'arrivera plus ? Est-ce que Baptiste me ment pour d'autres choses ? Puis-je lui faire confiance ?

Je me fais violence et sors du lit. J'allume la musique dans la salle de bain et mets Elvis, il faudra bien ça pour trouver la motivation de démarrer cette nouvelle journée. Je me sens sale et trahie. Pourtant, une part de moi est rassurée. Nous allons rester ensemble et faire un bébé. Et puis, le pardon fait partie des valeurs que mes parents m'ont inculquées. Tout le monde a le droit à l'erreur et c'est bientôt Noël, une période où on retrouve les gens que l'on aime, j'espère que la magie de cette fête m'aidera à surmonter tout cela. Revigorée par ces pensées positives, je me fais un brushing et prends le temps de me maquiller afin que Baptiste me trouve jolie. J'enfile mes collants, un chemisier blanc avec des petites cerises et laisse quelques boutons ouverts pour dégager mon décolleté, puis je mets mon tailleur jupe droite et veste bleu nuit assortie.

Baptiste se lève alors que je prépare des toasts beurrés avec de la confiture de fraise. Il vient m'embrasser et me susurrer un «je t'aime» à l'oreille. J'ai encore du mal à lui pardonner même si je fais de mon mieux en repensant chaque fois à notre projet de vie. Je suis tendue et silencieuse et je sens qu'il ne sait pas trop comment agir avec moi. Il s'installe face à moi pour déjeuner ensemble.

— Ma chérie, ce soir, je t'emmène au restaurant! m'annonce-t-il, un sourire éclatant aux lèvres. Je viens te chercher à 19 h.

Même si je lui en veux encore, j'apprécie le fait qu'il veuille passer du temps avec moi.

— D'accord, réponds-je avec enthousiasme.

— Je vais faire de toi ma priorité. Je t'aime. D'ailleurs, tu es vraiment trop belle ce matin.

Il se lève, passe derrière moi pour m'embrasser dans le cou et je me laisse faire.

— Merci.

Je jubile. Ça faisait des mois qu'il ne me disait plus que j'étais jolie. Et à l'idée de ce restaurant en amoureux ce soir, je sens mon cœur s'envoler. Nous terminons de manger et il me propose de

débarrasser la table afin que je sois à l'heure, chose qu'il ne fait jamais. Je m'apprête à partir au travail lorsque je sens mon portable vibrer. C'est mon groupe de copines.

<u>Messagerie de groupe : Nous les princesses !</u>

Laurène : Coucou ! J'espère que vous allez bien. Ça va être triste de ne pas vous voir ce soir. Trop habituée à notre repas du mardi ! Anna, j'espère que tu vas bien ?

Marine : Coucou ! C'est clair, vous allez me manquer ! Anna, désolée pour hier si tu as mal pris les choses, on voulait juste te protéger... On y a peut-être été un peu fort, mais c'est parce qu'on t'aime ! On ne veut pas que tu sois malmenée, tu es bien trop adorable pour ça !

Merci les filles, tout va bien. J'ai parlé à Baptiste, vous aviez raison. Tout est arrangé. On s'aime et... Il est d'accord pour qu'on fasse un bébé !

Laurène : Contente pour toi. Si tu as besoin de parler, je suis là. Mais fais attention et prends soin de toi. Bisous

Marine : Tu nous raconteras quand même ! On se voit la semaine prochaine. Bisous.

J'arrive dans le hall d'accueil et pars directement dans mon bureau en saluant Jessie, ma secrétaire. J'ai un tas de dossiers qui se sont accumulés et qu'il faudrait traiter rapidement. J'en ouvre un premier, mais mon esprit divague. J'essaye de parcourir quelques lignes, seulement je me rends compte que je lis sans comprendre un seul mot. Ma concentration est proche de zéro.

Tout à l'heure, j'ai rendez-vous avec monsieur et madame Baquarat pour leur divorce qui traîne depuis plus de six mois, car ils n'arrivent pas à se mettre d'accord. Nous allons tenter de trouver un accord avant le jugement qu'ils ont déjà reporté plusieurs fois. Il faut que je m'emplisse d'énergie pour supporter leurs disputes incessantes. Avant leur arrivée, je pars donc à la salle de pause me faire un café.

Je retrouve mon père en pleine discussion avec Alban, son jeune associé qui sort d'une «grande école» et qui est particulièrement autocentré. Je ne le supporte pas. C'est à lui que mon paternel a donné le poste que je convoitais. Depuis, ma motivation pour mon travail a nettement diminué. À peine un bonjour du bout des lèvres et ils repartent dans leur conversation comme si je n'étais pas là. Quelque part, tant mieux, je n'aime pas faire semblant! Jean-Michel, mon frère, arrive en suivant et se joint à leur discussion avec aussi peu d'intérêt pour moi. Encore une fois, je me sens dévalorisée. La voix de baryton de mon père remplit la pièce et je dois reconnaître qu'il a une certaine prestance. Chacun admire son charisme et sa réussite. Pour ma part, plus le temps passe, moins je supporte son égocentrisme et sa supériorité affichés. Il y a toujours eu un écart d'affection et de reconnaissance entre mes frères et moi. Sûrement parce que je suis une fille. Je pense que j'ai essayé de le compenser en étant la plus parfaite possible. J'ai toujours dit oui, fait des études pour l'impressionner et choisi ce travail pour être plus proche de lui. Mais au final, ce matin, je me demande à quoi bon?

Jessie vient me chercher pour me signifier que le «couple» Baquarat est arrivé. C'est parti pour un combat dans le ring afin

de savoir qui va garder le canapé Louis XV ou encore la cafetière de la grand-mère. Comme prévu, l'entrevue ne se passe pas sans heurts, les reproches fusent de toutes parts, chacun campe sur ses positions et personne ne s'écoute. Madame Baquarat énumère une à une toutes les infidélités de son mari et enfin, à 13 heures, nous arrivons à trouver un compromis. Alléluia !

Même si, comme tous les mois, celui-ci sera mis à néant dans quelques jours, parce que la colère est trop grande, et peut-être qu'au fond, ils ne sont pas prêts à se séparer… Mais j'en ai au moins terminé pour aujourd'hui. Je suis épuisée et cette situation me renvoie inévitablement à la mienne. Suis-je capable de devenir aussi aigrie si Baptiste recommence ?

À 14 heures, ma mère me téléphone. Je la trouve bizarre, sans vraiment savoir pourquoi. Elle, qui est toujours assez négative et passe son temps à critiquer sa vie, est aujourd'hui d'une humeur joyeuse. Elle m'explique qu'elle va partir au SPA avec son amie Gisèle pour se faire masser. Grand bien lui fasse !

— Et toi, ma chérie ? Comment ça va avec Baptiste ?

— Je lui ai parlé. Il est décidé, on va mettre notre bébé en route ! Je sais que j'ai peut-être pardonné un peu rapidement, car je me sens encore en colère, j'espère que ce ressenti va vite passer. Mais tu sais à quel point ce projet d'enfant me tient à cœur, dis-je en me triturant les mains.

— Tu sais, tu es jeune et belle. Si tu n'es pas heureuse, ne fais pas l'erreur de rester ou de te précipiter à faire un enfant !

— Oui maman. Je ne me précipite pas, ce bébé j'en ai envie depuis trop longtemps.

Je change rapidement de sujet. Elle n'a jamais été heureuse avec mon père et je ne veux pas qu'elle calque sa propre histoire sur la mienne. J'ai choisi Baptiste car j'en suis tombée amoureuse et jusqu'alors, ma vie avec lui me convenait.

— Je vais reprendre des cours de pâtisserie. Ils en donnent

«Chez Gusto», expliqué-je avec entrain. Ça a toujours été ma passion et je ne sais pas pourquoi j'ai laissé tomber…. Enfin si, je sais, je voulais que papa m'admire. Mais je crois que c'était une erreur, même en étant avocate, comme lui, il ne m'admire pas pour autant.

— Je n'aurais jamais dû le laisser faire à l'époque, le laisser briser ton rêve. J'ai été trop longtemps soumise à son bon vouloir, convient-elle. Mais maintenant c'est terminé.

— Ce n'est pas grave maman, tu as fait de ton mieux. C'est plutôt moi qui n'aurais pas dû me laisser faire. Oh… D'ailleurs, c'est le mardi et j'ai promis un resto ce soir à Baptiste ! Zut, je vais devoir annuler.

Je le note dans mon agenda tout en poursuivant le dialogue, mon téléphone collé entre mon oreille et l'épaule. Je suis un peu déçue, mais je pourrai y retourner plus tard.

— Pourquoi tu ne décales pas ton resto ?

— Baptiste et moi, on a besoin de se retrouver après ce qu'il vient de se passer… Je commencerai la semaine prochaine, tant pis ! rétorqué-je d'un ton qui ne laisse aucune place au changement d'avis.

— Ma chérie, ne commets pas les mêmes erreurs avec ton conjoint que celles que j'ai faites avec ton père.

— Ça n'a rien à voir, la coupé-je sèchement.

— Si tu le dis !

J'entends dans sa voix de la contrariété. Je sais qu'elle n'est pas d'accord avec mes choix, mais elle ne se permettra pas de me le dire clairement.

— Oui, ne t'inquiète pas, dis-je pour tenter de la rassurer.

— Essaye de ne jamais te laisser faire mon ange. Et pense à toi, c'est ce que j'essaye de faire maintenant et c'est plutôt agréable.

— Bon allez, je te laisse j'ai encore du travail, dis-je un peu

agacée par ses sous-entendus.

— Bisous, je t'aime, ne l'oublie jamais…

— Bisous mam'! Je sais que tu m'aimes!

Antony

Bordeaux, décembre 2018.

Je suis installé dans la grande salle. J'attends huit personnes ce soir pour le premier cours de pâtisserie. Dont Anna. Mon cœur cogne dans ma poitrine à cette idée. Je relis la liste des choses à faire, j'ai un peu la pression. J'installe chaque poste de travail, vérifie les ingrédients. Je suis tendu. Alors que je maîtrise parfaitement l'art de pâtisser, je ne sais pas si je serai assez pédagogue pour l'enseigner. J'ai prévu une recette de saison pour débuter : une bûche de Noël façon cheesecake aux fruits exotiques. Je sais que c'est un dessert qui a beaucoup de succès et je me réjouis d'avance de le faire découvrir.

Une à une, les personnes qui font partie du groupe entrent et s'installent autour de la table. Il y a un couple d'une vingtaine d'années, deux femmes qui ont la cinquantaine, un homme de mon âge, et deux jeunes filles qui semblent se connaître. Mais pas d'Anna. J'observe la porte, impatient et stressé à l'idée de passer un moment avec elle.

J'attends encore quelques minutes, puis mon aide-pâtissière, Julie, entre à son tour.

— Il manque encore une personne, me dit-elle.

C'est alors que la porte s'ouvre pour laisser entrer un homme blond et souriant. Voyant ma mine surprise, Julie précise que l'amie que j'avais ajoutée a annulé, mais que vu la liste d'attente, sa place a vite été prise. Je suis déçu, mais je ne laisse rien paraître. Après tout, c'est sûrement mieux ainsi. J'aurais peut-être été déstabilisé par sa présence. Je débute donc rapidement mes explications :

— Nous allons réaliser aujourd'hui une bûche exotique façon cheesecake. C'est une recette qui a quatre masses, comme nous le disons en pâtisserie : un biscuit, l'insert aux fruits, la mousse cheese et le glaçage. Ce sont des parfums pleins de saveurs et très rafraîchissants après un repas de fête lourd ! Nous allons commencer par réaliser le biscuit qui sera le support de notre bûche. Je vous laisse vous mettre par deux. Vous trouverez tous les ingrédients devant vous ainsi qu'un robot pour chaque binôme.

J'énumère les différents ingrédients afin que chacun vérifie qu'il ne manque rien et observe les mines attentives des participants. Nous sommes partis pour trois heures de travail ensemble. La dégustation est prévue le lendemain, car le glaçage doit reposer au frais vingt-quatre heures. Je passe entre les binômes afin de m'assurer que les consignes sont claires, malgré l'absence d'Anna qui me revient par vagues, je reste professionnel. Je maîtrise cette recette qui est une des premières que j'ai apprise. Les participants me posent énormément de questions, me laissant peu de temps pour penser. La dynamique du groupe se forme au fur et à mesure de la soirée, les apprentis pâtissiers se détendent et moi aussi, quelques rires sont échangés et malgré l'ambiance agréable, je ne cesse de me demander pourquoi elle n'est pas venue… Et surtout, pourquoi j'ai autant envie qu'elle soit là.

Anna

Bordeaux, décembre 2018.

La journée a été interminable. Je suis partie tôt dans le but de me préparer pour ma soirée en amoureux. Je me suis épilée, tartinée de lait pour le corps, et parfumée. Après avoir enfilé des bas et des sous-vêtements en dentelle noire, je revêts une robe rouge. Je relève mes cheveux en un chignon en laissant juste dépasser quelques mèches. Le résultat m'enchante et je me dis à haute voix, pour me rassurer :

— Baptiste va complètement craquer, c'est évident!

19 h 2, je suis sur les starting-blocks, prête à partir au restaurant.

19 h 15, toujours pas de Baptiste. Je tente de lui téléphoner et tombe sur le répondeur, il va arriver, il ne faut pas que je sois si impatiente. Je prends un magazine sur la table basse tout en tentant de maîtriser mon anxiété et de calmer ma respiration.

20 h 10, j'essaye de lui téléphoner de nombreuses fois et laisse une dizaine de messages sur son répondeur, puis j'essaye le numéro de son bureau. Rien. Je suis en train de me transformer en dragon.

Je râle, parle à voix haute toute seule. Je regarde mon téléphone de manière nerveuse toutes les deux minutes.

21 h, je suis trop inquiète, et s'il lui était arrivé quelque chose ?

J'appelle donc les urgences et la police. Aucun signalement. Je suis rassurée de savoir qu'il n'est pas à l'hôpital et je fulmine, car il est hypothétiquement avec Barbie Pétasse. Je tourne en rond comme une lionne en cage, ne sachant que faire.

22 h 30, j'entends la porte d'entrée s'ouvrir. Il arrive, trempé, l'air désolé. Je ne lui laisse même pas le temps de s'expliquer.

— Mais tu étais où putain ? hurlé-je en lui lançant un regard sombre.

Je le suis dans le salon, avec l'envie de tout envoyer en l'air face à son attitude si calme.

— Je suis désolé, je suis tombé en panne de scooter et mon téléphone n'avait plus de batterie.

Tandis que je reste debout devant lui, il s'affale sur le canapé avec ses vêtements humides, ce qui me contrarie encore davantage.

— Et tu habites sur une planète où les gens n'ont pas de téléphone peut-être ? me récrié-je.

— Calme-toi, je ne connais pas ton numéro de portable. J'ai essayé à ton bureau, mais tu étais partie, marmonne-t-il en regardant le sol.

— Mais bien sûr ! Je te déteste. Je me suis fait du souci figure-toi !

Il lève les yeux vers moi et je sens soudain de l'agacement dans son regard.

— Il faut te calmer un peu ! Tu crois que j'ai passé un bon moment peut-être ? fulmine-t-il tout à coup.

— Je n'en sais rien, t'étais peut-être avec Juliette ?

— Arrête ça immédiatement, je t'ai déjà dit que c'était terminé ! T'es vraiment pénible, s'indigne-t-il en se levant.

— C'est moi qui suis pénible ? Je te signale que j'ai eu peur qu'il te soit arrivé quelque chose !

— Oui, ben, faut arrêter d'être parano ! répond-il en me couvrant d'un regard noir. Maintenant, je vais me doucher, je suis gelé. J'n'avais pas besoin que tu me prennes la tête en plus de ça !

Il me tourne le dos et part vers la salle de bain. Je reste plantée là, sur mon canapé. L'expression «les bras m'en tombent» est parfaitement adaptée à la situation. La soirée est fichue et avec tout ça, je n'ai même pas dîné. Tant pis, de toute manière, je n'ai pas faim. Je décide d'aller me coucher. Il est temps que cette journée se termine et fasse place à une nouvelle.

Après la douche, il va directement dans son bureau. J'entends les clapotis du clavier indiquant qu'il joue sur son ordinateur. Fini les bonnes résolutions de ce matin, il ne m'a même pas embrassée. Mes larmes coulent en silence pour ne pas qu'il m'entende. J'ai l'impression d'être avec un parfait inconnu, dans une vie qui n'est plus la mienne.

Anna

Bordeaux, décembre 2018.

La sonnerie du téléphone me réveille en sursaut. J'observe l'écran 2 h 5 : papa.

Il ne m'appelle jamais et je sais instinctivement que quelque chose ne tourne pas rond. L'adrénaline traverse mon corps en un dixième de seconde, mon cœur bat si fort que je l'entends dans mes oreilles. J'essaye de me raisonner, mais en vain. Je décroche le téléphone tout en m'apercevant que Baptiste ne m'a pas rejointe dans le lit.

— Je m'excuse de t'appeler à cette heure-ci, mais je suis mort d'inquiétude, m'explique-t-il d'une voix tremblante n'ayant rien à voir avec son intonation habituelle. Ta mère n'est pas rentrée ce soir. Elle est partie se faire masser avec Gisèle dans l'après-midi et depuis, aucune nouvelle.

J'ai la bouche pâteuse et le son de ma voix peine à sortir de ma bouche. J'essaye de rassembler mes idées entre ma dispute avec Baptiste et cette nouvelle information.

— Euh, je lui ai parlé dans la journée, elle semblait aller bien, lui assuré-je en me positionnant pour m'asseoir plus confortablement dans le lit.

— Je te dis que ce n'est pas normal ! Elle t'a dit quelque chose ? Par exemple, quel était son programme et où elle voulait aller ?

— Non. Calme-toi ! Je vais essayer de l'appeler. Il doit y avoir une raison…

— J'ai essayé de la joindre, mais je tombe sur le répondeur, elle semble avoir son téléphone éteint.

— OK, j'essaye et je te rappelle.

Je compose son numéro. J'entends sa voix claire et douce :

— Bonjour, vous êtes sur ma messagerie. Je ne suis pas là pour le moment, laissez-moi un petit message et je vous rappellerai !

— Allô maman c'est moi, j'ai eu papa au téléphone, nous sommes inquiets, où es-tu ? bredouillé-je.

Mon cœur commence à s'affoler. Où peut-elle bien être ? Qu'elle ne veuille pas répondre à mon père s'ils se sont disputés est plausible, mais qu'elle ne me donne pas de nouvelles est bien plus inquiétant. Ce n'est pas son genre…

Après plusieurs vaines tentatives, je rappelle mon père.

— Tu sais ce qu'elle devait faire ce soir ? Tu as eu Gisèle au téléphone ?

— Non, aucun des deux, répond-il fébrilement. Je n'ose pas téléphoner à Gisèle en pleine nuit…

— Essaye, s'il est arrivé quelque chose à maman elle t'en voudra de ne pas avoir appelé !

Je ne le comprends pas, lui qui a tant d'assurance au quotidien, semble perdu face à cette situation. Que s'est-il encore passé entre eux pour qu'il réagisse de la sorte ? Ceci dit, malgré leurs disputes quotidiennes, elle n'a jamais agi ainsi. Je suis donc à mon tour inquiète.

Il promet de me tenir au courant et raccroche.

Décidément c'est la soirée des disparitions ! J'allume la lampe de chevet, me lève et me dirige, chancelante, vers le salon. Toutes les émotions des jours précédents m'assaillent et je me sens angoissée. Pour couronner le tout, je retrouve Baptiste endormi sur le canapé, un paquet de chips entamé et sa bière posée sur le sol. Il n'a donc même pas eu envie de me retrouver dans le lit. Il fait froid et, malgré mon énervement, je lui dépose un plaid sur le corps.

Je sens les larmes me monter aux yeux, tous mes sens sont en alerte, j'ai déjà du mal à me calmer d'une manière générale et là c'est encore pire. Un sanglot me soulève la poitrine, je le réprime avec ardeur pour ne pas faire de bruit.

Dois-je réveiller Baptiste pour qu'il me réconforte ? J'ai peur qu'après notre altercation de tout à l'heure, il ne soit pas prêt à cela.

Je m'apprête à repartir dans la chambre quand j'aperçois son portable posé sur la table basse. C'est tentant de regarder ce qu'il y a dedans… Je n'ai jamais fait ça, parce que j'ai toujours eu confiance. Ce n'est pas aujourd'hui que je vais commencer… Si ? Je m'avance vers la porte pour sortir quand je l'entends vibrer. J'hésite encore quelques secondes durant lesquelles un élan de culpabilité m'habite. Et puis, je me dis qu'après tout, vu ce que j'ai vécu ces derniers jours, j'ai bien besoin d'être rassurée. Je retourne donc vers la table basse à pas feutrés. Innocemment, je regarde le message s'afficher : après tout, je ne fouille pas, je tombe dessus par hasard ! Je sais que je ne devrais pas, mais je n'arrive pas à me contrôler. Qui peut lui envoyer des messages à deux heures du matin, à part Juliette ?

J'attrape le téléphone de ma main tremblante, me sentant terriblement mal. Pas uniquement parce que je me sens coupable de fouiller, mais aussi parce que j'ai peur de ce que je vais trouver. Il n'a pas désactivé l'affichage des messages, c'est qu'il n'a rien à cacher, non ? J'essaye de m'en convaincre alors que mes yeux se posent sur le prénom qui s'affiche : Juliette. Une boule d'angoisse

m'assaille et remonte dans ma poitrine puis dans ma gorge qui se serre. J'en étais sûre… Qui d'autre aurait pu envoyer un message à cette heure-ci ? Le début du message s'affiche, je ne peux m'empêcher de le lire.

> Baptiste, je me sens terriblement mal. Je t'aime, mais je ne veux pas perdre mon travail…

Je ne peux pas lire la suite, car il faut déverrouiller le téléphone et je n'ai pas le code.

Je suis très en colère qu'elle puisse lui envoyer encore des messages, mais elle semble suivre mes conseils, c'est déjà ça. Enfin, je crois… Mes yeux s'emplissent de larmes, je m'en veux d'avoir eu la bassesse de fouiller, mais je suis surtout heurtée que Juliette soit toujours dans la vie de Baptiste. J'ai envie de le réveiller pour en avoir le cœur net et lire la suite du message, mais je sais que ça ne fera qu'aggraver la situation. Puis, je pense à ma mère qui a disparu, ce n'est pas le moment de gérer mes problèmes de couple.

C'est la tempête dans ma tête, un trop-plein d'émotions. Je dépose le téléphone et pars dans ma chambre presque en courant. Mon cœur ne se calme pas et les minutes me semblent être des heures. J'essaye à nouveau de joindre ma mère, sans succès. Enfin, mon portable sonne. Mon cœur se retourne dans l'espoir que ce soit elle, mais je vois « papa » s'afficher. Il est déjà 3 h 15, je vais être épuisée demain.

— J'ai eu Gisèle qui ne semblait au courant de rien, m'annonce-t-il.

J'entends dans sa voix un regain d'énergie.

— Mais avec elle, tu sais, je ne peux jamais être sûr : elle cacherait un cadavre pour ta mère ! J'ai téléphoné à la police, mais vu qu'elle

est majeure, c'est trop tôt pour déclarer sa disparition… Tu es sûre qu'elle ne t'a rien dit ?

— Certaine, elle semblait particulièrement joyeuse au téléphone. Vous ne vous êtes pas disputés, tu es sûr ?

— Pas plus que d'habitude, tu sais, on se dispute, on se réconcilie… Ce n'est jamais facile entre nous, mais cela fait trente ans que c'est ainsi.

— Il ne s'est rien passé d'anormal alors ?

— Non…

Sa voix se brise. Je ne l'ai jamais entendu si fragile… Lui qui est si froid et sans émotion habituellement. Je tente de l'apaiser :

— Papa, on se voit demain matin. Là, on ne peut rien faire à part attendre…

— OK, merci. Essaye de dormir.

— Bonne nuit, essaye, toi aussi.

Je sais pertinemment que je ne dormirai pas. Ce n'est pas le genre de ma mère de disparaître ainsi et j'ai le message de Juliette qui passe en boucle devant mes yeux. Quelle soirée pourrie !

Je tourne et je vire dans mon lit pendant une demi-heure, traversée par des bouffées d'angoisse, puis je décide d'aller faire une brioche tressée pour me détendre. L'horloge de la cuisine indique 4 h 10. C'est une bonne heure pour faire de la pâte à brioche. Elle aura ainsi le temps de reposer et de gonfler.

J'entre dans la cuisine, c'est mon endroit préféré. Baptiste aime la décoration épurée et design et tout notre appartement ressemble à un catalogue d'ameublement moderne. Mais quand nous avons emménagé, la cuisine était déjà en place. Elle est rustique, de type provençal. La crédence en céramique bleue et blanche recouvre la majeure partie des murs, la planche en bois brut qui sert de plan de travail est légèrement abîmée ce qui lui donne un aspect vieilli. Mais ce que je préfère, c'est le vieux four à bois qui donne un

goût si particulier à la pâte à pain. C'est l'endroit le plus chaleureux de l'appartement et je m'y suis immédiatement sentie à mon aise. Bien entendu, Baptiste voulait une de ces cuisines modernes et tout équipées, mais j'ai tenu bon, on ne pouvait pas changer cette pièce! Malgré sa réticence, j'ai pu garder «ma pièce» dans laquelle, de toute manière, il entre peu.

J'attrape mon saladier en terre cuite, bats les œufs, le lait, le sucre, ajoute une gousse de vanille et le sel, puis je verse la farine et enfin la levure fraîche que j'ai achetée chez le boulanger la semaine dernière. Je pourrais mettre le tout dans mon robot, mais j'ai besoin d'action, je pétris donc la pâte à la main de manière active pendant une vingtaine de minutes comme si je pétrissais mes soucis. J'incorpore ensuite le beurre et continue de pétrir vivement. Mes mains glissent et malaxent la pâte qui devient progressivement lisse, élastique et collante. Je sais que c'est le secret d'une brioche réussie et aérée et je suis assez fière du résultat! Je suis submergée par mes émotions qui s'imprègnent des odeurs matinales provenant de la fenêtre ouverte, mélangées à la douce odeur de vanille. Des bruits provenant de l'extérieur me bercent, le vrombissement des moteurs, le doux clapotis de la pluie qui tombe. Il est 5 h, je vais pouvoir laisser reposer ma brioche deux bonnes heures avant de l'enfourner.

Je pars sous la douche. Mes pieds froids tremblent sur le sol. Les yeux fermés, je laisse l'eau couler sur ma peau, la chaleur me rassérène. J'essaye de faire un point sur les gros chamboulements déconcertants qui viennent de faire irruption dans ma vie si paisible. Je réfléchis aux différentes options qui expliqueraient la disparition de ma mère, mais je n'en trouve aucune, ou je ne veux en trouver aucune… Elle est loyale, fidèle et soumise depuis toujours à l'autorité de mon père. C'est une mère aimante et présente. Pourquoi choisirait-elle d'elle-même de disparaître? Mon estomac me brûle accompagné d'une sensation désagréable d'inquiétude : que lui est-il arrivé? Je refuse catégoriquement d'émettre des

options traumatisantes, et tente de respirer doucement en me disant qu'il doit bien y avoir une raison à tout cela.

J'enduis mon corps de crème pour m'occuper et gagner du temps, puis enfile mon tailleur-pantalon noir, un top gris et entreprends le chantier maquillage de quelqu'un qui n'a pas dormi : ce n'est pas gagné ! Je regarde mes yeux bleus, rougis et gonflés de fatigue, mon visage fin et mon nez étroit. Le pinceau à maquillage me caresse la peau qui se colore d'un rose irisé. Le temps semble suspendu. Je regarde à nouveau l'écran de mon téléphone espérant avoir des nouvelles de ma mère : rien.

Je tourne en rond, il faut que je m'occupe, je décide donc d'astiquer les placards de la cuisine, je dispose tous les verres sur la table en bois. Avec l'éponge, je frotte énergiquement chaque recoin, puis c'est au tour du tiroir à couverts, mais rien n'y fait, mon angoisse reste présente.

J'entends la porte s'ouvrir, lève les yeux et aperçois Baptiste dans l'encadrement, il frotte ses yeux ensommeillés et m'observe.

— Ma chérie, que fais-tu ? me demande-t-il d'un air étonné.

— Euh, une brioche… et un peu de ménage, comme tu peux le constater, réponds-je en essayant d'adopter un ton sec.

Il s'assoit sur un tabouret de bar face à moi, tout en maintenant sa tête dans la paume de sa main.

— À cette heure-ci ? dit-il dans un bâillement.

— En fait, je n'arrivais pas à dormir.

— À cause de moi ?

— Pas que… lancé-je, glaciale.

— Parce que je suis arrivé en retard hier et que je n'ai pas dormi avec toi ? Tu es un peu excessive non ?

Il a haussé le ton de sa voix ce qui ne me donne pas envie de m'expliquer. D'un ton ferme, je lui assène donc un :

— Laisse tomber, nous en parlerons plus tard.

Je préfère être plus calme quand nous aurons cette discussion. Pour l'instant, le flot d'émotions est trop grand et je sais que je risque de m'emporter.

— Oui, tu as raison, je suis encore crevé, je vais me recoucher, ce n'est pas une heure pour se prendre la tête.

Il fait demi-tour, ne cherchant pas à creuser les raisons de mon insomnie. Il ne se remet absolument pas en question et n'essaye aucunement de me rassurer. Je suis un peu vexée par son attitude. Lui ai-je pardonné un peu trop rapidement?

Il pense être le centre du monde et cela m'agace même si d'une certaine manière mon attitude laisse à penser qu'il est le centre du mien. J'aimerais qu'il agisse autrement, qu'il me serre dans ses bras et épouse ma tristesse, je souhaiterais tellement être le centre de son monde. Mais Baptiste arrivera-t-il un jour à aimer quelqu'un plus qu'il ne s'aime lui-même? Je n'en suis pas si sûre... Mais c'est ainsi que je l'ai épousé et aimé. Je veux me battre pour garder ma place près de lui.

J'enfourne ma brioche et la regarde gonfler à travers la vitre, comme hypnotisée par ses mouvements ondulants devant la lumière vacillante du four. Je suis épuisée... Les fragrances sucrées envahissent la pièce. Si je n'étais pas aussi angoissée, je serais affamée. Trente minutes plus tard, je sors la brioche et la dépose sur la table avec de la pâte à tartiner. Ce n'est pas le moment d'être fâchée avec Baptiste alors que Juliette est encore dans les parages. Si je suis désagréable, ça lui laissera davantage l'opportunité d'être le miel dans leur relation. Je me dois donc de me radoucir et de donner envie à Baptiste de me choisir. Je ravale donc une fois de plus ma fierté et dépose un mot sur un post-it :

« Je pars au travail, passe une belle journée, à ce soir, je t'aime ».

Anna

Bordeaux, décembre 2018.

Je monte les marches qui mènent dans les bureaux de «Martin et associés». Je m'attends à trouver mon père effondré et inquiet. Mais il n'en est rien. Il prend tranquillement son café avec Alban, un collègue, et mes frères. Ils semblent absorbés par leur conversation de sorte qu'ils ne me remarquent même pas. Par curiosité, je m'approche pour savoir s'il parle de ma mère. Ce n'est pas le cas. Il raconte seulement la plaidoirie de la veille, avec son air assuré. Lorsqu'il m'aperçoit, il me jette un regard signifiant qu'il faut que je me taise. Je lance donc un bonjour, l'air de rien.

— Bonjour Anna, on se retrouve dans ton bureau dans dix minutes si tu veux bien ?

— OK.

Je présume qu'il n'a rien dit à personne. Il est bien trop fier pour cela. Il faudra pourtant qu'il annonce à ses fils que leur mère n'est pas rentrée hier. Il me laissera peut-être m'en charger.

Jessie a déposé une pile de dossiers sur mon bureau, mais je

n'ai vraiment pas la tête à ça. Heureusement, aujourd'hui, je n'ai aucun rendez-vous planifié. Je bois ma tasse de thé et prends de grandes respirations afin de garder une certaine consistance. Puis je me décide à envoyer un message à Baptiste.

> Coucou mon amour, ma mère a disparu depuis hier soir et je suis super inquiète. J'espère que tu as bien dormi. Je t'aime.

Je dépose mon téléphone dans mon tiroir lorsque j'entends la porte s'ouvrir. Mon père entre, il n'a même pas frappé, comme s'il avait tous les droits. Je ne le lui fais pas remarquer, car il semble soudain soucieux. Dire qu'il y a quelques minutes, il discutait avec Alban comme si de rien n'était… C'est un excellent acteur. Sans détour, il me demande si j'ai des nouvelles tout en s'asseyant face à moi.

— Non, aucune… et toi ? Tu as parlé à Jean-Michel ou Hector ?

— Certainement pas, je ne veux pas les affoler pour rien.

Je fais une mine contrariée. C'est vrai que moi, on peut m'inquiéter, ce n'est pas grave, mais eux non !

— Je leur laisserai quelques mots quand même ! annoncé-je d'un ton sans équivoque.

— Fais ce que tu veux ! objecte-t-il avec une pointe d'agressivité.

— Tu aurais pu prendre ta journée tu sais ?

— Ça aurait servi à quoi ? Ici, je suis utile ! Tu connais ma devise : le travail avant tout !

— Oui, enfin, parfois, il faut savoir prendre du temps pour les choses importantes, tu ne crois pas ?

Il balaye ma phrase d'un signe de main. Non, les choses importantes pour le commun des mortels comme la famille, les

enfants, les amis, ne le sont pas pour lui. Seul, le travail l'est.

Encore une fois, nous ne voyons pas les choses de la même manière et son attitude me déçoit.

— D'ailleurs, en parlant de notre activité, tu vois qui est le patron de chez *Zirconium*? enchaîne-t-il.

Son regard s'éclaire tout à coup.

— Oui? demandé-je sans vraiment savoir où il veut en venir.

— Eh bien, il a décidé de passer par nous pour son divorce. Alban m'en a informé ce matin. Tu te rends compte le coup médiatique d'une telle séparation?

— Non, je ne me rends pas compte de l'importance de cette information alors que maman a disparu, réponds-je un peu agacée.

Il fait comme si je n'avais rien dit et embraye, un immense sourire aux lèvres :

— Non, mais Anna, c'est vraiment une grosse publicité, c'est une merveilleuse nouvelle!

Son attitude m'énerve et je n'ai qu'une seule envie, qu'il parte de mon bureau. Je ne sais pas pourquoi je l'ai tant admiré toutes ces années. Maintenant que je travaille avec lui, je connais son vrai visage et je suis tellement déçue.

— Je ne sais vraiment pas comment tu fais pour avoir la tête à cela.

— Bon, pour ta mère, on se tient au courant! Je vais bosser sur *Zirconium* pour m'occuper le cerveau. Si tu as des nouvelles, tu m'appelles tout de suite!

Il tourne les talons. Je crois que lui et moi, nous ne nous comprendrons jamais… Je regarde les dossiers empilés, les livres de droit sur les étagères. Il m'apparaît de manière limpide que je déteste cet endroit et ce travail. Je l'ai choisi pour plaire à mon père et qu'il soit fier de moi, mais je me rends de plus en plus compte que ma place n'est pas ici. Parfois, on fait des choix en tant que

jeune adulte et on évolue. Le plus difficile, maintenant que je m'en rends compte, c'est de savoir que faire de ma vie. Mon téléphone sonne et me sort de mes pensées négatives. C'est Baptiste.

— Allô ma chérie, pourquoi tu ne m'as rien dit ? s'exclame-t-il.

— Ce n'était pas le moment, le coupé-je pour éviter d'autres reproches.

— Que s'est-il passé ?

— Elle n'est pas rentrée hier, nous n'avons aucune nouvelle.

Mon ton est froid, j'essaye d'enrayer ma colère, mais rien n'y fait.

— Ça va ?

— Bof, j'ai connu mieux.

— Je ne vais pas t'être d'une grande aide, j'ai une réunion super importante, je ne serai pas rentré avant 20 heures ce soir.

— Pour une fois, tu ne peux pas décaler ta réunion ? rétorqué-je acerbe.

— Non, ce n'est vraiment pas possible. Je suis directeur et j'ai des responsabilités Anna !

Son ton autoritaire montre à quel point il se donne de l'importance. Désarçonnée par son attitude, je réponds avant de raccrocher sans le saluer :

— Dans ce cas, à ce soir. Essaye au moins d'être à l'heure.

Lui et mon père sont tellement centrés sur eux et leurs activités professionnelles qu'ils en oublient l'essentiel. Ça m'irrite ! En plus, je sais que Barbie Pétasse est toujours dans les parages ce qui rajoute une couche d'exaspération à mon ressenti. Il paraît qu'on recherche dans l'homme que l'on choisit soit quelqu'un qui ressemble à son père, soit son exact opposé. Pour l'instant, je me demande si j'ai fait le bon choix. Puis je me souviens de notre premier baiser, du côté rassurant d'avoir quelqu'un d'aussi sûr de lui que Baptiste, de notre emménagement, de notre mariage. J'ai fait le bon choix, j'en reste

persuadée, ou du moins, j'essaie de l'être.

À plusieurs reprises, je tente d'appeler ma mère, mais sans succès, mon inquiétude est grandissante. Je traite mes dossiers, désespérée et sans envie. La journée me paraît interminable.

À 19 heures, je rentre chez moi, m'affale sur le canapé, effondrée. Je sanglote sans pouvoir m'arrêter. Je libère toutes les tensions, les craintes, les frustrations contenues dans cette journée. Je finis par sentir le sommeil arriver.

Lorsque la porte d'entrée s'ouvre, je m'éveille.

Baptiste enlève sa veste de costard bleu nuit et la dépose sur le dossier d'une chaise. Il déboutonne ensuite le haut de sa chemise et se caresse le ventre puis s'approche de moi et me dépose un rapide baiser sur le front.

— Coucou, tu t'es endormie ?

— Oui, a priori ! laissé-je échapper en me redressant.

— Des nouvelles de ta mère ?

Il s'installe sur le canapé et dépose une main sur ma cuisse. Je me laisse faire même si l'envie de la retirer me chatouille.

— Non, aucune. Je suis vraiment inquiète, réponds-je en me prenant la tête entre les mains.

Je me repasse à nouveau les derniers évènements et des larmes jaillissent de mes yeux brûlants. Décidément, je ne me reconnais pas ! J'ai la sensation de sombrer chaque heure un peu plus avec cette accumulation de mauvaises nouvelles.

— Tu as une tête de déterrée ma pauvre chérie.

Je redresse la tête pour le regarder bien en face. Il est sérieux, c'est tout ce qu'il a trouvé à dire pour me rassurer ?

— On va dire que ce n'est pas le top cette semaine. D'ailleurs, tu as réglé le problème Juliette ?

— Euh… Il va falloir au moins trois mois avant de lui trouver un autre poste. Mais je te promets, mon ange, que c'est terminé !

dit-il d'une voix mielleuse.

— Non, mais en tant que directeur, tu ne peux pas faire accélérer la procédure ?

Je lui jette un regard noir. Il n'a donc aucun respect pour moi ?

— Ben non, sinon, il faudrait la licencier, me répond-il penaud.

— Et alors ? On s'en fiche, fais-le ! ordonné-je.

Je retire alors sa main de ma cuisse et le fusille du regard. Les larmes se sont taries à mesure que ma colère est montée.

— Je ne peux pas faire ça. Il faut une raison officielle, par exemple pour faute professionnelle et en plus, elle ne le mérite pas.

— Comment ça, elle ne le mérite pas ? Comment oses-tu dire ça ? Cette marie-couche-toi-là ! Elle a qu'à fermer les cuisses et ça lui évitera des problèmes !

Le ton de ma voix s'est élevé, je crie à présent. Comment peut-il la défendre ?

— Tu mélanges tout ! Il faut faire les choses correctement. En plus, je pourrais me faire accuser de harcèlement ! m'explique-t-il en gardant son calme alors que mon ton devient de plus en plus hystérique.

— Et je suis censée te faire confiance ?

Je me lève et me mets à tourner en rond dans le salon pour tenter de me calmer. Une boule s'est formée dans mon estomac et mon envie de vomir refait surface. Il se lève et me prend dans ses bras.

— Oui bien sûr, tu peux me croire.

Je le repousse pour lui faire face et tenter de voir s'il dit vrai.

— Elle ne t'a envoyé aucun message et n'a pas essayé de se remettre avec toi ?

— Mais non, je te promets ma puce.

— Mais bien sûr…

84

Je rumine, car je sais qu'il ment, en tout cas au moins pour le message. Je n'ai pas la force de me battre ce soir. Je ne peux pas lui faire confiance. Mais que faire ? Le quitter ? Non, pas juste pour une aventure, il faut savoir pardonner. Je décide donc de le menacer, sans conviction…

— Si jamais tu me mens encore, ça sera fini entre nous, c'est bien clair ? dis-je en le pointant du doigt.

— Oui, ne t'inquiète pas. Concentre-toi sur ta mère pour le moment… Et sur le bébé qu'on va faire. Nous allons devenir une famille et être encore plus heureux. Je t'aime, c'est le plus important !

Encore une fois, il sait aborder le sujet qui m'apaise de manière définitive et nous permet de changer de conversation. Il sait à quel point être mère est mon rêve, à quel point j'aime les enfants. Je m'étais imaginée mère très jeune avec une famille nombreuse, à la trentaine, mon horloge biologique s'affole et depuis quelque temps, ce projet est presque devenu une obsession. Baptiste m'invite à me reposer sur le canapé tandis qu'il prépare le repas.

Alors que nous dînons, nous parlons de prénoms pour notre progéniture, de maison et je me sens immédiatement plus légère même si la part de moi qui ne se ment pas à elle-même est morte de peur.

Anna

Bordeaux, décembre 2018.

Cela fait une semaine que nous n'avons pas de nouvelles de ma mère. Noël est ce soir. Mon père nous a invités chez lui, mais célébrer cet évènement sans elle me paraît impossible, je vais donc le laisser avec mes frères et leurs familles respectives. Moi qui aime tant Noël, je n'arrive absolument pas à me projeter pour réveillonner. Baptiste veut que je vienne chez ses parents et moi je rêve de me pelotonner dans ma couette et de n'en sortir qu'une fois cette fête passée.

Nous avons fait une déclaration à la police, mais personne ne semble vraiment s'inquiéter. Après avoir échangé avec mon père sur leur vie conjugale et qu'il a avoué leurs nombreuses discordes, la police pense à une fuite volontaire. Pour ma part, je ne sais que croire. Par moments, j'imagine qu'elle est effectivement partie de son plein gré et à d'autres, je me dis que cela n'est pas possible et qu'elle ne me laisserait jamais sans nouvelles. Mon père s'est davantage plongé dans le travail et il est encore plus inaccessible que d'habitude. À aucun moment, il n'a pris le temps de me parler

ni de savoir comment j'allais. Il arrive très tôt et ne repart qu'à la tombée de la nuit. Baptiste rentre également tard chaque soir et je me sens très seule. Je ne lui fais plus confiance, d'autant que Barbie Pétasse rôde toujours. Je vis avec cette angoisse permanente qu'il recommence. J'ai pardonné, mais ne saurais oublier qu'il m'a trahie. J'ai l'impression d'être dans un cauchemar.

Ne travaillant pas ce matin, j'ai demandé à mon père la permission de fouiller dans les affaires de ma mère à la recherche d'une piste indiquant les raisons de sa disparition. Je décide de téléphoner à son amie d'enfance, Gisèle, avant de m'y rendre, elle aura peut-être une idée.

— Allô ma chérie, ça va ?

— Bof, je vis une sale période, avoué-je. Je suis vraiment inquiète pour maman. Ça ne lui ressemble pas. Au début, je pensais qu'elle voulait juste faire peur à papa, mais avec le temps, je suis vraiment soucieuse.

— Oui, elle avait l'air tellement bien et heureuse le jour où on s'est vues. Ça faisait des années que je ne l'avais pas vue ainsi, dit-elle sur un ton embêté.

— Et à part sa bonne humeur, tu as remarqué autre chose d'anormal ?

Je sais que ma mère ne cache rien à son amie et décide donc de poursuivre mes investigations.

— Non, elle était juste joyeuse. C'est vrai que ça faisait longtemps que je ne l'avais pas vue si gaie.

— C'est bizarre. Tu penses qu'elle aurait pu prévoir son départ ?

— Je ne sais pas, avoue-t-elle d'une voix tremblotante.

— Mais pour toi c'est possible qu'elle soit partie de son plein gré sans prévenir ? Que s'est-il passé ? Tu en sais plus ?

J'entends Gisèle qui renifle dans le combiné.

— Pardonne-moi, je pleure… Mais tu comprends, elle est ma

meilleure amie depuis toujours. je me dis qu'elle ne m'aurait jamais fait ça… Mais comment en être sûre, alors que…

— Alors que quoi ?

— Rien, alors que… elle marque un temps d'arrêt, bredouille, puis ajoute : alors qu'elle sait que je suis seule.

Son explication est étonnante, mais je sens qu'elle est aussi désemparée que moi.

Gisèle et ma mère sont très différentes, mais inséparables. Je ne sais comment la réconforter alors que je suis dans le même état qu'elle.

— Je vais chez maman pour fouiller dans ses affaires, au cas où je trouve une piste. Veux-tu venir ? lui proposé-je.

— Oui, j'ai l'impression de ne servir à rien. Ça me fera du bien je crois, répond-elle avec une soudaine joie dans la voix.

— Ça sera plus facile à deux !

Une heure plus tard, je retrouve Gisèle devant la porte. Elle se tient voûtée devant la maison qui m'a vue grandir, tenant son sac serré contre son cœur. Habituellement tirée à quatre épingles, aujourd'hui elle semble être quelqu'un d'autre. Ses cheveux blonds, d'ordinaire brushés en toutes circonstances, sont maintenus par une pince d'où s'échappent des mèches éparses. Des cernes entourent ses yeux rougis. Quand elle me voit, ses lèvres se crispent essayant de former un sourire. Lorsque je m'approche, elle laisse tomber son sac contre son flanc et me serre de ses bras frêles. Gisèle est une vieille fille, toute sa vie tourne autour de ma mère et de notre famille. Seul son caniche, Arthur, trouve grâce à ses yeux. Je mets la clé dans la serrure et pousse la porte. Je m'attends à trouver ma mère, souriante, qui m'accueille dans sa maison immaculée. Or, j'entre dans un capharnaüm incroyable. Une odeur âcre règne dans l'atmosphère. Des assiettes encore remplies sont posées sur la cheminée, la table basse ou encore les étagères du salon. Les vêtements de mon père sont posés çà et là. Il a beau donner le change au travail, l'état de la maison ne fait aucun doute, il est touché par la situation. Gisèle met une main sur sa bouche.

— Non, mais ce n'est pas possible! s'exclame-t-elle, la main toujours posée sur sa bouche. Si ta mère voyait ça, elle ferait une syncope!

— Pour l'heure, ce n'est pas ce qui m'inquiète le plus, si elle pouvait en faire une, c'est qu'elle est en vie. Je préférerais mille fois cette option.

— On commence par où? demande-t-elle tout en regardant autour d'elle.

— Par la chambre non? proposé-je.

— Oui, il faut bien débuter par quelque chose.

Elle me suit jusqu'à l'étage où se trouvent les chambres. Depuis quelques années, mes parents ne dorment plus ensemble. La raison invoquée est que mon père ronfle et ma mère a le sommeil léger, pour ma part, j'imagine que c'est parce qu'ils ont du mal à se supporter.

La pièce est dans le noir, nous ouvrons donc les volets et laissons le soleil et l'air frais entrer par la fenêtre. Gisèle est debout, figée, elle regarde les cadres sur la commode disposés les uns près des autres de manière anarchique. Ils sont tellement nombreux qu'on ne peut tous les voir. De toutes formes, en couleur ou en noir et blanc, des morceaux de notre vie sont exposés : le mariage de mes parents avec leurs sourires radieux, des photos de naissance représentant mes frères et moi, nos grands-parents, Gisèle et ma mère recevant leurs diplômes, nos vacances au ski, à la mer ou encore nos exploits sportifs. Lâchant les vestiges du passé, je m'attelle à fouiller le premier tiroir de la commode. J'ai l'impression de violer son intimité, mais je suis tellement inquiète que je préfère m'assurer que je ne trouve rien qui puisse m'aider à comprendre ce qui a bien pu se passer. Gisèle serre ses mains l'une contre l'autre en fixant les photos l'air contrit. Elle semble sur le point de craquer

et entame une série de grandes respirations. Je la laisse retrouver son calme intérieur et continue ma fouille en silence. Je soulève les culottes, les chaussettes, les nuisettes, sans rien trouver d'anormal. Est-ce qu'il en manque ? Je ne saurais le dire. Dans son placard, toutes ses tenues sont rangées avec ordre. Ses chaussures sont sur les étagères, classées par catégorie. Je descends des cartons du haut de l'étagère et m'installe au sol pour en découvrir le contenu. Dans l'un d'eux, je trouve des centaines de photos plus ou moins récentes. Dans un autre, il y a nos dessins d'enfant. Je regarde ces rêves pleins de couleurs, mon cœur s'emballe à la vue de tous ces souvenirs gardés si précieusement. J'étouffe un sanglot, puis je relève la tête. Les yeux de Gisèle sont remplis de larmes et je m'effondre à mon tour. Que lui est-il arrivé ?

Gisèle se penche vers moi et me serre fort dans ses bras frêles. Il n'y a pas de mots pour décrire ce que je ressens tant la peine et l'inquiétude enserre mon cœur. Je me laisse aller à mes émotions quelques minutes dans les bras de cette femme qui partage ma vie depuis l'enfance, je me sens en sécurité. Puis, je me détache de son contact et referme le couvercle rempli de tous ces souvenirs. Je pose les cartons où je les ai trouvés et constate que, tout au fond de l'étagère du haut, cachée derrière des chapeaux, repose un coffret en fer. À l'intérieur se trouvent de vieux objets : une boîte à musique en émail, un écrin contenant un collier en or avec un pendentif représentant une rose, des coupures de journaux datant des années 1980 à 1990 signées d'un certain Jean Bernard, des cartes postales de Bretagne, une pince à cheveux bleue, et un livre intitulé « Si un jour... » écrit par ce même Jean Bernard. Je suis intriguée par le contenu de cette boîte. Je relève la tête et aperçois le regard fuyant de Gisèle.

— Tu sais ce que signifie tout ce bazar ? lui demandé-je en attendant une réaction.

— Hummm...

Gisèle n'a émis qu'un gémissement. Elle joue avec les coupures de journaux en évitant soigneusement de me regarder. C'est une piètre menteuse et je comprends immédiatement que j'ai mis le doigt sur quelque chose.

— Gisèle ? C'est quoi tout ça ? Ne mens pas s'il te plaît, je vois bien que le contenu de ce coffret te met mal à l'aise !

Elle replie les coupures de journaux et commence à les ranger puis finit par conclure de manière autoritaire :

— C'est du passé ça, ma chérie.

— Et tu penses que ça n'a rien à voir avec la disparition de maman ? Car on cherche des pistes et je n'ai jamais entendu parler de ce Jean Bernard ni aperçu ces objets auparavant !

— Le passé doit rester où il est ! Ce n'est pas le problème, aujourd'hui. Referme ça, veux-tu !

Elle s'empresse de tout mettre pêle-mêle dans le coffre en fer et le repose sur l'étagère. Elle, si délicate habituellement, a tout mélangé à l'intérieur ce qui pique ma curiosité. Que veut-elle cacher ?

Je la connais trop bien, je sais qu'elle ne dira rien si ma mère ne le lui a pas permis. Même si cela n'a rien à voir avec cette histoire, j'ai le désir de connaître le secret de cette découverte et fais mine de passer à autre chose en me disant que je reviendrai chercher les réponses plus tard.

Quelque chose m'intrigue tout à coup au moment où je referme le placard. Où est la valise de ma mère ? Elle l'a achetée l'an dernier, une *Louis Vuitton* pour une somme tout à fait honteuse, ce qui m'a valu une monumentale dispute avec elle. Elle m'avait dit qu'elle en rêvait depuis des années et qu'elle le méritait bien. Je trouvais absurde de dépenser autant pour un bagage, d'autant plus que depuis que mes frères et moi sommes partis de la maison, elle ne part jamais en voyage. Mais j'avais capitulé devant son air obstiné. Je fais mentalement le tour de tous les endroits probables où elle a pu la ranger puis demande son avis à Gisèle. Nous ouvrons donc tous

les placards de la chambre, puis de la maison à sa recherche. Rien. J'appelle mon père pour savoir s'il a une idée de son emplacement. Il me répond que non et raccroche directement. Deux heures plus tard, Gisèle et moi avons inspecté tous les recoins de la maison et n'avons rien trouvé d'anormal hormis la disparition de la valise. Nous nous asseyons dans la cuisine, épuisées, autour d'une tasse de thé.

— Tu ne crois pas qu'elle aurait pu la vendre ? demandé-je avec la crainte que Gisèle me réponde par la positive.

— Non, j'avais ta mère tous les jours au téléphone. Si elle avait décidé de vendre la valise dont elle m'a parlé pendant des mois, elle me l'aurait dit, m'affirme-t-elle, ce qui me rassure immédiatement.

J'aperçois également une étincelle d'espoir dans les yeux de Gisèle. Je m'autorise à penser l'espace d'un instant que ma mère a décidé de partir de son plein gré. Pensée qu'a priori Gisèle partage vu qu'elle lance joyeusement :

— Ma chérie, ta mère est vivante. J'en suis certaine !

Je voudrais avoir autant de certitudes qu'elle, mais je ne veux pas être déçue. Peut-être qu'après notre altercation, elle a décidé de vendre sa valise après tout. Je préfère laisser Gisèle et son espoir, alors je ne réponds rien. Elle s'est redressée et a retrouvé l'éclat de ses jolis yeux, je préfère la voir ainsi.

— Je dois y aller ma belle, j'ai laissé Arthur bien trop longtemps à la maison. Tu comprends, il n'a pas l'habitude et il n'aime pas être seul ! me dit-elle tout en se relevant.

— Pas de souci, de toute façon, nous avons terminé.

— Passe une bonne soirée de réveillon ma puce, me dit-elle en me serrant dans les bras.

Je souffle un oui contre son cou, ne sachant toujours pas ce que j'allais décider.

Gisèle fêtera Noël avec Arthur. Habituellement, elle vient chez

nous, mais elle m'a prévenue par message qu'elle n'en avait pas le cœur, je la comprends, car je ressens la même chose. Je la suis jusqu'à l'entrée et m'arrête dans l'encadrement de la porte.

— Tu ne pars pas ? me demande-t-elle.

J'ai pourtant mon sac sur l'épaule, mais quelque chose, nommé curiosité, m'empêche de rentrer chez moi.

— Mhh, non, je vais attendre mon père.

C'est un petit mensonge, mais pour la bonne cause non ?

— OK, prends soin de toi.

— Toi aussi Gisèle.

Je la regarde partir presque en sautillant. Elle a retrouvé de l'espoir, et rien que pour cela, la journée n'a pas été inutile.

Une fois Gisèle partie, je me précipite dans la chambre afin de récupérer la boîte puis rentre chez moi rapidement.

Curieuse de son contenu, je ne prends même pas le temps de retirer mes chaussures et vide l'intégralité de celle-ci sur la table de mon salon.

Je suis intriguée. Ma génitrice, que je pensais connaître par cœur, a gardé des souvenirs d'un homme dont je n'ai jamais entendu parler. J'ai l'intuition que tout ceci a de l'importance, sans réellement m'expliquer pourquoi.

Je commence à étaler les coupures de journaux sur la table du salon, on se croirait dans "les experts". Ce sont de simples articles d'actualités diverses se déroulant en Bretagne de juin 1985 à février 1991 sans lien particulier entre eux à part leur auteur. Certains passages sont soulignés et ils sont rangés chronologiquement. À première vue, je ne trouve rien d'intéressant dans leur contenu, je les reclasse donc et attrape le livre.

C'est une romance. Je la feuillette et découvre une annotation sur la page de garde. Je pense tout d'abord à l'autographe de l'auteur, mais il n'en est rien. En réalité, l'écriture m'est familière. Je lis :

94

« J'ai trouvé ce livre chez un bouquiniste, je pense que cela t'intéressera, je suis là pour en parler si besoin. Ton amie de toujours, Gisèle».

Elle était au courant et connaissait l'existence de cet homme. C'est sans doute pour cela qu'elle avait l'air si gênée tout à l'heure. Qui était donc ce Jean Bernard ? Je poursuis mes investigations et découvre une photo jaunie par le temps glissée entre deux pages.

Elle représente un jeune homme à genoux jouant de la guitare devant une femme assise au sol, je fronce les yeux pour mieux voir cette femme et reconnais ma mère, la vingtaine, souriante. Sa main est posée sur les genoux de l'inconnu. Ce n'est pas mon père, peut-être est-ce Jean Bernard ? À quel moment l'a-t-elle connu ? Je retourne la photo, mais rien n'y est inscrit. Si j'en crois les coupures de journaux, je n'étais pas encore née.

J'attrape ensuite la boîte à musique peinte avec minutie, remonte le mécanisme délicatement et ouvre le couvercle. Un minuscule couple se met à tourner devant un petit miroir. Je la regarde, comme hypnotisée, car je reconnais cet air. Ma mère le fredonnait souvent lorsque nous étions enfants. Je regarde les cartes postales. Saint-Malo, Dinard, Dinan, le Mont-Saint-Michel. Les paysages sont splendides et je me demande pourquoi elle ne nous y a jamais amenés alors qu'elle semble apprécier l'endroit. Je range minutieusement chaque objet où je les ai trouvés, sauf le livre que je décide de lire dès ce soir.

J'attrape mon ordinateur et tape dans la barre de recherche : Jean Bernard, journaliste. Un article sur Wikipédia indique qu'il a travaillé jusqu'en 1991 pour un journal local en Bretagne, puis s'est consacré à la défense et à la préservation des écosystèmes marins. Il n'y a aucune mention sur son livre. En revanche, je trouve un lien vers une page Facebook où je l'aperçois sur sa photo de profil. C'est un homme d'une cinquantaine d'années sur un voilier. Il porte un

ciré rouge et a un immense sourire aux lèvres, la différence d'âge est trop importante pour que je sois certaine que ce soit lui sur la photo, mais son âge ainsi que sa description concordent.

Nous n'avons jamais mis les pieds en Bretagne... Je me demande à nouveau quelle place il a eue dans la vie de ma mère pour qu'elle garde tout cela ?

J'hésite quelques minutes à lui laisser un message pour l'interroger à propos de ma mère. Depuis sa disparition, j'ai le désir de mieux la comprendre et explorer son passé me semble être une première étape. D'un autre côté, cela paraîtra peut-être bizarre à cet inconnu ? Après avoir pesé le pour et le contre, je finis par conclure que je n'ai aucune piste et rien à perdre. Au pire, il ne répondra pas ou ne se souviendra pas de ma mère... Je tape immédiatement le message craignant de changer d'avis.

> Bonjour, je m'appelle Anna, ma mère s'appelle Marie Martin, son nom de jeune fille est Figari. Elle a disparu depuis une semaine et en fouillant dans sa chambre, j'ai trouvé une boîte remplie de coupures de journaux, une photo que je vous envoie également, ainsi qu'un roman qui serait écrit de vos mains. Cette découverte m'intrigue et au vu des circonstances, je me demandais si vous aviez connu ou non ma mère et si cette découverte a un lien quelconque avec sa disparition ? Je sais que ce message risque de vous surprendre mais je serais ravie de toute l'aide que vous pourrez m'apporter. En vous remerciant.

Après avoir tout rangé, je m'affale sur le canapé et m'endors rapidement. C'est l'arrivée de Baptiste qui me sort des songes. Je constate qu'il fait déjà nuit dehors. Tout en retirant son manteau il se met à râler que je ne suis pas prête pour partir chez ses parents.

— Mais c'est Noël, Anna ! Tu ne peux pas rester comme ça à te morfondre. Ça ne fera pas revenir ta mère ! Tu ne vas tout de même pas me laisser seul ? éructe-t-il en quittant la pièce de vie.

Quelque part il a raison, je ne vais pas laisser mon mari aller dans sa famille sans moi, pour quel genre de belle-fille passerais-je ?

Je me dirige vers ma chambre à la recherche d'une tenue de circonstance et me décide à porter mon indémodable petite robe noire. Tandis que Baptiste se douche, je me maquille discrètement et pars chercher les quelques paquets destinés à sa famille sous le pied du sapin.

Anna

Bordeaux, décembre 2018.

À peine garés, je découvre avec émerveillement la maison de famille décorée de milliers de lumières scintillantes. Mes beaux-parents voient toujours les choses en grand et les fêtes de fin d'année ne font pas exception à la règle. J'ai beau avoir l'habitude des agencements artistiques de mon beau-père Jacques, il arrive chaque fois à me surprendre. Finalement, je ne regrette pas d'avoir fait l'effort de venir, rien que pour ce spectacle.

Au moment où je m'approche de la porte, j'aperçois Jacques en pleine conversation avec les voisins qui ont amené leurs petits-enfants pour observer le père Noël scintillant et l'immense sapin véritable, planté depuis des générations, qui brille de lumières rouges et vertes. J'observe la magie dans leurs yeux et ça me réchauffe le cœur. Je laisse mes pensées vagabonder quelques instants en imaginant mes propres enfants au même endroit et me dis qu'ils seront heureux d'avoir un grand-père comme celui-ci. La sœur de Baptiste, en petite robe rouge malgré le froid, ouvre la porte énergiquement et se précipite dans les bras de son frère en

m'ignorant royalement. C'est une adolescente capricieuse et trop gâtée à mon goût et nous n'avons pas vraiment d'atomes crochus. Je lui lance tout de même un "bonjour" joyeux de circonstance auquel elle est bien obligée de répondre du bout des lèvres.

Le froid est mordant et je ne me fais pas prier pour rentrer à l'intérieur. Des guirlandes lumineuses sont accrochées dans chaque pièce et le sapin immense aux décorations coordonnées bleues et argentées trône au centre du salon. Lorsque Jacques rentre le nez rougi par le froid, je le félicite d'avoir mis autant de magie dans leur logis. Une odeur délicieuse se dégage de la cuisine et mon ventre gargouille de manière réactive. Tandis que Baptiste part boire l'apéritif avec ses oncles et tantes, je vais proposer mon assistance en cuisine à Valérie, ma belle-mère. Elle sait à quel point je préfère l'aider plutôt que de passer une éternité à table, aussi accepte-t-elle avec plaisir.

J'aime tellement ça, le bruit des casseroles et des plats qui mijotent, ajouter un soupçon de féerie dans une recette, agrémenter un plat à l'aide d'une épice ou d'une herbe aromatique. Je demande à ma belle-mère si je peux goûter sa sauce au foie gras et propose d'y ajouter du piment d'Espelette. Je ferme les yeux et me délecte du goût légèrement transformé qui ravit mes papilles. Alors que je dresse les assiettes d'entrée, Valérie s'approche de moi et pose une main sur la mienne.

— As-tu des nouvelles de ta mère ? me demande-t-elle avec douceur.

— Aucune, réponds-je en retirant ma main pour poursuivre la décoration de l'assiette avec une pointe de crème de vinaigre balsamique.

— Tu n'as pas voulu passer les fêtes en famille cette année ? Je suis ravie de t'avoir avec nous, mais je sais à quel point tu aimes réveillonner avec tes frères.

Je sens les larmes monter et détourne le regard pour ne pas

qu'elle aperçoive mon trouble. Après avoir répondu un vague "C'est exactement ça" je la questionne sur le dessert qui sera servi afin de changer de conversation. Elle est suffisamment subtile pour comprendre que je ne veux plus en discuter et me montre l'immense bûche commandée "Chez Gusto" ce qui fait dévier quelques instants mon cerveau insolent vers le bel Antony. Je chasse cette pensée inopportune de mon esprit et suis ravie de constater que ma belle-mère parle maintenant de sa fille qui a décidé de devenir influenceuse et dont elle ne sait plus quoi faire. Encore une raison de plus pour que cette ado m'agace.

Baptiste a une grande famille, nous sommes vingt-huit à table et la soirée passe assez rapidement. J'aime beaucoup mes beaux-parents, mais j'ai l'impression d'être dans un tourbillon entre les conversations qui s'entremêlent, mes allers-retours en cuisine et mon cerveau qui ne cesse de s'inquiéter. Si ma mère était en vie, n'aurait-elle pas téléphoné au moins pour les fêtes ?

Un peu avant minuit, je me mets à l'écart pour faire une visio avec ma famille. C'est la première fois que je réveillonne loin d'eux et force est de constater que ça me rend assez triste. L'ambiance n'a pas l'air très joyeuse de l'autre côté de la ligne. Mes frères semblent affectés par la situation et parlent peu. Heureusement que mes belles-sœurs et leurs enfants sont présents pour égayer un peu la fête. Je ne reste pas longtemps en ligne, me sentant soudain morose et regrettant mon choix d'être loin d'eux ce soir. Je les embrasse chaleureusement et raccroche sentant une vague d'émotions et de tristesse m'envahir subitement.

Je retourne à table au moment où Valérie annonce l'ouverture des cadeaux. Les trois enfants de la cousine de Baptiste se précipitent sous le sapin et déballent avec ferveur leurs paquets. Baptiste m'offre un coffret avec un bracelet en or, simple, mais très joli. J'ai une petite pensée pour ma mère, elle l'aurait adoré.

Je tends un paquet à Valérie qui le saisit en souriant et ajoute :

—Ce qui me ferait le plus plaisir, ce serait… des petits enfants !

Je me sens immédiatement mal à l'aise, ne sachant que répondre. Baptiste prend la main de sa mère, la regarde avec un soupçon de mélancolie avant d'annoncer :

— Nous sommes prêts, maman, je pense que ça sera pour bientôt !

Mon cœur se met à battre la chamade, le bonheur envahit mon être. C'est la première fois qu'il dit cela en public et sa promesse prend encore plus d'ampleur à cet instant. Tout en observant la petite Jenifer se précipiter avec sa poupée dans les bras de sa mère, je me dis avec joie que bientôt, ce sera mon tour.

Nous rentrons après le dîner, mon cœur un peu plus léger. C'est peut-être lié au champagne, mais dans tous les cas, l'annonce de Baptiste m'a remis du baume au cœur. Finalement, je conclus que cette soirée restera un beau souvenir et nous fêtons donc notre amour sous les draps.

Anna

Bordeaux, décembre 2018.

Après cette soirée de Noël, je me mets dans la tête que ma mère ne reviendra pas. J'imagine sans cesse tous les scénarios possibles, ce qui me provoque des crises d'angoisse de plus en plus récurrentes. Baptiste travaille toujours aussi tard et s'intéresse peu à mes états d'âme. Nous n'avons plus couché ensemble depuis le soir de Noël et plus je vais mal, plus j'ai l'impression qu'il me fuit. Au moment de partir travailler, j'attrape du pain de mie beurré que je grignote le temps du chemin.

Jessie m'accueille avec le sourire. Je la salue et pars dans mon bureau.

Elle passe la tête à travers la porte.

— Je peux vous faire un petit café ?

— Avec plaisir.

Heureusement qu'elle est là pour me donner un peu de courage.

À 19 heures, je quitte le bureau. Baptiste me prévient par message qu'il rentrera certainement après 21 heures. Cela ne

change rien à ses nouvelles habitudes. Je regarde mes messages Facebook, Jean Bernard n'a pas répondu. Que peut faire Baptiste à la banque jusqu'à 21 heures alors que celle-ci ferme à 18 heures ?

Pour rentrer chez moi, je passe presque devant l'agence. Je pourrais peut-être faire un détour, juste pour voir quels sont les bureaux encore allumés ? Même si mon attitude relève peut-être de la paranoïa, je décide de m'y aventurer quand même.

La rue est éclairée par des guirlandes lumineuses. Devant plusieurs portes, je découvre des couronnes de Noël et me souviens avec nostalgie des moments passés avec ma mère à fabriquer la nôtre. Sentant les larmes monter, je presse le pas et frotte mes mains l'une contre l'autre pour tenter de me réchauffer. Mon attitude me paraît un peu excessive, moi qui n'étais pas jalouse avant cela. Mais, après tout, il m'a trompée, je suis en droit de vérifier ce qu'il en est avant de lui redonner ma confiance, non ? Plusieurs fois, je songe à faire demi-tour, mais une force inconnue m'anime.

J'aperçois enfin la banque au coin de la rue. Mes pas résonnent au rythme de mon cœur. Je m'approche doucement. Une lueur brille à l'intérieur, mais je ne peux pas réellement savoir de quel bureau elle émane. Soudain, je vois la porte vitrée coulisser et en m'approchant, j'aperçois la femme de ménage : j'ai une chance incroyable !

J'accélère le pas et l'apostrophe :

— Bonjour, Madame ! Je suis l'épouse de monsieur Bouleau.

— Ah, oui, on s'est déjà vues, je m'en souviens ! Vous allez voir votre époux c'est ça ?

— Oui, tout à fait !

Quelle veine, je vais pouvoir entrer sans effort !

Le hall d'accueil est dans le noir, mais le couloir menant aux bureaux est éclairé. Je m'avance doucement. L'adrénaline coule dans mes veines à l'idée de pénétrer sur son lieu de travail sans le prévenir. J'entends mon cœur frapper dans ma poitrine et j'ai beau dire à mon cerveau que tout va bien, mon corps ne l'entend pas ainsi! Le bureau de Baptiste est au fond. Je m'approche silencieusement. La porte est fermée, mais j'entends du bruit à l'intérieur. J'appuie, tétanisée, sur la poignée et pousse la porte.

Baptiste est debout, son pantalon en bas des jambes et Juliette est face à lui, jambes écartées sur le bureau. Des vêtements jonchent le sol de manière anarchique.

J'ai été tellement discrète qu'ils mettent quelques minutes à s'apercevoir de ma présence. Je suis plantée là, bouche ouverte, en état de choc. Au lieu de signaler ma présence, j'observe la scène tétanisée. Mon cœur se déchire, entraînant une douleur fulgurante dans ma poitrine. Ma gorge se serre au fur et à mesure des va-et-vient de mon mari et de leurs gémissements.

Puis tout à coup, c'est comme si mon cerveau se remettait à fonctionner. Qu'est-ce que je fais encore là ? La douleur est toujours présente dans ma cage thoracique et je peine à respirer, mais je ne désire plus qu'une chose : être le plus loin possible de ce lieu de souffrance. Je tourne donc les talons et pars en courant. Le bruit de mes pas résonne et Baptiste, qui a dû m'apercevoir, crie mon nom, mais je ne me retourne pas. Je cours le plus vite possible. Seule l'envie de disparaître m'anime et me donne la force de me mettre en mouvement. Plus les cris de Baptiste s'intensifient, plus l'adrénaline me fait avancer. La baie vitrée de la banque s'ouvre. Je bondis dans la rue, plus rapide que jamais. Je sens seulement mon sac qui tape de manière rythmée contre mon flanc. Des larmes chaudes roulent sur mes joues, je n'y vois presque rien. Le vent froid brûle mon visage et mes poumons, mais je continue ma course folle, ne sentant même plus la douleur dans mes jambes, j'accélère encore, le plus que je peux. Mes yeux se ferment tant les larmes affluent. J'entends mon nom au loin qui se réverbère contre les murs des rues. Je ne veux plus le voir, alors j'essaye de courir encore plus loin, plus vite. J'aperçois l'angle de ma rue, et traverse espérant lui échapper, retrouver le confort de ma maison, me dire

que tout ceci n'est qu'un mauvais rêve… Plus que quelques mètres. La lumière des phares d'une voiture m'aveugle, le crissement des pneus, le choc, mon corps qui vole et puis… Plus rien.

Marie

Bordeaux, janvier 2019.

Assise à la terrasse d'un café, je laisse les pensées s'installer. Je suis partie. Je n'en reviens pas moi-même.

J'essaye de refaire le fil de l'histoire afin de comprendre comment j'en suis arrivée là.

Quelques semaines plus tôt, j'ai retrouvé la trace de Jean Bernard sur internet et en ai fait part à Gisèle. Depuis que j'ai aperçu son visage sur les clichés, je suis comme une adolescente face à son premier béguin, des papillons dans le ventre et une énergie que j'avais perdue depuis des années.

Elle m'a demandé ce que je comptais faire. À cet instant, je ne pensais pas le contacter. Que lui dire après tant de temps ? Il serait sûrement marié et aurait une vie paisible, il n'avait certainement pas besoin que je revienne briser son équilibre.

Savoir qu'il était en vie et bien portant suffisait à redonner un souffle à mon existence. J'ai alors projeté de me séparer de Georges, il était temps, après toutes ses années à subir ce mariage. Avoir

retrouvé Jean Bernard m'avait insufflé le courage dont je manquais tant. Je voulais en parler avec Anna, mais tout s'est précipité. La période des fêtes approchant et Baptiste qui lui avait brisé le cœur, je n'ai pas eu la force de lui avouer que je comptais quitter son père.

J'avais rangé l'idée de revoir Jean Bernard dans un coin de mon cerveau. Laisser un souvenir intact me paraissait la meilleure des options, mais Gisèle n'en est pas restée là. Après notre dîner, elle lui a écrit.

Nous avions rendez-vous toutes les deux pour une séance de massage et elle m'a apporté une lettre qu'il avait envoyée à mon attention. Trente ans sans nouvelles. Un électrochoc. Comme si on m'avait tout à coup rebranchée, réanimée. Je ne sais pas ce qu'il m'a pris, moi qui suis si raisonnable. Lorsque j'ai quitté Gisèle, je suis montée dans ma voiture, puis passée prendre ma valise et j'ai pris la route en direction de la Bretagne. Je me suis arrêtée à la banque. J'ai retiré une grosse somme d'argent, puis éteint mon téléphone pour être sûre de ne pas faire demi-tour. Je savais que Georges tenterait tout pour me faire changer d'avis. Il est très fort pour me retourner le cerveau. J'ai roulé, sans réfléchir. Au fur et à mesure des kilomètres, je me délestais des poids posés sur mon cœur depuis tant d'années, je ne savais pas ce que j'allais trouver, mais je savais que c'était la meilleure chose à faire.

Cela fait si longtemps que je ne suis pas heureuse que je crois que je m'y suis habituée. Georges me salit, m'humilie, me fait peur. Il fait de moi sa chose. J'ai pourtant accepté cette situation de manière tacite, pour qu'il offre une vie confortable et un avenir à mes enfants.

J'ai honte d'avouer qu'il me fait du mal, psychologiquement et parfois, physiquement.

Deux fois par semaine, il décide de coucher avec moi. Il ne me demande pas la permission. Il me déshabille sans aucune délicatesse et me pénètre sans douceur. Parfois, je saigne, parfois, je pleure en

silence lorsqu'il s'en va. Je suis soumise, sale et j'ai fini par avoir une image dégradée de moi-même. Une fois, j'ai refusé de me donner à lui et il m'a donné une gifle si forte que j'en ai gardé la trace toute une semaine. J'étais jeune et cette peur est restée imprimée en moi, mais que pouvais-je faire d'autre, j'étais mère au foyer avec trois enfants.

Il sait où frapper pour que ça ne se voie pas et il connaît du monde. Il a obtenu ce qu'il voulait, les fois suivantes, j'étais tellement terrorisée que je n'ai rien dit. Et puis, je crois que je m'y suis habituée. À sa violence, verbale et physique. À ses manipulations pour me faire passer pour la méchante aux yeux des autres. Je ne l'ai jamais raconté à personne. J'ai trop honte de la manière dont il me traite lorsque nous sommes seuls tous les deux. La seule raison qui m'a poussée à rester, ce sont les enfants et la peur. Je savais qu'il ferait tout pour me les enlever. Il a le pouvoir, les connaissances, l'intelligence. Moi, je ne suis qu'une femme sans instruction. Qui me croirait ?

Mais aujourd'hui, les enfants sont grands, personne ne pourra me les enlever. Et Jean Bernard m'a écrit.

Il fallait que je lui dise pardon, que je me dise pardon. Alors, j'ai roulé sans m'arrêter les cinq heures suivantes, en chassant les remords. Ne pensant pas aux conséquences. La culpabilité s'est emparée de moi à plusieurs reprises, j'ai pensé à Anna, aux garçons, à Gisèle. Je les abandonnais. Puis, je me suis dit que pour la première fois, il fallait que je pense à moi. Je les appellerai dans quelques jours. Il est temps que je prenne ma vie en main.

Je suis arrivée à Dinard. J'ai choisi l'hôtel le plus luxueux de la ville en me réjouissant à l'idée que c'est Georges qui me paye ces vacances improvisées. En imaginant la tête qu'il allait faire lorsqu'il se rendrait compte que j'avais disparu, j'ai souri. Cela fait tellement longtemps que je ne m'étais pas opposée à lui. Et pour cause, la dernière fois que je l'ai fait, ça s'est mal terminé…

Je ne sais pas si j'aurais le courage d'aller au bout de mon aventure. Des années de soumission, de peur, à ne jamais avoir l'audace de me rebeller ou de répondre. Mais il suffit parfois de quelques mots griffonnés sur une feuille, un "je pense encore à toi" pour trouver le courage. J'espère juste que mes enfants sauront me le pardonner.

Les jours suivants, j'ai profité du jacuzzi, de lire, de marcher le long de la mer. J'ai fait le vide et j'ai tenté de démêler le fil de mon existence et de comprendre qui je suis. Je ne suis pas encore prête à revoir Jean Bernard. J'ai la sensation d'être un imposteur, comment pourrait-il apprécier la femme que je suis devenue ? Je suis passée à plusieurs reprises devant chez lui. Je l'ai observé, sentant mon cœur s'animer. Mais je ne me suis pas approchée. Il fallait tout d'abord que je fasse la paix avec moi-même. Je crois n'avoir pas été aussi détendue depuis des années.

Noël est passé, je n'ai pas pu me résoudre à téléphoner à mes enfants. J'avais trop peur que mes résolutions s'effondrent. Au fond, j'ai toujours ce manque de courage qui m'aura fait défaut toute ma vie. Alors, j'ai passé la soirée seule, au bar de l'hôtel à goûter tous les cocktails en discutant avec le barman. J'ai fini la soirée devant la porte de Jean Bernard. J'ai sonné. Il était là, un peu vieilli, mais toujours ce sourire qui m'avait fait fondre. Il m'a fait rentrer, j'avais un peu honte de mon état, mais j'avais au moins trouvé la force de venir. Nous avons discuté, comme s'il ne s'était passé que quelques minutes depuis notre dernière rencontre. Il ne s'est jamais marié et ne m'en veut pas. Il a toujours ce regard tendre qui l'enveloppe. Mon cœur bat toujours autant pour lui, j'ai la sensation d'avoir vingt ans à nouveau. Nous avons décidé de nous revoir. Demain peut-être.

J'ai laissé le temps s'égrainer sans penser aux autres depuis plusieurs semaines. Je culpabilise par moments, mais je pense que c'était le temps nécessaire pour que je retrouve confiance, pour que je sois assez forte pour affronter la suite.

110

Je sors de mes pensées, bois une gorgée de mon breuvage fumant pour me donner du courage et je me décide enfin à allumer mon téléphone et à affronter la suite avec appréhension. J'espère que les enfants et Gisèle comprendront. Il s'allume et je lis et écoute les différents messages. Anna… Oh non…

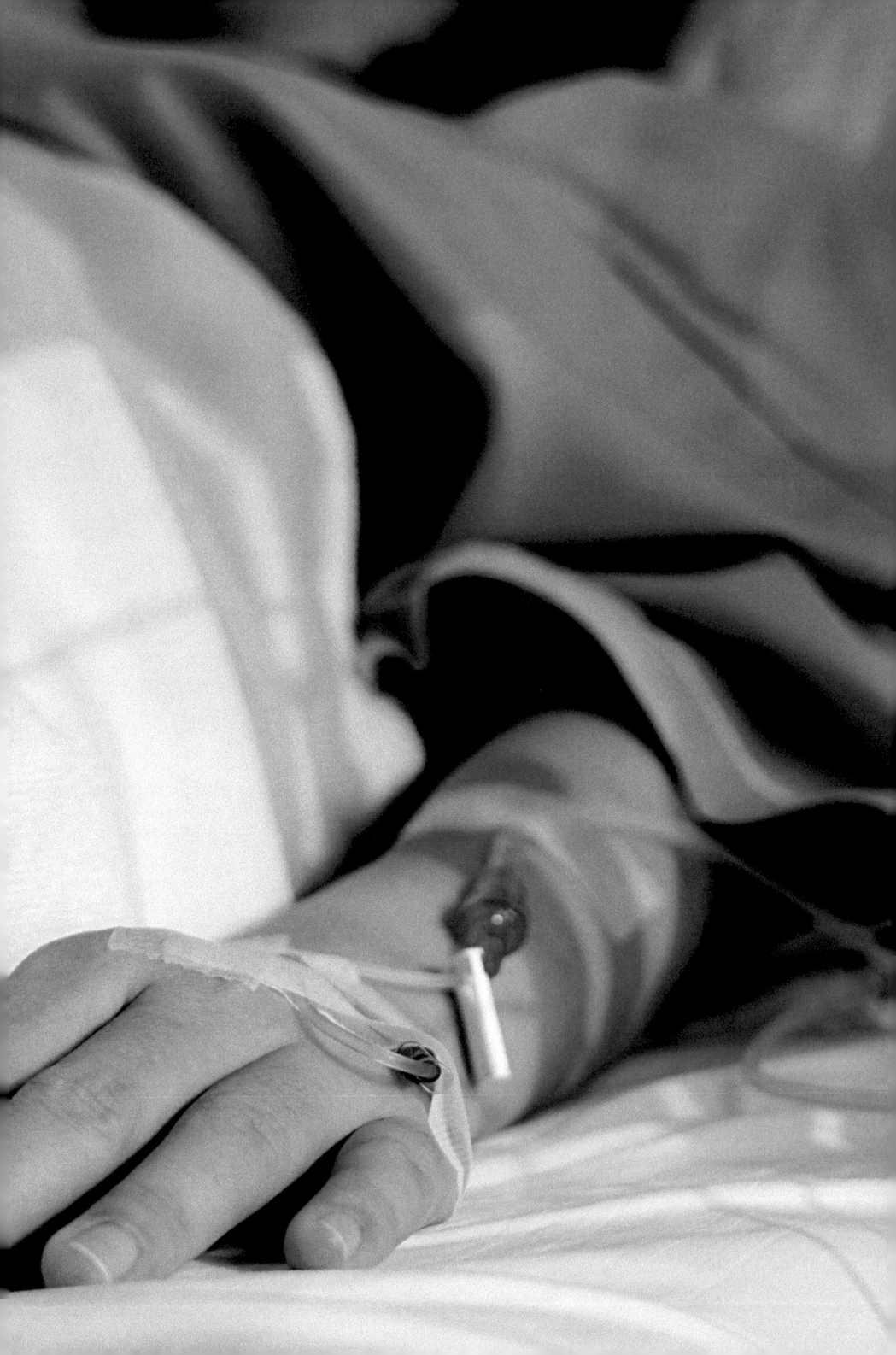

Anna

Bordeaux, mars 2019.

Je soulève difficilement une paupière. Je ne peux pas bouger, mon corps est endolori et il ne répond pas. Le silence feutré est rythmé de bips qui retentissent régulièrement. Mes yeux s'ouvrent enfin et s'habituent doucement à la lumière.

Je vois le plafond et son néant cru et violent. Ma gorge me brûle et je sens quelque chose à l'intérieur, comme enfoncé. Les battements de mon cœur s'accélèrent et je ressens une peur profonde s'installer en moi. Mille questions se bousculent et l'angoisse ne cesse de se déployer dans mon corps.

Incapable de bouger mes bras, je ne sais pas si je manque de force ou s'ils ne répondent pas. Où suis-je ? La lumière m'aveugle et me fait mal aux yeux. Les mots voudraient sortir, mais je n'y arrive pas. Je ne peux pas parler et ça ajoute encore un cran à mon inquiétude.

Au loin, je perçois la voix de ma mère. Tout d'abord, je n'arrive pas à saisir le sens des mots qu'elle prononce, puis doucement les

syllabes se détachent.

— Elle se réveille ! Elle se réveille !

J'entends le bruit d'une porte qui s'ouvre et des pas qui s'accélèrent. Je pense qu'elle est partie, j'ai de plus en plus peur. *Aidez-moi !* ai-je envie de hurler. Seulement, j'en suis incapable et je ne comprends pas pourquoi. Je suis comme prisonnière de mon corps. Lentement, je tente de bouger ma main et quel n'est pas mon soulagement lorsqu'elle se met en mouvement, se crispe, laissant mes doigts frôler les draps rêches. Je jubile intérieurement de cette petite victoire, je ne suis pas complètement paralysée. Pourtant, des questions sans réponses continuent de m'assaillir. Peut-être que je suis morte ? Si j'entends ma mère c'est peut-être qu'elle l'est également et que je l'ai rejointe ?

Ce truc dans ma bouche me gêne, je suis dans l'incapacité de l'arracher pourtant j'en rêverais. Seule ma main accepte de faire l'effort de se secouer et je l'active avec le plus d'énergie dont je suis capable. J'entends du bruit autour de moi, une porte qui se referme, du mouvement, une voix féminine que je ne connais pas. Tous les sons me semblent amortis, déformés et m'arrivent en écho, comme si j'étais dans un rêve… Ou un cauchemar ! J'entends ma mère, sa voix est stridente, elle paraît agitée. Je sens que mes forces s'amenuisent, mes paupières ne m'obéissent plus et mes yeux se ferment tout seuls. J'ai seulement le temps d'entendre :

— Elle a bougé sa main et a soulevé ses paupières. Elle se réveille, je vous dis !

La dame s'approche. Je voudrais pouvoir lui dire que c'est vrai, mais je n'y parviens pas. Je les sens qui m'observent, pourtant je ne peux plus réagir. Le sommeil m'emporte.

Je ne sais pas combien de temps s'est écoulé depuis que j'ai ouvert les yeux la dernière fois. La chambre est dans la pénombre. J'ai toujours cette affreuse sensation dans le fond de ma gorge, cependant ma vision est légèrement moins floue. Sur ma main, je

114

sens le contact d'une autre paume, chaude, humide. Toujours dans l'incapacité de parler, j'utilise toutes mes forces pour augmenter le contact, lui signifier que je suis là, en vie. Malgré cette impression d'avoir la trachée en feu, je concentre mon énergie dans les mouvements de ma main et arrive péniblement à délier les doigts que je serre contre l'autre main. Enfin il me semble… Je renouvelle l'opération plusieurs fois.

Malgré tous mes efforts, je ne sais pas si j'ai suffisamment de force pour que la personne ressente mes mouvements.

Je me sens complètement perdue. Je crois n'avoir jamais été aussi inquiète. J'aimerais qu'on me parle et qu'on m'explique ce qu'il m'arrive. Qu'on me dise que je vais m'en sortir. À la place de cela, je n'entends que le bip régulier et une respiration lente et profonde près de moi. Si seulement j'arrivais à faire un peu de bruit, peut-être pourrait-on me répondre. Je tente de gémir, mais là encore, mon corps semble réfractaire à mes efforts et je ne parviens qu'à ressentir davantage cette brûlure dans ma gorge.

Mes forces commencent déjà à diminuer et personne ne fait attention à moi. Je n'ai plus le courage de poursuivre, mes yeux fatiguent, je me rendors.

Cette fois-ci quand j'ouvre les yeux, la lumière crue des néons m'aveugle et me fait mal. Il y a du bruit dans la chambre. Une voix féminine et rauque, que je ne connais pas et celle de ma mère. Encore.

— Oui, vous comprenez, il n'y a pas de règles. Certains se réveillent vite, d'autres mettent des mois, voire des années.

Ma mère… Il me semblait qu'elle avait disparu ? Je ne sais plus trop. J'ai perdu toute notion de temps et d'espace. Je bouge ma main. J'ai la sensation d'avoir plus de force que la fois précédente. Ma mère s'écrie :

— Elle bouge sa main et elle a ouvert les yeux : regardez!

Des pas se rapprochent. On se penche sur moi. J'ai envie de

115

leur hurler que je suis là et que je les vois, mais impossible. Mes paupières ont décidé de se refermer toutes seules et j'entends la voix de la jeune femme, fataliste déclarer :

— Vous savez, madame, parfois ce sont des mouvements réflexes !

Je t'en ficherais des mouvements réflexes, avec toute l'énergie que je déploie, j'aimerais bien que l'on fasse quelque chose pour moi ! Il se passe quelques minutes, j'entends la voix de ma mère, alarmée. Elle insiste, demande qu'on vérifie. Je sens alors une main froide et humide se glisser dans la mienne. C'est le moment ou jamais de leur prouver que je suis là.

— Madame, si vous m'entendez, serrez-moi la main !

Je m'exécute de toutes mes minces forces.

— Je recommence une fois pour être sûre. Si vous m'entendez, serrez-moi la main deux fois.

Je serre sa main deux fois. Mon cœur s'accélère, sans doute l'adrénaline. Je me concentre et essaie d'ouvrir les yeux. Ma paupière droite répond suffisamment pour que ma mère le constate.

— Regardez ! Elle ouvre un œil !

Ma mère est presque hystérique. Elle crie et je la sens gesticuler autour de moi. Elle ajoute comme si c'était une évidence :

— La lumière est trop violente.

Merci maman…

Elle se précipite vers l'interrupteur. La connaissant, elle a besoin d'action pour canaliser ses émotions. J'ai mal partout, néanmoins je suis heureuse de sentir la vie en moi. L'infirmière, de sa voix douce, me calme en m'expliquant les prochaines étapes. Je suis morte de trouille et remercie intérieurement ma mère d'être présente. Elle me tient la main, je l'entends renifler, elle pleure.

— Bonjour, madame, je suis Lucie, l'infirmière. Vous êtes à l'hôpital. Vous avez eu un accident. Une voiture vous a renversée.

C'était il y a trois mois… Vous étiez dans le coma, mais maintenant, tout va bien, vous vous réveillez doucement. Vous n'allez pas pouvoir parler pendant quelques jours, le docteur Syning passera tout à l'heure pour retirer le tube que vous avez au fond de la gorge. Les médecins vont passer pour faire tous les bilans, d'ici là, reposez-vous !

Je suis à l'hôpital… J'ai été renversée par une voiture… Il y a trois mois ? Tout semble flou. J'ai des difficultés à me souvenir des derniers jours, mais surtout une peur profonde s'est emparée de moi. Que va-t-il se passer ? J'ai eu un accident, est-ce grave ? Vais-je pouvoir remarcher ?

J'aperçois ma mère sur le fauteuil près de mon lit, elle est recroquevillée et semble fragile, presque vieillie. Sa main brûlante s'est posée sur la mienne.

— Ça va aller ma chérie. Je suis là maintenant. Tout va s'arranger.

Elle décide alors de me chanter une chanson, comme quand j'étais enfant. La mélodie m'apaise, je laisse les sonorités m'envahir et le sommeil m'emporte encore.

— Madame Bouleau ?

Une main est posée sur mon bras. J'ouvre un œil.

— Madame Bouleau, bonjour, je suis le docteur Syning. Je vais vous ausculter afin de faire un bilan. Je sais que vous ne pouvez pas parler, mais j'aimerais que vous me serriez deux fois la main pour oui et une fois pour non, c'est compris ?

Je suis encore ensommeillée. Comme si j'étais dans du coton. Je lui serre deux fois la main, ayant trop peur qu'il ne reparte et que je ne sache pas ce qu'il m'arrive.

Il me demande de bouger mes mains, mes bras, puis nous passons à l'examen du membre inférieur. Je suis ravie de voir que mon corps semble fonctionner à peu près correctement. Il débranche les fils. Le bip régulier fait place au silence. Le docteur ne parle que très peu, se contentant parfois de petits bruits indiquant que tout est normal. Il est assez jeune, mince, plutôt petit et typé asiatique. J'essaye de ne pas céder la place au stress en me concentrant sur cette tache de naissance sur le rebord de sa lèvre. Il est appliqué et minutieux.

— Je vais maintenant vous enlever le tube que vous avez dans la bouche. Ça ne va pas être une partie de plaisir, mais c'est assez rapide.

Je ferme les yeux, essaye de respirer calmement. En réalité, je suis morte de peur. Mon corps est entièrement enserré par l'adrénaline qui le parcourt. J'essaye de visualiser la mer, ça a toujours eu le don de me calmer. Rien à faire, je suis pétrifiée. Avec dextérité et douceur, le médecin m'explique chacun des mouvements qu'il va effectuer. Je le laisse faire, tentant de calmer mon cœur qui semble exploser dans ma cage thoracique. J'ai mal, mais je veux en finir et retrouver l'usage de la parole. Une fois l'opération terminée, il m'explique à nouveau que je ne pourrai pas parler immédiatement à cause de la douleur. Il augmente le débit de ma perfusion. Tout en prenant ma tension, il me demande :

— Vous vous souvenez de ce qu'il s'est passé ?

Je ferme les yeux et me concentre. Petit à petit des images me reviennent. Floues. Les phares d'une voiture, la douleur, Baptiste et Juliette, ma mère. J'ai envie de supprimer tous ces douloureux souvenirs de ma mémoire… Je revois tout d'abord mon époux entre les jambes de sa secrétaire. Mon estomac se tord devant cette vision. Puis, c'est la crainte de ne pas revoir ma mère qui surgit. Le sentiment de solitude qui m'a enserrée les dernières semaines avant que je ne me retrouve ici refait surface également. Est-ce vraiment la réalité ? Est-ce que tout ceci est arrivé ? Je bouge ma main et la serre deux fois, puis les larmes se mettent à rouler sur mes joues.

— Ça ira pour aujourd'hui, c'est bien. Ça fait beaucoup d'émotions tout ça. Vous n'avez pas de lésions graves, vous avez eu de la chance. Les deux côtes cassées se sont remises et la fracture

de la cheville ne devrait vous embêter que quelques semaines. Vous avez perdu beaucoup de musculature, mais vous êtes jeune, ne vous en faites pas, tout va rentrer dans l'ordre ! Je vous laisse vous reposer.

Maintenant que je peux bouger un peu je me redresse lentement, avec difficulté, et une douleur dans les côtes apparaît, vive et désagréable. J'examine mon corps, j'ai maigri et j'ai un plâtre au niveau de la jambe droite. Cette position m'oblige à faire des abdos et mon corps ne le supporte pas encore. Je m'affale donc sur le lit, épuisée comme si j'avais fait une grosse séance de sport.

Ma mère entre lorsque le médecin sort. Je l'observe, elle a l'air épuisée. Je me demande si mes souvenirs sont réels ou si je les ai imaginés. Je préfère de loin la deuxième option. Je réalise que Baptiste n'est pas là, ce n'est pas de très bon augure. Je ne suis pas encore en mesure de discuter avec elle. Il va me falloir plusieurs jours de patience avant d'avoir toutes les réponses, je ne suis plus à ça près a priori…

Anna

Bordeaux, mars 2019.

J'ai passé trois semaines à l'hôpital après mon réveil. Trois semaines à rattraper mes trois mois de retard. Il a fallu réapprendre à parler, bouger, manger. Les mouvements sont encore douloureux et chaque geste me semble complexe, un peu comme si mes réflexes avaient disparu, mais je m'accroche.

J'ai perdu une partie de mes souvenirs et certains autres restent confus. Il paraît que c'est possible que je ne les retrouve jamais.

Baptiste m'a quittée, il est parti avec Juliette. Le coma, c'était l'étape de trop pour lui. Je ne l'ai pas revu, il n'est même pas venu me voir quand je me suis réveillée. Quel lâche ! Cinq ans ensemble et je semble n'être rien pour lui.

Lorsqu'il a appris que j'étais consciente, il m'a envoyé un message m'indiquant qu'il avait quitté l'appartement et que, dès que je serai remise, il désire que le bail soit mis à mon nom. Il m'a parlé de divorce et, en grand prince, il a précisé qu'il avait payé sa partie du loyer pendant ma convalescence. Il veut une médaille ?!

Je n'ai même pas répondu, ça me fait trop mal. Cette ordure n'a même pas eu le courage d'avoir cette conversation en face à face et je me demande comment j'ai pu me tromper à ce point sur son compte.

La rééducation a occupé toutes mes journées. Un à un, mes muscles ont repris de la vitalité, j'ai été accompagnée et soutenue par une équipe médicale compétente et adorable. Mon combat pour retrouver mon corps d'avant a été ma seule priorité pendant ces dernières semaines.

Ma mère était là, elle aussi, chaque jour à m'encourager et à saluer chacun de mes progrès. Elle m'a soutenue pour ma séparation, maudissant Baptiste et sa lâcheté, m'offrant des gourmandises pour soulager ma peine. En revanche, elle a esquivé chaque question concernant sa disparition.

Je ne sais pas si ce dont je me souviens est réel ou non et personne ne semble vouloir me répondre. J'aimerais essayer de comprendre, de démêler le vrai du faux du marasme qui m'entoure, mais je n'en ai tout simplement pas la force. Alors, j'ai repoussé toutes ces questions à plus tard.

À l'aube de rentrer chez moi, je suis comme dans une bulle, consciente et inconsciente à la fois. Les gens m'entourent, s'occupent de moi, mais c'est comme si je n'habitais mon corps qu'à moitié. L'autre moitié vit dans le flou, perdue dans un avenir dont les contours se sont estompés.

Mon père est passé deux fois à l'hôpital et ses seules questions portaient sur ma reprise de travail. «Anna, tu reprends quand? Parce que, même avec une cheville dans le plâtre, tu peux bosser! Tu sais, depuis ton départ, nous sommes en sous-effectif et ce n'est pas évident pour l'équipe et gnagnagna…».

Sauf que je n'en ai pas envie. J'ai répondu que j'attendais l'aval des médecins, mais en réalité, je leur ai demandé de me faire un arrêt de travail, car je n'ai pas le courage d'y retourner. Je n'ai pas

non plus la force de le lui avouer. Il est reparti sans demander comment je me sentais ni si j'avais mal. Rien. Mes frères sont également passés à deux reprises. Ils sont adorables, mais j'avoue être jalouse de leur réussite dans tous les domaines et de leurs rapports avec mon père.

Aujourd'hui, je rentre chez moi en fauteuil roulant, je n'ai prévenu personne mis à part ma mère, car j'ai envie d'être seule. J'ai la sensation que mon cœur est entré dans un rouleau compresseur tellement j'ai mal. Je suis trop faible pour marcher longtemps avec des béquilles, ma musculature a beaucoup fondu pendant les trois mois de coma et mon corps est donc à l'image de mon esprit, en miettes.

Ma mère est venue me chercher, elle a rempli ma valise avec toute la gaieté dont elle est capable. J'ai eu l'impression de me retrouver quelques années en arrière, lorsque j'étais enfant et que je me faisais mal. Elle a essayé d'être motivée pour deux, mais la réalité est que j'appréhende la vie seule dans notre «Chez-nous» à Baptiste et moi.

Devant la voiture, il a fallu plier le fauteuil roulant et réussir à le glisser dans le coffre. Ça n'a pas été une mince affaire! Je suis restée dans ma torpeur à observer ma mère se contorsionner dans tous les sens, parler à l'engin et l'encourager comme s'il la comprenait. Elle a finalement réussi à fermer le coffre. Rouge et transpirante d'avoir fait tant d'efforts, elle s'est félicitée et a gardé le sourire jusqu'au bout. Je suis restée silencieuse, la laissant faire un monologue tout au long du trajet. Je n'avais pas la force de parler et elle n'a pas semblé s'en soucier. En boucle, je me demande ce que j'ai fait pour mériter tout ça. J'ai trouvé! J'ai dû être une dangereuse criminelle dans une vie antérieure et mon karma me rattrape! Cette pensée esquisse un rapide sourire sur mes lèvres, vite chassé par la vue de mon immeuble.

Ma mère nous dépose, mon fauteuil et moi, aussi silencieux l'un que l'autre, sur le trottoir le temps d'aller se garer.

Il fait gris, les nuages avancent, emportant avec eux un vent frais qui me fait frissonner. Je m'apprête à retourner dans mon appartement, sauf que Baptiste n'est plus là… J'ai le sentiment étrange d'être au bon et au mauvais endroit à la fois.

Perdue dans mes pensées, je regarde le ciel lorsque je sens un truc qui renifle ma jambe saine. Je baisse le regard et aperçois Bouboule, le chien de madame Gerty : il ne manquait plus qu'elle pour parfaire ma déprime du retour !

— Mais c'est que vous êtes bien mal en point ma pauvre !

— Bonjour, vous avez bonne mine vous aussi !

— Ah là là, entre votre accident et votre mari qui est parti pour une autre !

Allez, vas-y, rajoutes-en une couche, je ne me sentais déjà pas assez mal…

— Bonne journée madame Gerty !

J'essaye d'avoir un ton suffisamment ferme pour lui signifier de partir, mais elle reste plantée là à m'observer.

— On parle beaucoup de vous au club !

— Au club ?

— Oui, le club du troisième âge où je vais jouer aux cartes tous les après-midis !

Il manquait plus que ça à ma vie pathétique. Elles n'ont pas assez de *Plus belle la vie* ou de *Demain nous appartient*, il faut en plus qu'elles cancanent sur moi. Moi qui aime tellement passer inaperçue.

— Elles ont pitié de vous, vous savez !

Je manque de m'étouffer, je me concentre pour prendre un air très sérieux avant de lui lancer sur le ton de la confidence :

— Oui, et puis vous savez, je ne pourrai plus jamais faire l'amour parce que je suis paralysée du vagin !

Elle se décompose, ne sachant pas si je plaisante ou non. J'ai envie d'exploser de rire face à sa mine interloquée, mais je garde

mon sérieux. Elle ne sait plus où se mettre tout à coup.

— Bon, madame Bouleau, je dois y aller, je suis pressée. Prenez soin de vous ! Bouboule, on s'en va !

Elle part le plus vite qu'elle le peut avec ses grosses fesses. Je ris toute seule de ma bêtise. À chaque fois que j'imagine sa tête, un fou rire s'empare de moi. Peut-être le trop-plein d'émotions. J'aperçois enfin ma mère traînant ma valise au coin de la rue. Pour la première fois depuis que j'habite ici, parler à madame Gerty a éclairé ma journée.

Marie

Bordeaux, avril 2019.

Je culpabilise tellement d'être partie. Comment ai-je pu penser qu'abandonner mes enfants était la solution ? Anna avait besoin de moi et je n'étais pas là. Quelle mère fait cela ? Gisèle me dit qu'il faut que j'arrête de m'en vouloir, qu'il faut que j'aie une meilleure estime de moi, qu'on n'a qu'une vie et que penser à son bien-être et à son intégrité ne fait pas de moi quelqu'un d'égoïste, mais je ne peux me résoudre à lui donner raison.

Je suis rentrée chez moi. Fini la fugue d'adolescente. Au fond, à mon âge, ce n'était peut-être pas raisonnable, même si ce semblant de liberté m'a donné l'impression de respirer pour la première fois depuis des années.

J'ai franchi le pas de la porte pleine de peur et de remords. Mon mari m'attendait avec son regard sombre. Ma lèvre a tremblé lorsque j'ai dit bonjour. Je m'attendais à des cris, des coups, des reproches. Mais il n'a rien fait. C'était presque pire. Ce manque de réaction ne lui ressemble tellement pas que je m'en suis encore voulu davantage. On dirait une bombe à retardement, prête à

exploser. Rien que d'y songer, cela me glace le sang.

Avec du recul, je pense qu'il était soulagé d'avoir encore gagné. Que je sois à nouveau revenue, que je sois sa chose.

J'ai passé mon temps à l'hôpital, essayant de me racheter auprès d'Anna. Elle m'a posé des questions, mais je n'ai pas pu me résoudre à lui répondre. Les mots sont coincés dans ma gorge depuis si longtemps qu'ils ne veulent pas s'échapper.

Je ne suis qu'une pauvre femme lâche et cette faiblesse m'a retiré toute ma dignité. Je pensais avoir trouvé une issue à mes problèmes, mais j'ai juste fui, en ignorant les personnes que j'aime le plus, mes enfants. Pourquoi n'arrivé-je pas à leur parler, à avoir le courage d'affronter le passé?

J'ai encore abandonné Jean Bernard, avec la sensation que notre histoire est maudite. Mais cette fois, il ne m'a pas laissée faire et continue de me téléphoner chaque jour, il est mon phare dans cette tempête intérieure qui m'anime en permanence. Je ne le mérite pas. Je ne mérite rien ni personne d'ailleurs. Si seulement, je pouvais trouver le courage de parler à mes enfants. Peut-être me sentirais-je mieux?

Je pars aider Anna, j'essaye chaque jour d'enfiler ce masque de mère parfaite et épanouie, mais jusqu'à quand la peinture pourra recouvrir la pourriture qui se cache dessous.

Anna

Bordeaux, septembre 2019.

Cela fait six mois que j'ai repris le cours de ma vie. Enfin, si on peut appeler ça une vie ! Je me lève tous les matins pour faire un travail que je n'apprécie plus et le reste du temps, mes journées sont palpitantes et pleines de rebondissements, en voici un aperçu :

- Lundi soir à la télé : le meilleur pâtissier où je rêve d'être derrière l'écran, même si je sais que je n'aurai jamais l'audace de m'inscrire.

- Mardi : comme depuis l'âge de seize ans, je passe la soirée avec Laurène et Marine. Elles ont toujours plein de trucs à raconter et moi rien, ce qui accentue mon impression de vide intersidéral... Question : peut-on finir par disparaître si notre vie est trop insignifiante ?

- Mercredi : moment fort en émotions de ma semaine, je passe du rire aux larmes devant *Grey's anatomy* : Ouaaaah... mon cœur n'est pas entièrement mort !

- Jeudi : soirée enquête avec *Alice Nevers*, devant laquelle je

m'endors presque toujours avant la fin. C'est peut-être pour cela que je n'ai toujours pas résolu l'énigme de la disparition de ma mère. À chaque fois que je pose la question «maman avait disparu avant mon accident?» à ma mère, Gisèle, mes frères ou mon père, personne ne me répond. Même Baptiste joue les abonnés absents. Je ne sais toujours pas si c'est un souvenir réel ou non, mais l'absence de réponse me fait penser que oui… Je n'ai pas encore assez d'énergie pour creuser davantage cette question.

- Vendredi : je deviens une aventurière avec *Koh-lanta*.

Et le week-end, en général, je pars chez mes parents afin de ne pas me sentir trop seule. Chaque semaine, nous dînons avec Gisèle et mamie, puis c'est marché le dimanche matin et tarot l'après-midi !

Bref, ma vie est PA-SSIO-NAN-TE. Il ne me manque plus que le pain et les pigeons pour devenir comme dans la chanson de Jean Jacques Goldman, *ma vie par procuration*. Je me demande comment j'en suis arrivée là ? Je peine à oublier Baptiste, je suis incapable de flirter, je pense que je ne referai plus jamais confiance à personne. Je finis même par me demander : si on ne fait pas l'amour pendant aussi longtemps, redevient-on vierge ?

Baptiste m'a abandonnée. Je lui en veux, c'est un lâche et un goujat. Pourtant, je pense encore à lui chaque jour. J'ai même laissé ses étagères de placard vides, au cas où il reviendrait. Je me donnerais des claques, mais je n'y peux rien, je me sens seule et nostalgique de nos moments ensemble. J'écoute nos chansons, regarde nos films, relis ses mots d'amour : je sais, c'est pathétique ! C'est incroyable de passer cinq ans avec quelqu'un et de n'être plus rien pour l'autre du jour au lendemain. J'ai beau me répéter que c'est une mauvaise personne, sa présence me manque cruellement.

Je suis sur le chemin du travail en train de ruminer quand une jeune femme, petite et brune me tend un des journaux gratuits qu'ils distribuent aux arrêts de tram. À l'intérieur, un article sur la

pâtisserie «Chez Gusto» attire mon attention.

«Le jeune pâtissier Antony De Luca a réussi son pari : non seulement « Chez Gusto » est toujours la meilleure pâtisserie de Bordeaux, mais ses cours du soir pour apprentis pâtissiers cartonnent ! Ce jeune homme, charmant et exceptionnel, a de l'or dans les doigts. Il prévoit d'ouvrir prochainement un salon de thé proposant de délicieuses douceurs. Jusqu'où ira-t-il pour régaler nos papilles ? ».

Je regarde la photo d'Antony, il est vraiment canon, on peut même deviner sa musculature sous son habit de travail ce qui me fait frémir d'envie. Je caresse du bout des doigts l'image, sentant presque son doux sourire sur moi. Ne pas avoir été touchée par un homme depuis tant de temps met a priori mes hormones en folie.

Les cours de pâtisserie. Ça m'était complètement sorti de la tête ! Comment ai-je pu oublier ? Avec cet accident, certaines données ont disparu et surgissent plus tard… Antony en fait partie. J'ai tout à coup une irrésistible envie d'aller m'inscrire. Mon cœur se remplit de joie et c'est décidé, après le boulot, j'y vais !

Je pars travailler avec du baume au cœur, m'imaginant déjà réaliser de délicieuses tartes, génoises et autres gourmandises. Je suis sur un nuage. J'examine mes dossiers tout en songeant à tous les gâteaux que j'ai envie de créer.

Lorsque ma journée se termine, je n'ai pas beaucoup avancé, trop excitée par mon inscription aux cours de pâtisserie. Tant pis, je rattraperai mon retard demain ! Pendant le trajet en tram, j'observe les passagers en imaginant quelle vie ils peuvent avoir. La mamie devant moi et son caddie rempli de courses doit recevoir ses enfants et petits-enfants, elle affiche un sourire satisfait malgré la fatigue qui se lit sur ses traits. Une maman essaye de calmer l'excitation de son fils qui veut se lever sur les sièges. Elle semble épuisée, et lui, trop heureux pour l'écouter. Je regarde la scène en gloussant et en espérant secrètement que si un jour je suis maman, je serai plus

patiente qu'elle. Si un jour… Parce que là, ça ne risque pas!

Je devrais peut-être me prendre un chat?

Enfin, je descends en me réjouissant d'avoir pris le tram qui s'arrête presque devant la porte. J'entre. La décoration n'est plus aux fêtes de fin d'année et plusieurs lustres en cristal ont été ajoutés, je trouve le lieu encore plus majestueux. Je fais la queue devant une femme qui change dix fois d'avis et manque de faire craquer la serveuse. Je choisis du regard plusieurs gâteaux que je compte commander pour fêter mon inscription lors de notre dîner du mardi avec mes amies, en pensant que, pour une fois, j'aurai quelque chose à leur raconter. C'est enfin à moi!

— Bonjour Madame! Vous désirez?

Sur le tablier bleu, je lis «Marie-Rose». Sous des taches de rousseur, je sens un regard impatient.

— Vous désirez? me demande-t-elle avec un sourire crispé.

— Bonjour, je souhaiterais m'inscrire aux cours de pâtisserie, s'il vous plaît.

— Oh, je suis désolée, mais ils sont complets depuis bien longtemps! Je peux vous inscrire sur la liste d'attente, mais il y a déjà au moins dix personnes devant vous alors c'est presque peine perdue. En plus avec la pub dans le journal…

Je suis tellement déçue, pff, que je suis nulle, j'aurais dû savoir que ces cours allaient être complets! Je n'avais pas envisagé une minute que cette inscription se solderait par un échec. La serveuse tourne les pages de son cahier et attrape un stylo en attendant mon approbation.

— Oui, inscrivez-moi sur la liste, mais j'ai peu d'espoir n'est-ce pas?

Je sens que mon corps s'affale, fini les rêves de gâteaux magnifiques et de moments partagés avec le bel Antony.

—Oui, effectivement. Votre nom et votre numéro de téléphone?

Je lui donne mes coordonnées, puis elle me demande :

— Vous désirez autre chose ?

— Oui, je vais prendre un opéra, un délice tahitien, un craquant du soleil et une colline enneigée.

Elle me sert avec élégance. Ses mains fines et habiles déposent les gâteaux dans des écrins bleu pâle. Mais, malgré ce délice visuel, mon cœur est vide. Je suis tellement déçue de ne pas pouvoir m'inscrire que je n'arrive pas à me réjouir. Une seule pensée écrase toutes les autres : ma vie est vraiment pourrie en ce moment. Qu'ai-je fait pour mériter ça ?

Je vais pouvoir me venger en mangeant tous ces gâteaux ! Je vais devenir une vieille grosse entourée de chats. Ça, c'est un objectif atteignable ! J'ajoute donc :

— Mettez-moi également un éclair vanille framboise et un caramel beurre salé. Et aussi deux chocolatines.

Elle me tend le sac rempli de gourmandises.

— Merci beaucoup, bonne fin de journée.

Je passe le pas de la porte en repensant au soir où avait lieu mon cours de pâtisserie. Baptiste n'était pas rentré à l'heure, il m'avait sûrement menti. Je mords dans une chocolatine pour me détendre. Elle est délicieuse, seule la pâtisserie peut me procurer du plaisir alors pourquoi m'en passer.

Bon, rien ne sert de ruminer le passé, car contre le passé on ne peut rien faire, alors il faut que je m'accroche au présent, même s'il n'est pas très agréable, il n'y a que sur lui que je peux agir. Du coup, je passe chercher du champagne ! Il faut bien du pétillant pour donner un peu d'éclat à ma vie !

J'ouvre la porte du petit appartement cosy de Marine. Laurène attrape la poche de « Chez Gusto » et la secoue avec un grand sourire.

— Cool, mais tu as acheté toute la boutique ?

— Juste quelques trucs et du champ'.

Au fond de l'appartement, j'entends la petite voix de Marine :

— Euh… T'as pensé à mon summer body ? Comment je vais draguer sur la plage à Saint-Barth pendant les vacances de Noël ?

— Oh ! Ce n'est pas un petit gâteau qui va modifier ta taille de guêpe !

— Tu sais, c'est tout un travail ce corps-là ! dit Marine en se dandinant tout en se tapotant les fesses.

Sa chevelure blonde ondule au gré de ses mouvements. Elle est vraiment jolie. C'est le genre de filles sur laquelle tout le monde se retourne. Mon amie a tellement de succès qu'elle n'arrive pas à choisir. Martin ? Roberto ? Georges ? Jean ? À chaque saison, son nouveau prétendant, mais ce qui est merveilleux, c'est qu'elle met toujours la même énergie et le même enthousiasme à chaque début de relation. C'est toujours « Le bon cette fois-ci ».

Nous nous installons sur le canapé. Marine débouche la bouteille et nous sert des verres bien frais. Elle tend le sien pour trinquer et nous l'imitons :

— À nous et à l'amour ! D'ailleurs, les filles, il faut que je vous raconte. Vous savez Arthur, le nouveau coach sportif de ma salle, dit-elle en battant des mains.

— Oui ? demande Laurène.

— Eh bien, hier soir, je suis restée après le cours et nous avons discuté. Il m'a dit que je me débrouillais super bien et que j'avais vraiment un joli corps. Nous avons discuté deux heures et de fil en aiguille, il a dormi à la maison, nous annonce-t-elle en tapant dans ses mains.

— Sacrée toi ! Et Bertrand ? lance Laurène en se mettant à rire.

Le verre à la bouche, elle secoue sa main en l'air comme pour chasser une mouche.

— Pff, c'est du passé celui-là ! Et toi Anna ?

— Moi ? dis-je en faisant une moue dégoûtée.

— Ben oui, toi !

— Euh, le calme plat. Je n'arrive pas à me faire à mon abandon. Je sais que Baptiste n'a pas bien agi, mais on était mariés, on allait faire un bébé, c'est vraiment violent pour moi. Si vous saviez comme ça me fait mal de me retrouver seule après tout ce qu'on a vécu. Je le déteste et il me manque à la fois. Je me sens nulle de penser ça mais parfois, j'aimerais qu'il revienne.

— Ma chérie, c'est normal d'être triste. Tu n'as vraiment aucune nouvelle ? m'interroge Marine.

— Non, il m'a bloquée sur *Facebook*, mais je me demandais si vous aviez accès à son compte ?

— Non ! Anna, c'est hors de question ! Ce type ne te mérite pas ! enchaîne Laurène. Il t'a trompée, déjà c'est moche, mais en plus, il est parti quand tu avais le plus besoin de lui et ça, c'est vraiment pire que tout ! Oublie-le, une bonne fois pour toutes !

Marine se sert un deuxième verre, je n'ai pas fini le premier. Elle part chercher des bruschettas qu'elle dépose sur la table et, afin d'apaiser l'ambiance, elle me demande ce que j'ai prévu pour les vacances de Noël.

— Je sais que tu as posé quinze jours, ta mère me l'a dit.

— Moi ? Euh… rien. À vrai dire, je n'ai pas envie de partir seule donc après le réveillon, je compte rester chez moi. Depuis l'année dernière, Noël ne me donne plus autant de baume au cœur. Avant, j'avais des paillettes plein les yeux pendant cette période, désormais c'est plutôt des larmes que j'ai plein les yeux.

— Viens à Saint-Barth ! lance joyeusement Marine pour stopper mon élan de dépression.

— Non merci, c'est gentil, mais ça ne me dit rien.

— On a loué une maison de folie avec ma sœur ! Ça va être cool ! Fiesta tous les soirs ! Allez viens, insiste-t-elle.

Je m'imagine avec ma copine sortant toutes les nuits en boîte et ramenant chaque soir un mec différent. Je fais une grimace de dégoût. Je n'aime pas ce genre de vacances et suis attachée à ma tranquillité. Poliment, je rétorque donc :

— Non, je vais rester tranquille, mais c'est très gentil…

— Tant pis pour toi, tu ne sais pas ce que tu perds ! me lance-t-elle avec un clin d'œil.

— C'est clair, tu devrais tenter l'aventure. Peut-être que tu arriverais à passer à autre chose comme ça ! renchérit Laurène.

— Ne vous inquiétez pas, ça va aller ! Je préfère des vacances calmes. Je n'aime pas les boîtes de nuit et je crains le décalage horaire ! Je t'adore Marine, vraiment, mais tu sais qu'on n'a vraiment pas la même manière de vivre ! On va s'entretuer au bout de deux jours ! dis-je avec un immense sourire pour lui montrer tout de même mon attachement.

— OK ! Enfin, si tu changes d'avis, je pourrais faire de petits efforts !

— Je n'ai pas assez le moral, je crois, pour ce genre de voyage.

— Ressers-toi un petit verre et réfléchis-y ! Je t'assure que la fête, c'est bon pour le moral, dit-elle en attrapant la bouteille. Et toi Laurène ?

— Oh, moi comme d'hab ! On part à Carcassonne, chez ma mère, pour les deux semaines. J'ai du renfort pour m'occuper des petits comme ça. Mais moi j'aurais adoré Saint-Barth ! Ça ne t'embête pas de ne rien projeter Anna ? Tu es si négative en ce moment, on s'inquiète, ce n'est pas dans tes habitudes.

— J'aimerais m'enthousiasmer de la vie, des vacances qui approchent, de mes projets, mais je profite juste du moment présent avec vous. Plus tard, c'est plus tard, et depuis mon accident, je sais encore plus que les projets peuvent tomber à l'eau d'une minute à l'autre. À une amitié de toute une vie, à la seule stabilité de ma vie ! Je vous aime les filles ! dis-je en levant mon verre.

Nous trinquons, nous rions et nous remémorons des souvenirs de jeunesse, ressassant toujours les mêmes histoires pour finir cette soirée en beauté. Je rentre à une heure du matin, je vais être fatiguée demain, mais je n'en ai rien à faire. Cette soirée m'a fait trop de bien.

Anna

Bordeaux, décembre 2019.

La sonnerie du réveil me tire du sommeil. L'aube filtre à travers les volets. La fraîcheur sur mon visage contraste avec mon corps chaud pelotonné sous les draps. J'ai la nausée, c'est terrible, sans parler de mon mal de tête… C'est décidé, c'est la dernière fois que je bois ! Je me dirige vers la douche, allume l'eau et entre. Je ne me sens vraiment pas bien. J'hésite à appeler le médecin pour me mettre en arrêt maladie, car ma motivation est proche du néant. Mon portable vibre. L'espace d'une seconde, j'aperçois le mot Baptiste sur l'écran et mon cœur s'emballe. L'adrénaline s'est emparée de moi et m'a éveillée en un dixième de seconde. J'ouvre le message.

> Salut Anna, je me demandais si je pouvais passer, car ma planche de surf est restée dans ta cave ?

Bon, OK, ce n'est pas le message de mes rêves, mais cela veut dire que je vais le voir et qu'on pourra peut-être avoir cette discussion que nous n'avons jamais eue depuis notre rupture ! Je suis tout à coup tout excitée. Je me dis qu'il faut que j'attende un peu pour répondre pour ne pas avoir l'air trop impatiente. Je choisis mes vêtements avec soin, une petite robe rouge, en mousseline légère qui l'aurait fait frissonner du temps où nous étions ensemble que j'assortis avec des escarpins noirs. Je me maquille et me coiffe, ce qui n'était pas arrivé depuis longtemps ! Entre le brushing, le mascara faisant ressortir le bleu de mes yeux et cette petite robe, je me trouve assez élégante, peut-être même légèrement sexy. J'ai perdu du poids depuis mon coma et mes courbes sont devenues plus harmonieuses. J'attrape mon téléphone et réponds innocemment.

Quand souhaites-tu passer ?

Je pars à Hawaï pour les vacances de Noël, donc si c'est possible ce soir ou demain ?

Hawaï ? Y' en a qui ne se refusent rien ! Pendant que moi, je reste là toute seule ! Je croyais qu'il détestait prendre l'avion !

Tu pars à Hawaï seul ?

Non, avec Juliette.

Avec Juliette, et il a l'audace de me le dire en plus!

Bien sûr, moi j'ai n'ai eu droit qu'aux vacances chez ta mère et elle a droit à Hawaï! Tu sais quoi, ta planche, oublie-la, je vais la brûler! Si t'as les moyens d'amener Barbie Pétasse à Hawaï, t'as les moyens de te payer une autre planche! Oublie-moi!

Fini la petite robe rouge et le maquillage glamour, je me suis transformée en dragon qui va tout cramer!

C'est ma planche, j'ai le droit de la récupérer! Et toi et moi, c'est fini! Juliette n'est pas une pétasse, c'est une fille bien.

J'éteins mon téléphone, je suis en furie. Une fille bien qui te vole ton mari alors que tu es dans le coma? Je le déteste! Dans un élan de fureur, j'attrape un couteau et prends l'ascenseur en direction de la cave! J'ouvre la porte violemment. Une odeur âcre d'humidité se dégage. La pièce froide est presque vide. J'aperçois *la* planche. Elle me regarde avec son air de défi. Je lui crie :

— Quoi? Qu'est-ce qu'il y a? Tu me trouves pathétique à te parler ainsi? Tu voudrais aller à Hawaï avec Barbie Pétasse et Baptiste? Eh bien non! C'est fini! Tu m'entends? C'est fini. F-I-N-I!

J'attrape mon couteau et le plante dans la planche. Ça fait un bien fou! J'en donne un second avec toute ma force, pile dans le centre. Encore un autre. C'est la fin de mon histoire avec Baptiste. Je me déchaîne. Toute ma rage y passe et à chaque fois que je percute la planche, je me sens un peu mieux. Comme si je me libérais de lui.

— Ça, c'est pour m'avoir trompée !

— Ça, c'est pour m'avoir abandonnée quand j'étais dans le coma !

— Ça, c'est pour toutes les fois où tu t'es moqué de mon poids !

— Ça, c'est pour tes soirées devant ta console au lieu de faire attention à moi !

Chaque coup me libère. J'ai l'impression de ressembler à une folle furieuse, mais je ne m'étais pas sentie aussi vivante depuis longtemps. Je continue ainsi jusqu'à ce que mes forces s'amenuisent. Le temps est comme suspendu. Soudainement, je m'effondre pour pleurer tout mon saoul sur le sol humide. Puis, lorsque l'énergie m'envahit à nouveau, je transporte l'objet du délit dans l'ascenseur en priant pour ne rencontrer personne. Je dépose la planche lacérée devant l'immeuble avec un petit sourire de satisfaction. Au moment de me retourner, j'aperçois madame Gerty et son chien. Elle a la bouche grande ouverte de stupéfaction. J'en profite pour lui lancer joyeusement :

— Bonjour, madame Gerty !

— Euh… Bonjour.

Je sais qu'elle va cancaner auprès de tout l'immeuble, mais je m'en fiche. Parce qu'aujourd'hui est le début de ma nouvelle vie, heureuse et sans Baptiste. Je saisis mon téléphone et envoie :

> Tu peux passer la chercher ta planche ! Elle est devant l'immeuble

Je ris intérieurement. Mon attitude n'est pas raisonnable je le sais. Qu'importe, car j'imagine déjà son énervement et cela me procure une joie intense. Pour une fois, sa méchanceté envers moi sera justifiée. Je me sens libérée. Il n'a jamais voulu voyager avec

142

moi, prétextant qu'il n'aimait pas quitter son quotidien, ou que l'on avait tout ici ou encore qu'il n'aimait pas prendre l'avion. Mais en réalité, le problème était qu'il ne m'aimait pas assez pour faire des efforts. Bref, encore une désillusion qui m'aura permis d'avancer. Je ferme ma porte et pars travailler. La journée me paraît longue et je redoute le moment où je vais devoir rentrer, craignant de croiser un Baptiste très en colère devant chez moi. À 16 heures, je suis tellement angoissée que je téléphone à Laurène pour lui demander de passer la soirée avec elle ce qu'elle accepte immédiatement.

Il faut maintenant que je me concentre sur le positif : j'ai de la chance d'avoir des amies comme ça, une amitié de toute une vie qui soutient et réchauffe le cœur.

Je ferme la porte de mon bureau, entre dans ma voiture et pars en direction du supermarché. J'achète de quoi faire un gâteau au chocolat et un tiramisu, dessert préféré de Laurène. Je prends au passage une bonne bouteille de vin pour Jacques. La caissière passe les articles quand je sens vibrer mon téléphone. Je regarde l'écran et vois le nom de Baptiste apparaître. Je ne décroche pas, j'ai trop peur. Un appel, deux appels, trois appels. Un message. J'ai l'impression que la caissière ne finira jamais de passer les articles. J'ai les mains moites et le cœur qui bat la chamade. Je reçois un premier texto.

> Tu es complètement malade ma pauvre, j'ai vraiment bien fait de te quitter, t'es une pauvre fille.

Bon, il est énervé, il fallait s'en douter. Bizarrement, c'est la première fois depuis longtemps que je trouve sa réaction totalement adéquate et ça me fait sourire.

J'attrape mon sac de courses, le range dans la voiture, m'installe au volant afin d'écouter le message vocal. Il hurle tellement que je ne comprends même pas ce qu'il raconte. Je décide de ne pas tout écouter. Je l'efface et pars chez Laurène. Cette journée m'a un peu ébranlée, mais je me dis que c'est nécessaire pour avancer.

J'arrive chez mon amie à l'heure. Elle m'ouvre la porte, cernes sous les yeux, visage tiré et pas maquillée.

— Salut ! Ça va ?

Oscar quatre ans, Léon cinq ans et Mathilde six ans se bousculent pour arriver en premier jusqu'à moi. Mathilde, la plus petite, se met à hurler :

— Mamannnnn, Oscar m'a fait mal !

— Non, c'est elle !

— Non, c'est toi !

Pendant ce temps Léon a réussi à m'atteindre et Oscar lui tire le bras.

— C'est moi qui fais un bisou à Anna en premier !

— Non c'est moi !

— Ça suffit !

Laurène crie, les enfants hurlent et je ne sais pas quoi faire. J'essaye de m'avancer, mais je suis bloquée par leurs petits corps essayant de se pousser. Je vois des petites têtes blondes partout. Laurène hurle :

— Vous allez tous être punis !

Ils se bousculent et je sens mon amie complètement débordée.

— Tant pis pour vous ! Punis !

Oscar demande :

— Mais de quoi ?

— Ohhhh ça suffit ! Punis de télé, punis d'histoire, de bisous et de tout si vous continuez, c'est compris ?

Mon amie est devenue rouge de colère. Les enfants continuent de s'agiter, mais ils ont arrêté de crier. Laurène soupire. Nous nous

avançons dans le salon et je dépose enfin mes sacs de courses qui commençaient à me cisailler les mains. Mathilde s'impatiente :

— Anna, on va faire des gâteaux ?

— Oui les enfants !

En un instant, les trois petites têtes blondes sont installées autour de la table de la cuisine. J'entends des « c'est moi en premier » dans tous les sens.

Laurène attrape trois tabliers et me tend une nappe que j'installe sur la table en formica. Elle adore ce genre de meubles, d'ailleurs, mon amie l'a récupéré chez sa grand-mère, puis l'a ensuite complété en chinant à droite à gauche. Dans sa cuisine, on se croirait dans les années soixante. À peine ai-je posé le premier saladier que les trois enfants commencent à déballer le contenu des sacs de courses. Je ne sais plus où donner de la tête.

— Stop les enfants ! Les mains en l'air !

Au son de ma voix autoritaire, les six petites mains se lèvent au son de leurs gloussements. J'ouvre les placards comme si j'étais chez moi, installe les saladiers, les balances et les ingrédients sur la table et donne les ordres. Je propose à mon amie d'en profiter pour prendre du temps pour elle tandis que je m'occupe des petits. Je la sens au bord de la crise de nerfs. Au bout d'une heure, le gâteau est dans le four, le tiramisu dans le frigo et la table rangée. Laurène passe la tête dans l'entrebâillement de la porte.

— Merci, merci, merci ! Ça m'a fait tellement de bien cette petite heure pour faire mes affaires tranquille…

Les enfants partent en courant dans le couloir. J'entends des cris et des bousculades. Je reste en cuisine et prépare des lasagnes. Mon téléphone reçoit des messages toutes les cinq minutes. Baptiste m'insulte, s'énerve, me traite de tous les noms. Je ne sais pas si je dois répondre ou non. Pour l'instant, je coupe les oignons, les yeux pétillants de larmes. L'odeur du fondant au chocolat commence à envahir la cuisine. Mathilde entre avec son petit pyjama rose à

145

paillettes.

— Anna, ça sent trop bon !

— Oui, tu veux peler les carottes, Choupette ? lui proposé-je.

— Oui !

Je montre à Mathilde comment faire pour ne pas se blesser. Elle s'exécute, sourcils froncés avec une grande concentration. Je l'observe, ses petites mèches blondes sur le front se secouent au rythme de ses mouvements. Elle lève la tête et m'observe.

— C'est bien comme ça Anna ?

— Oui, parfait.

À 19 heures, Jacques rentre du travail, le repas est prêt et nous pouvons nous mettre à table après avoir pris un petit verre.

Le repas est animé, Jacques se sert une deuxième portion de lasagnes.

— Mhh, c'est un délice Anna, tu es vraiment bonne à re-marier.

— Encore faut-il trouver le bon cette fois-ci !

— Laurène m'a dit que tu vis mal ta séparation ?

— Oui, surtout qu'aujourd'hui, j'ai décidé de tuer une planche de surf, alors je pense que ça ne va rien arranger. Il m'a envoyé environ trente messages d'insultes depuis tout à l'heure. Vous pensez que je dois répondre ?

Laurène prend son air énervé :

— Euh non, en fait, il t'a trompée et quittée quand tu étais dans le coma et il se permet de s'en prendre à toi pour une planche de surf ! Tu veux mon avis ? Qu'il aille au diable ! Ouille ! Oscaarrrrr !

Sa réplique finit avec une cuillère de lasagnes dans la figure, car Oscar a décidé de faire une catapulte pendant que nous étions en train de discuter. Laurène se met à hurler, Jacques attrape son fils et le met dans un coin. Je dépose ma serviette sur les lèvres pour ne pas rire. Laurène est couverte de tomate et un morceau de lasagnes

pend au bout de son nez. Elle ressemble à un Picasso. Mathilde me regarde, sourire aux lèvres, et j'éclate de rire. Laurène se lève et part dignement dans la salle de bain. Nous partons tous dans un fou rire mémorable en imaginant à nouveau sa tête, même Oscar rit dans son coin, Laurène se rassoit et continue la conversation comme si elle n'avait pas été interrompue.

— Oui, parce que tu comprends, si tu t'excuses, c'est lui qui gagne !

— Et si je ne m'excuse pas, je passe pour la garce.

— Fais comme tu veux, et puis on dit que la nuit porte conseil alors dors et si tu dois répondre, attends demain ! Tu peux dormir ici si tu veux, y' a un canapé-lit dans la chambre d'amis ! dit-elle en m'indiquant la pièce de vie où traînent des centaines de jouets au sol.

— Non merci, ça va aller. En tout cas, merci de m'avoir accueillie, ça m'a fait un bien fou !

— Tu rigoles, merci à toi de t'être si bien occupée de nous ! Tes lasagnes sont un régal ! On passe au dessert ? À l'idée de ton tiramisu… Je suis trop impatiente !

Le repas se termine. Les enfants ont du chocolat partout.

J'aide Mathilde à se laver les dents et je pars ensuite leur faire un câlin dans leurs lits. Ils sont encore agités, mais ils se frottent les yeux et commencent à se calmer. Je les embrasse un à un et profite de ce moment de câlins, j'en manque tellement. Je dis ensuite au revoir à mon amie et à Jacques, puis rentre chez moi.

Le contraste est saisissant et la solitude me paraît encore plus oppressante. Je pense à mon avenir et je n'arrive pas à m'en faire une image nette. Vers où ai-je envie d'aller ? Quels sont mes objectifs et mes envies ? Pour l'heure, rien ne semble pouvoir me rendre heureuse à nouveau.

Anna

Bordeaux, décembre 2019.

Je prépare mon sac pour passer le week-end chez mes parents. Je suis heureuse, car ma grand-mère sera là. Elle habite en Provence et je ne la vois pas souvent. Mamie est une femme haute en couleur qui n'a pas sa langue dans sa poche, mais c'est certainement ce qui fait tout son charme. Soit on l'adore, soit on la déteste. C'est la mère de mon père et je me suis toujours demandé comment une personne aussi excentrique avait pu engendrer un fils aussi froid et sérieux.

Je ferme le zip de mon sac et monte dans ma voiture direction le pavillon de mes parents. J'arrive pour l'heure du repas. Autour d'un apéritif est installée ma famille presque au complet, car mes frères n'ont pas pu venir. Je suis arrivée la dernière et le couvert est déjà mis. Ma mère a sorti sa belle vaisselle en porcelaine de Limoges pour l'occasion, lorsqu'elle fait cela c'est qu'elle est de bonne humeur. Une odeur agréable se dégage de la cuisine ce qui réjouit mes papilles.

— Bonjour ma chérie, tu vas bien ? me demande-t-elle en

essuyant ses mains sur son tablier.

— Oui très bien, mens-je avec un grand sourire rassurant.

Je lui tends les desserts. J'ai fait des choux à la crème et un entremets poire-chocolat. Elle les prend, m'embrasse et part dans la cuisine. Sa silhouette svelte dans sa robe de satin bleue est mise en valeur, elle est vraiment jolie. Je ne lui ressemble pas beaucoup à mon grand désespoir. J'ai des formes plus marquées et je n'ai pas sa grâce.

Je m'approche du canapé et commence à saluer mes tantes, puis serre dans les bras ma cousine Alma qui a eu dix-huit ans la semaine dernière et enfin son petit frère. Mes propres frangins me manquent à l'instant. Depuis ma séparation avec Baptiste, j'ai la sensation que nous sommes moins proches. C'est sûrement moi qui m'éloigne ne me sentant pas à ma place au milieu de leurs familles joyeuses. Je termine mes embrassades par ma grand-mère. C'est encore une belle femme pour soixante-dix-huit ans. Avec sa veste rouge, son chemisier bleu pâle et un maquillage léger qui souligne son regard bleu transparent, elle est splendide.

— Bonjour, ma petite chérie. Tu as maigri dit donc! Il était temps, parce que la dernière fois…

Une petite réflexion piquante sur laquelle je ne m'attarde pas, je connais mamie et pour elle, c'est un genre de compliment.

— Bonjour mamie, tu vas bien?

— Oui, je pète le feu! Tu as bonne mine! Tu as un nouveau chéri j'espère!

— Non mamie.

— Ah non, ce n'est pas possible ça! Une jolie fille comme toi, dans la force de l'âge! Moi, si j'avais ton âge, je sauterais sur tout ce qui bouge! En plus, avec la contraception et les préservatifs, tu peux faire tout ce que tu veux! Si j'avais eu ça… Ça aurait été la fête du slip! Tu ne connais pas ta chance!

150

— Mamie ! dis-je faussement indignée en souriant.

— Oh, quoi ? Si on ne peut rien dire sans que tout le monde soit choqué !

— Allez, à table ! clame ma mère en stoppant cette conversation pour le moins gênante.

Elle a fait son fameux bœuf bourguignon et sert fièrement tout le monde.

— Je suis devenue végétarienne, dit ma cousine Alma en repoussant son assiette.

— Oh, et pourquoi personne ne m'a prévenue ? Qu'est-ce que tu vas bien pouvoir manger ? C'est une catastrophe ! s'exclame ma mère catastrophée.

— Non, t'inquiète, ce n'est pas grave. Je vais manger du pain et les gâteaux d'Anna !

— J'ai des tomates dans le frigo, insiste ma mère.

— OK pour les tomates ! Merci.

Ma mère se dirige dans la cuisine. Ma grand-mère en profite pour enchaîner :

— Non mais vous, les jeunes, vous n'êtes pas possibles, entre toi qui ne manges plus normalement et Anna qui ne fait pas l'amour…

— Mamie ! nous exclamons-nous en chœur le sourire aux lèvres.

Ma grand-mère est vraiment impossible. Les petites rides au coin de ses yeux se plissent sous son regard amusé par nos réactions. Ma mère est revenue et stoppe à nouveau mamie qui est en pleine forme.

— Bon allez, goûtez mon bœuf bourguignon !

Ma mère nous sert avec un sourire mutin au coin des lèvres. Elle semble être d'humeur joyeuse ce qui est de plus en plus rare. Ma cousine Alma commence à nous raconter son voyage à Rome. Je l'écoute avec attention, même si je sens une pointe de jalousie dans mon cœur.

— Avec Arthur, on a loué des vélos pour pouvoir voir le plus de choses possible. Nous avons fait une visite guidée du Colisée, c'était impressionnant. Quand je pense au nombre de morts dans ces arènes, c'était tellement barbare… Et puis, les animaux! Par milliers. Une fois, ils ont tué douze mille personnes et onze mille animaux en quelques jours, vous vous rendez compte? s'exclame-t-elle avec effroi.

— Oui c'est horrible. Moi, j'ai adoré Rome, s'extasie ma grand-mère. Avec ton grand-père, nous y sommes allés plusieurs fois. C'était le bon temps. Et toi Anna, tu as prévu de partir après le réveillon?

— Moi? Euh, non, bredouillé-je en mastiquant un morceau de pain et en priant pour qu'on me laisse tranquille.

— Comment ça, non? s'insurge Mamie en bougeant ses mains comme dans un film italien.

— Écoute, je n'ai pas tellement le moral. Et je n'ai pas trop envie de partir seule. Alors cette année, je reste chez moi, dis-je d'un ton qui se veut ferme pour couper court au dialogue.

— Mais ta vie est pourrie ma chérie!

Ben voyons!

— Mamie! fulminé-je en la grondant et en lui jetant un regard noir.

— Ben quoi? Tu n'as pas l'air de t'éclater! Pas de sexe, pas de vacances. Tu as trente ans, c'est le moment de croquer la vie, après, ça sera trop tard! Pas le moral… Ce n'est pas à cause de l'autre mou du genou qui te servait de copain quand même?

Je n'ai plus envie de répondre. Je sais qu'au fond elle a raison, il faut que je me bouge, je ne peux pas rester dans cette inertie. Je repense furtivement à la proposition de voyage à Saint-Barth, mais vraiment, ça ne me dit rien. Partir seule n'est pas une option que j'envisage non plus. Que faire?

— Anna, pourquoi tu ne viens pas chez moi ? propose ma tante. Je fais chambre d'hôtes dans le chalet maintenant. J'accueille deux familles pour les fêtes. Tu adorais venir quand tu étais enfant. J'ai une chambre de libre et un peu de compagnie me ferait du bien.

— Pourquoi pas, murmuré-je en me sentant prise au piège.

— Tu es en vacances quand ? enchaîne-t-elle joyeusement.

J'essaye de capter ma mère du regard pour qu'elle me sorte de cette impasse, mais celle-ci est trop occupée à servir le fromage, alors je réponds :

— Toutes les vacances de Noël. C'est très calme pendant les fêtes, Papa m'a laissé poser mes congés. Après l'accident, je crois qu'il s'est dit que j'en avais besoin. Hein papa ?

Comme il ne répond pas, je réitère ma question.

— Oui, c'est cela, affirme-t-il avant de s'excuser en nous disant qu'il doit sortir de table pour préparer une plaidoirie.

Comme mes frères ne sont pas là, mon père semble subir ce repas et je me doutais qu'il partirait au plus vite. Personne autour de la table ne semble surpris et ma tante reprend de plus belle :

— Eh bien tu n'as qu'à venir et si tu t'ennuies, tu pourras repartir. Tu fais une bonne action en plus, parce que depuis le décès de ton oncle, je me sens un peu seule…

Je n'ai pas spécialement envie de partir dans un endroit rempli de familles, mais devant l'air obstiné de ma tante, je n'ose pas refuser. En plus, je n'ai rien à perdre. Je repense à Baptiste, à Hawaï, c'est sûr que des vacances au ski, ça serait moins exotique, mais je serais quand même sûrement mieux qu'à Bordeaux ! Et puis, elle se sent seule et je dois avouer que moi aussi.

— OK, je viens ! déclaré-je avec un sourire sincère.

— Parfait ! conclut ma tante en me couvrant d'un regard tendre.

— Ah ! enfin, une bonne décision !

— Aux bonnes résolutions, à la vie et à la débauche ! s'exclame

mamie en levant son verre. D'ailleurs, je voulais vous annoncer que j'ai rencontré quelqu'un sur un site de rencontres !

Je manque de m'étouffer.

— Il s'appelle Robert, il a soixante-dix-huit ans comme moi et il est en pleine forme. On emménage ensemble dans une semaine.

Ma mamie me surprendra toujours je crois.

— Tu le connais depuis quand ? lui demandé-je désarçonnée.

— Ça fait un mois et je suis folle de lui. Il est charmant, drôle et très cultivé. Il était chercheur pour le CNRS dans sa jeunesse !

— Ce n'est pas un peu précipité ? enchaîne ma cousine en me gratifiant d'un sourire de connivence.

— Oh, tu sais, à mon âge, tu veux que j'attende quoi ?

Avec une mimique qui lui donne un air presque enfantin elle ajoute :

— Tu sais, il me fait rire.

Elle me fait sourire tant elle irradie de bonheur.

— OK, alors à l'amour ! dis-je en levant mon verre.

Nous trinquons. Ma grand-mère rit aux éclats. J'observe ma mère, un voile de tristesse parcourt son regard même si ses lèvres ébauchent un sourire. Après le repas, je décide de l'aider à débarrasser pour tenter d'en comprendre la raison.

— Maman ? Tu as l'air triste. Ça va ?

— Oui, très bien ma chérie. Nous passons un agréable moment.

Cette sensation au fond de moi m'indique qu'elle me ment, j'en suis persuadée. Seulement, je me demande bien pourquoi et surtout ce qui la tracasse. Elle est tellement mystérieuse. Gisèle, qui nous a rejoints pour le dessert, est aussi dans la cuisine. Je m'approche d'elle et glisse en chuchotant :

— Tu sais ce qu'elle a ?

— Non, mais je trouve que ta mère va bien ma chérie, ne

t'inquiète pas.

Celle-ci sort pour apporter le premier plateau de desserts et j'en profite pour interroger Gisèle :

— Tu peux me dire, est-ce que j'ai rêvé ou est-ce qu'elle avait disparu avant mon coma ? Parce que mes souvenirs sont confus… Et ça m'embête de ne pas réussir à démêler le vrai du faux, tu comprends ?

— Ne te tracasse pas avec tout ça. Elle est là et c'est le plus important.

— S'il te plaît, Gisèle. J'ai besoin de savoir.

Dans l'encadrement de la porte, la silhouette de ma mère se détache. J'ai comme la sensation qu'elle a écouté notre conversation. Elle lance un regard glacial à Gisèle afin de la faire taire, puis la saisit par le bras et lance d'un air détaché :

— On va les manger ces pâtisseries ?

Je ne tirerai rien de ces deux-là, ce qui confirme ma théorie selon laquelle ma mère avait vraiment disparu. Ce que je ne comprends pas bien, c'est pourquoi personne ne veut en parler. Je verrai ça plus tard, pour l'heure je tiens à profiter du week-end. Mamie nous fait mourir de rire avec ses histoires. Je me suis embarquée dans des vacances imprévues, mais au final, je fais le bonheur de ma tante ce qui me conforte dans l'idée que c'est le bon choix. Je me sens bien même si l'attitude de ma mère m'inquiète.

Anna

Entre Bordeaux et Font-Romeu, décembre 2019.

Et c'est ainsi que je me retrouve, après le réveillon de Noël, à faire ma valise direction les Pyrénées et la jolie station de Font-Romeu. La soirée du réveillon s'est bien passée. Après avoir eu un pincement au cœur en me souvenant que l'an dernier, à la même date, ma vie allait basculer.

J'ai profité à fond de ma famille sachant que chaque moment doit être vécu précieusement. Nous étions tous réunis chez mes parents. Mes frères sont venus et les enfants ont rendu l'atmosphère bruyante, mais joyeuse. J'adore Noël dans ma famille, l'odeur du sapin véritable, la préparation du repas entre femmes pendant des heures dans la cuisine, Mamie qui chante des chants de Noël en fourrant la dinde en déformant quelque peu les paroles et la préparation de ma bûche qui a ravi les papilles de tout le monde. Pour la première fois, depuis longtemps, mon moral a été au top. J'ai échangé des photos avec mes amies et j'en ai posté une de moi sur laquelle je me trouve jolie sur les réseaux sociaux en espérant que Baptiste la verra et qu'il sera dégoûté de m'avoir laissée tomber.

Je sais, c'est moche, mais au moins ça m'a fait sourire. Seule ma mère semblait encore une fois jouer le rôle de la femme épanouie, mais je ne suis plus dupe. J'ai encore essayé de l'interroger sans succès, je pense qu'il faudra du temps avant qu'elle ne se livre, mais je ne compte pas lâcher l'affaire.

Même si j'aime le ski et que la neige donne un air romanesque aux fêtes de fin d'année, l'idée d'aller dans des chambres d'hôtes remplies de familles me rend un peu jalouse. J'ai l'impression d'avoir raté ma vie et qu'à trente ans, je repars à zéro.

Je ferme la porte de mon appartement, prends une grande inspiration. Pour me motiver, je me lance à haute voix :

— Allez, ça va bien se passer, je serai en vacances ! L'air de la montagne va me faire du bien !

Voilà que je parle toute seule maintenant…

J'installe le GPS sur mon téléphone et je démarre. Arrivée dans 4 h 57 ! Je n'aime pas prendre la route seule et je suis assez angoissée. Depuis mon accident, je suis inquiète au volant, je n'ai plus confiance dans les autres automobilistes, ce qui n'était pas le cas avant.

Je fais plusieurs pauses sur le chemin et arrive finalement en milieu d'après-midi. Le chalet de ma tante est recouvert d'une neige épaisse et lumineuse. Les nombreux sapins dans l'enceinte du jardin sont tous recouverts de décorations de Noël et je reconnais bien l'extravagance de ma tante avec le côté un peu kitch qu'elle affectionne. Des souvenirs d'enfance remontent à la surface. L'excitation de partir faire du ski, la joie de voir la neige et de la sentir du bout de mes doigts, la patinoire et le bonheur de retrouver mes cousins. Sur la porte, je trouve un petit mot de ma tante.

« Ma chérie, je suis partie donner un coup de main aux écuries, tu m'y trouveras pour récupérer les clés ».

Je fais donc demi-tour et entre dans les box. Ma tante a toujours aimé les chevaux et le terrain gigantesque qu'ils avaient acheté,

mon oncle et elle, lui a toujours permis d'en avoir un ou deux. Je reconnais Mustang, le pur-sang que je préférais enfant, il est toujours vivant et je m'en réjouis. Puis, j'aperçois enfin ma tante Martine. Elle me tend les clés du bout des doigts. Elle a encore vieilli depuis la dernière fois que je l'ai vue. Elle ressemble à ma mère, blonde, les mêmes yeux bleus, mais la vie ne l'a pas épargnée. Elle a beaucoup travaillé entre la mairie et ses chevaux. Elle a encore maigri, ses traits sont tirés, de nombreuses ridules entourent son regard transparent. Elle me fait un immense sourire et me tend les clés.

— Installe-toi, j'arrive d'ici une heure. J'ai fait un grog et tu as des biscuits dans le placard, sers-toi !

— Tu es sûre que tu ne veux pas que je t'aide ?

— Non, je perdrais plus de temps à tout t'expliquer. Et puis, il fait un froid de canard et tu n'as pas la tenue appropriée pour t'occuper des chevaux !

— Dans ce cas, à tout à l'heure !

Je culpabilise de la laisser travailler dans le froid et d'aller tranquillement boire un grog, mais de toute manière, je ne saurais pas quoi faire pour l'aider. J'ouvre la porte du salon. Les touristes en vacances ne sont pas là, ils ont dû aller skier. Plume, son coton de Tuléar, arrive en remuant la queue. Il semble heureux de me voir et je lui fais une petite caresse sur la tête. Je regarde le salon, les meubles n'ont pas changé, les rideaux fuchsia, la pendule qui berce avec son tic-tac, ainsi que l'odeur mêlée du tabac et du parfum de ma tante. Toujours cette même décoration qui me paraissait déjà démodée lorsque j'étais enfant. J'y ai passé tellement de temps durant ma jeunesse que je me sens immédiatement chez moi. En effet, tous les hivers, ma tante me prenait en vacances deux semaines pendant que mes parents travaillaient. Mes cousins et moi avions toujours des missions pour l'aider à faire le ménage, les courses, ou encore pour ma part, préparer de délicieux desserts. L'après-

midi, ma tante nous payait des cours de ski. Nous nous sentions importants, presque les rois du monde. Nous avons grandi, mes cousins, plus âgés, sont partis travailler à l'étranger. Sans eux, ce n'était plus pareil, je m'ennuyais. J'ai donc progressivement cessé de venir. Je n'y ai plus mis les pieds depuis au moins sept ans, préférant les vacances au soleil avec mes amis. Finalement, le souvenir que je m'en étais fait est un peu erroné et immédiatement, je sais que je vais y être bien. Je laisse ma valise dans l'entrée, ouvre le placard contenant les verres. Ma tante a toujours cette collection de tasses orange à fleurs que j'aimais tant. J'en attrape une, réchauffe le grog et pars m'installer dans le canapé face à la baie vitrée. Je rêvasse en sirotant ma boisson chaude lorsque j'aperçois une ombre derrière la baie vitrée donnant sur la terrasse, l'ancienne chambre de mon cousin Louis. Celle juste à côté de la mienne. Curieuse, je plisse les yeux pour y voir plus clairement. Un petit buisson me sépare de celle-ci, mais ne me bloque pas entièrement la vue. Je sais que la curiosité est un vilain défaut, mais je n'y peux rien, mon regard est attiré par le corps musclé et bronzé d'un bel homme torse nu. Il est de dos, étendant son linge et ses muscles puissants bougent au gré des mouvements. Avec agilité et dextérité, il installe les morceaux de tissus sur l'étendoir à linge. Ça fait tellement longtemps que je n'ai rien vu d'aussi agréable que mon regard est hypnotisé. Si ça se trouve, quand il va se retourner, il aura une tête affreuse, mais tant pis, pour l'instant c'est comme regarder le calendrier des dieux du stade! De son corps viril, il continue à installer le linge. L'opération ne dure certainement que quelques minutes, mais ce sont des minutes dont je me délecte! Je suis comme dans un film à suspense, j'ai hâte qu'il se retourne pour voir son visage, tout en espérant qu'il ne remarquera pas que je l'observe. Il attrape le panier vide et fait un quart de tour en se relevant. J'aperçois tout d'abord ses abdos, son torse légèrement poilu, puis son visage. Oh! mais non! Ce n'est pas possible, c'est Antony, le pâtissier! Je rougis de l'indécence avec laquelle je l'ai maté depuis tout à l'heure. Son

regard se pose sur moi et semble hésiter quelques secondes puis, la lueur que je décèle indique qu'il me reconnaît. C'est carrément la honte d'être en train de l'épier! J'aurais dû faire plus attention vu qu'il n'y a pas de rideaux!

Il est vraiment beau, sa peau hâlée, ses yeux verts et son sourire éclatant. Je le trouvais déjà pas mal, mais je ne m'étais pas rendu compte qu'il était si charmant. Je le vois attraper un pull à l'intérieur de chez lui et suis soulagée, il ne m'a peut-être pas remarquée! Finalement, il ressort et s'approche de ma baie vitrée en me faisant un signe de la main. Je n'ai plus le choix. Je m'avance, tremblante, ouvre la porte-fenêtre et m'aventure vers le buisson qui nous sépare.

— Salut Anna! Que faites-vous ici? me demande-t-il avec un sourire à faire pâlir les mannequins de pub de dentifrice.

— Je viens aider ma tante, c'est la propriétaire. Et vous? réponds-je en tentant de ne pas lui montrer mon trouble.

— Je suis en vacances pour la première fois depuis quatre ans!

— Oh, c'est super, vous allez être bien ici, dis-je en dansant d'un pied à l'autre en triturant mes doigts.

— Je n'en doute pas, je suis ravi de vous revoir.

Je suis hypnotisée par ses cheveux noirs qui se baladent négligemment sur son front, donnant envie de les dégager délicatement pour mieux apercevoir ses yeux verts et son sourire.

Faut vraiment que je sorte plus souvent!

— Papa! Tu fais quoi?

Je suis tellement absorbée par notre échange que je n'ai même pas vu la petite fille qui se dirigeait vers lui.

— J'arrive Lucia! Rentre, il fait froid.

Une petite brune typée se trouve derrière lui et me salue timidement :

— Bonjour, Madame!

J'avais complètement oublié qu'il était marié. A priori, il a aussi un enfant ou plusieurs? Quelle gourde! Je vais avoir le couple glamour et leur enfant sous les yeux tout le séjour pour me rappeler à mon triste sort. Au moins, cette fois-ci, il ne m'a pas trouvée en pleurs.

— Bon, je vais vous laisser alors, belles vacances à vous! m'exclamé-je tout en commençant à refermer la baie vitrée.

— Vous aussi!

La petite fille suit son père à l'intérieur et mon rêve sexy s'envole avec eux. Ma tante fait ensuite son apparition. Elle m'explique qu'elle ne sert que les petits déjeuners. Elle n'est pas assez en forme pour les repas. Nous nous installons donc toutes deux au coin du feu pour discuter, puis nous passons une excellente soirée pleine de fous rires en nous rappelant nos souvenirs. Je suis ravie d'être ici, je ne pensais pas que cela me ferait autant de bien de changer d'air.

J'ai pour mission de promener son chien pendant qu'elle prépare le déjeuner du matin, ce qui ne m'enchante pas vraiment. À 7 h 30, je suis sur les starting-blocks, prête pour la balade. Moi qui espérais dormir un peu, c'est foutu! Depuis 7 heures du matin, Plume fait les cent pas et grogne dès que quelqu'un a l'audace de bouger dans la maison! Me voici, laisse à la main, en train de faire le tour du village, en pyjama polaire et blouson de ski, à moitié réveillée et pas coiffée. Les habitants du village ne vont pas m'élire reine de beauté, mais Plume n'en a rien à faire. Il renifle chaque odeur qu'il croise, colore la neige en jaune et remue la queue dès qu'il aperçoit un autre animal. Le village s'est paré des décorations de fête et les marmottes dans les vitrines ont revêtu leurs tenues de père Noël. Cette ambiance festive est rafraîchissante pour le moral! L'air vivifiant du matin me réveille doucement et après vingt minutes de balade, je me dirige vers ma chambre afin de m'habiller pour ensuite aider ma tante à servir les petits déjeuners. J'attrape la clé et la mets dans la serrure : enfin rentrée! Je m'apprête à passer la porte quand une petite fille se précipite sur Plume et moi.

— Oh… Il est trop mignon !

Je reconnais instantanément cette petite tête brune. Il s'agit de la fille d'Antony. Elle caresse Plume doucement et celui-ci se met sur le dos pour profiter pleinement des tendresses.

— Il s'appelle comment ? demande-t-elle tout en continuant de caresser le petit chien qui se roule sur le sol.

— Plume !

— Il est beau !

— Merci.

— Moi, je m'appelle Lucia et toi ? dit-elle en me gratifiant d'un sourire.

— Anna !

— J'ai six ans et toi ?

J'hésite quelques instants à répondre, désarçonnée par cette question indiscrète, puis ne sachant comment esquiver la question, je finis par répondre :

— Euh, trente.

— Comme mon papa ! Tu voudrais bien que je le promène avec toi ?

— Désolée, on vient de finir la balade.

Je me trouve sèche, mais j'ai vraiment hâte de rentrer me préparer afin d'être plus présentable et je sais que ma tante m'attend.

— Mince, je pourrai faire une autre balade avec toi ?

Son petit regard désolé m'observe. Elle est jolie et ressemble à son père, la même peau mate, les mêmes cheveux noirs et soyeux. Ses yeux sont légèrement bridés et ses lèvres bien pleines. Elle a un côté indien ou asiatique. Je n'ai pas vraiment envie de m'embarrasser d'une enfant, mais d'un autre côté, faire une balade accompagnée pourrait être plus agréable. Je tente alors :

— Si tes parents sont d'accord, tu pourrais faire la balade de

midi?

Moi qui ne suis ni habituée aux enfants ni aux chiens, je me surprends à proposer une promenade à cette petite fille. Je me demande si je réfléchis parfois! Au moment où je prononce cette phrase, Antony sort de l'appartement. Oh non, il va me voir avec ma tête de déterrée, mes cheveux en l'air et mon pyjama en pilou bien chaud! La poisse!

— Lucia, je t'ai déjà dit de ne pas sortir seule, s'exclame-t-il.

— Mais j'ai vu le petit chien et je suis juste devant la porte!

— Ne me réponds pas s'il te plaît! Oh, Anna, bonjour, désolé si elle vous a dérangée.

Il attrape mon regard et je détourne le mien gênée.

— Non, en fait, elle ne m'a pas dérangée du tout.

— Papa, la dame m'a proposé de promener son chien avec elle à midi. Je peux? Dis oui! Dis oui! Dis oui! dit-elle en sautant sur place avec entrain.

La dame… Et paf, un petit coup de vieux! Antony sourit.

— C'est gentil à vous. Mais vous êtes certaine que ça ne vous dérange pas?

— Non, à vrai dire, je me suis dit que ça serait plus sympathique que de le promener seule!

— OK, rendez-vous à midi alors! conclut-il. En attendant, Lucia, viens prendre ton petit-déjeuner! Anna, à tout à l'heure et merci pour cette proposition!

Dans la salle repas, ma tante a déjà tout installé. Elle me donne pour mission de rajouter au fur et à mesure ce qui manque et je propose de faire une brioche aux pépites de chocolat pour le lendemain. Antony et Lucia me lancent des sourires et je constate qu'ils ne sont que tous les deux. Je me demande où est son épouse? Se serait-il séparé? Ou n'a-t-elle simplement pas pu prendre de congés?

À l'heure convenue, j'ouvre ma valise et observe les tenues que j'ai apportées : trop court, trop décolleté, trop vert, trop fin, trop épais, trop apprêté, trop léger, trop chaud… Je jette sur le lit mes vêtements, les uns après les autres. Que vais-je me mettre ? Après ma tenue «out of bed» de ce matin, je souhaite rattraper le coup ! J'ai envie qu'il me trouve jolie. C'est déplacé, je le sais parce qu'il est marié. Mais tout de même, c'est tellement agréable de se sentir belle dans les yeux de quelqu'un. Je m'assois quelques minutes pour me recentrer et éviter une culpabilité inappropriée. J'attrape un jeans et un pull blanc simple. De toute façon, il faudra que je porte mon gros manteau vu le froid. Je pars ensuite me maquiller et brusher mes cheveux. Après quarante-cinq minutes de préparation, le résultat me convient ! Il est midi, j'attrape la laisse et me dirige vers l'appartement d'à-côté. Je prie pour ne pas tomber sur sa femme quand je frappe à la porte, tout en me demandant si elle est bien là vu que je ne l'ai pas vue ce matin. Peut-être ne déjeune-t-elle pas ou a-t-elle mangé avant que je n'arrive ? Je prends ma respiration et un air détaché, tape trois fois du bout des phalanges et attends. J'entends des petits pas courir rapidement sur le sol et la porte s'ouvre.

— Papa, ils sont là ! Ils sont là ! On peut y aller ?

Elle sautille de joie sur place.

— OK, j'arrive !

J'ai une boule dans le ventre quand j'entends sa voix depuis la chambre. Il entre. J'ai l'impression d'être dans une pub pour un gel douche : il avance gracieusement, ses cheveux mouillés, son corps athlétique et ruisselant recouvert uniquement d'une serviette autour de la taille. Mes hormones en folie de femme seule n'arrivent pas à se calmer. Je suis presque fascinée par sa beauté insolente. Je mets quelques secondes à retrouver mes esprits. C'est un spectacle charmant, mais je m'en veux déjà de fantasmer sur quelqu'un de déjà pris alors que j'en ai tant voulu à Baptiste et Juliette.

— Désolé Anna, j'en ai pour une minute ! Comme vous pouvez le constater, j'ai pris un peu de retard.

Je vérifie que je ne bave pas, j'essaye d'aligner des mots, mais ils ont du mal à sortir de ma bouche, je bredouille quelque chose qui ressemble à un «OK». Il enfile nonchalamment un tee-shirt et un sweat qu'il a trouvés sur le dossier d'une chaise et part quelques minutes dans sa chambre. Lucia en profite pour caresser Plume qui, tel un pacha, se laisse faire et en redemande.

— Je suis prêt ! J'espère que ma présence ne vous dérange pas ?

Non, au contraire…

Le temps de me laisser retrouver mes esprits, je balbutie :

— Oh non ! Et ça n'ennuie pas votre épouse que vous vous promeniez avec moi ?

— Non, j'ai envie de faire plaisir à Lucia, elle a toujours rêvé d'avoir un chien. Mais je suis un père un peu inquiet et je n'ai pas envie de laisser ma fille avec une inconnue, je préfère l'avouer.

Je vois qu'il ne répond délibérément pas à ma question, j'en déduis qu'il est peut-être en froid avec sa femme. Je chasse cette pensée en riant aux éclats.

— Oui, enfin, vous savez où j'habite et ma tante est la propriétaire ! Mais je trouve ça touchant.

Lucia marche devant nous, l'air fier. Je lui ai donné la laisse et elle prend sa mission très au sérieux. Le téléphone d'Antony sonne. Il regarde l'écran l'air contrarié.

— Ça ne vous ennuie pas si je prends cet appel et que je vous laisse finir la balade seules ? Maintenant que je sais tout de vous… lâche-t-il d'un air taquin.

— Non, allez-y, ne vous inquiétez pas !

— Papa s'en va ?

J'observe le visage de Lucia et y lis une grande déception.

— Ne t'inquiète pas, on va finir la balade quand même, Plume compte sur toi !

— C'est toujours comme ça avec lui. Il travaille tout le temps et pour une fois qu'il n'est pas à la pâtisserie, il répond au téléphone pour aider les autres. Pff...

Elle marche en traînant ses petits pieds, elle tape sur le sol, pour se défouler. Elle ne me regarde pas et parle tout bas, comme si elle se parlait à elle-même.

— On ne part jamais en vacances et... il n'a même pas l'air content !

— Ne dis pas ça, je suis sûre qu'il est ravi d'être là.

— Non, je ne crois pas. Il n'y a que lui qui pouvait me garder, il ne m'avait pas inscrite assez tôt au centre de vacances et tata est en cure cette semaine. Alors, on est ici : il n'avait pas le choix, mais la période de Noël est la plus chargée de l'année à la pâtisserie alors ça le stresse.

Une larme roule sur sa joue.

— Tu sais, le métier de pâtissier est un métier exigeant. Il a des contraintes et des responsabilités. Je pense que tu te trompes sûrement. Il était inquiet de te laisser seule avec moi, c'est évident qu'il tient à toi, il ne sait peut-être pas te le montrer c'est tout.

Quelque chose dans cette petite fille me touche. Elle continue de marcher avec un regard triste et je me revois essayant en vain d'attirer l'attention de mon père. Elle fait tout à coup plus âgée et plus fragile.

— Tu as des enfants toi ?

— Non.

— Ah et pourquoi ? T'es jolie et gentille, c'est bizarre, dit-elle en me regardant d'un drôle d'air.

— C'est compliqué.

— Il te faudrait quelqu'un comme mon papa ! Mais bon, il est déjà pris et il a déjà moi !

— Tu es adorable. Si tu veux, tu peux faire toutes les sorties de Plume avec moi. Je vais sûrement le promener trois fois par jour durant mon séjour, enfin c'est ce que j'ai proposé à ma tante pour la soulager.

— Oh oui! Merci, merci, merci!

Et voilà, j'ai encore parlé sans réfléchir! En plus d'un chien, je vais garder une petite fille!

Mais lorsque je vois son regard s'éclairer et le sourire immense naître sur son visage, je sais que j'ai fait le bon choix. Elle se met à sautiller de joie et Plume en profite pour lui sauter sur les jambes. Elle rit de bon cœur et vient me serrer dans les bras.

— Merci Anna!

— Je demande à ton père alors! Ça marche?

Nous retrouvons Antony sur le chemin du retour. Il a terminé sa conversation téléphonique et interroge sa fille sur ce qu'elle a pensé de la promenade. Lucia est enthousiaste et demande immédiatement l'autorisation de faire les prochaines sorties avec moi. Antony est ravi de cette proposition. J'espère secrètement qu'il nous accompagnera, mais je ne sais pas pourquoi, je suis aussi très heureuse de passer du temps avec Lucia et de ne pas promener Plume toute seule. Au moment de partir, Lucia se précipite vers moi.

— Merci, à tout à l'heure! me dit-elle en me serrant fort dans ses bras chétifs.

Elle me fait un petit signe de la main, puis embrasse Plume.

— À tout à l'heure, Plume! Je sens que ça va être les meilleures vacances de ma vie!

Son sourire finit par me convaincre définitivement d'avoir pris la bonne décision.

Je passe l'après-midi à lire près de la cheminée. J'observe Antony depuis ma baie vitrée parler au téléphone pendant des heures.

Lucia l'interrompt régulièrement et se fait envoyer sur les roses. Comment cet homme si doux et rassurant, que j'ai rencontré il y a quelques mois, peut-être aussi dur avec sa fille ? Ne devrait-il pas l'amener skier plutôt ?

En fin de journée, nous partons promener Plume, Lucia et moi. Antony est greffé à son téléphone et nous laisse partir en m'ayant à peine saluée. J'ai la sensation qu'il est presque soulagé que je prenne enfin sa fille avec moi. Lucia marche silencieusement. Je sens qu'elle a le cœur gros. Je ne sais pas trop comment m'y prendre avec une petite fille de six ans, mais je tente une approche.

— Tu as passé une bonne journée ?

— Mhh, mouais, et toi ?

— Moi, oui. Tu es contente d'être là ?

— Oui. Je suis contente de voir Plume. Je voudrais un chien comme lui. Comme ça, je me sentirais moins seule.

Lucia continue de marcher, elle regarde ses petits pieds et tient la laisse fort comme si elle se raccrochait à quelque chose. Je préfère la laisser tranquille, après tout, si elle a envie de parler, elle le fera. Perdue dans mes pensées, je m'aperçois qu'il neige un peu et des flocons blancs s'accrochent aux cheveux noirs de la petite, c'est très beau. Je le lui fais remarquer et elle est ravie. Plume renifle tous les recoins qui se trouvent sur son passage, il a l'air content que l'on s'occupe de lui. Nous faisons le tour du village qui s'éclaire progressivement des décorations de Noël. La montagne en hiver a quelque chose de féerique et ma nouvelle amie semble se détendre grâce à cette ambiance. Bien qu'elle demeure silencieuse, Lucia avance avec l'air plus serein. Elle a relevé la tête et avance maintenant fièrement en parlant à Plume du monde qui l'entoure : le sapin magnifique sur la place centrale, la crêperie illuminée, les lumières de toutes les couleurs. Nous arrivons devant sa porte et Antony n'est plus au téléphone.

— Bonsoir, désolé pour tout à l'heure, lance-t-il d'un air penaud.

Je ne prends jamais de vacances et c'est mon associé qui devait gérer en mon absence. Malheureusement, il a eu un petit accident hier et il est à l'hôpital. Du coup, l'équipe m'interrompt sans cesse, c'est l'horreur.

— Oh, je suis désolée pour vous, réponds-je tout en décrochant la laisse de Plume.

— Moi, je suis surtout désolé pour Lucia. J'ai été un peu dur avec elle ces deux derniers jours, je m'en veux.

Je relève les yeux et aperçois un voile de tristesse dans son regard. J'ai envie de lui redonner son incroyable sourire.

— On ne peut pas toujours être parfait. Elle saura vous le pardonner si vous faites un peu attention à elle.

— Merci.

Lucia s'est couchée par terre avec un oreiller et caresse tendrement Plume qui s'est installé contre elle. Je les observe, attendrie et ajoute :

— Ils se sont bien trouvés tous les deux.

— Oui, clairement ! Mon associé devrait reprendre le travail demain. Pour vous remercier, puis-je vous inviter à dîner demain soir avec nous ?

Je sens mes joues qui s'empourprent et aperçois Lucia se lever d'un bond faisant sursauter Plume.

— Oh… Dis oui Anna !

— OK, ça sera avec plaisir alors ! Lucia, rendez-vous demain matin vers sept heures trente pour la balade ? Ça ne vous fait pas trop tôt ? Car après, je vais aider ma tante.

— Non, de toute façon, nous sommes réveillés aux aurores.

— Bonne soirée vous deux !

Anna

Font-Romeu, décembre 2019.

Sur le canapé, enroulée dans un plaid en buvant mon café fumant, je regarde l'aube se lever, silencieuse tandis que Plume se roule de bonheur. Je profite de l'odeur du feu de cheminée, mélangée à celle du café fraîchement moulu. Antony s'est emparé de mes pensées sans que je ne m'y attende. Je m'interroge sur sa vie dont il parle peu et à son manque de réaction suite à l'évocation de son épouse. J'ai observé son alliance avec laquelle il joue de manière régulière. Je n'ose pas demander pourquoi elle est absente ni s'ils sont toujours ensemble. J'essaye de chasser ces pensées, mais inlassablement, elles reviennent par vagues.

Plume est impatient de se promener et me le fait savoir par des petits coups de patte sur la jambe. Je me lève et lui mets sa laisse. Il frétille de bonheur, puis je me dirige vers la porte d'à-côté, le cœur légèrement en émoi. Lucia est déjà prête lorsque j'arrive. Elle a pris un petit sac à main et enfilé un blouson bleu pâle.

— Bonjour, Lucia ! On y va ? Plume a hâte de se promener !

— Dans mon sac, j'ai mis des petites poches pour ramasser ses besoins, j'ai remarqué que tu faisais ça et que ça n'avait pas l'air de te plaire.

Antony sort de la salle de bain et je constate avec déception que cette fois-ci, il est habillé. Je m'avance vers la sortie avec Lucia et Antony se joint à nous. Elle marche devant nous, car elle connaît maintenant l'itinéraire préféré de Plume. Après plusieurs minutes de silence, Antony se racle plusieurs fois la gorge, puis me demande :

— Peut-être devrais-je lui prendre un chien ?

— Elle adorerait, c'est évident. Elle s'en occupe bien en plus, elle est soigneuse et attentionnée !

Antony est songeur, je sens son regard sur moi.

— J'aimerais vous remercier. Pour Lucia.

— Ce n'est rien, après ce que vous avez fait pour moi, je pense que c'est normal. Et puis, je dois avouer que ça me fait plaisir. C'est une enfant adorable. Elle a un petit côté mystérieux qui la rend attachante.

— Elle se sent un peu seule parfois. Elle n'a pas beaucoup d'amis….

— Mais elle vous a, vous et sa maman, non ?

Devant sa mine déconfite, j'en déduis que je n'aurai pas encore mes réponses aujourd'hui. Le malaise s'installe quand Antony casse le silence en me proposant de le tutoyer. J'accepte d'un signe de tête tout en rougissant. Son regard s'ancre au mien et pendant un court instant, le monde s'arrête de tourner.

Il m'observe avec douceur, son regard mutin éclaire son visage. On peut y déceler de la joie, une envie de vivre, de rêver, mais aussi un éclat de souffrance. C'est impressionnant ce que peut révéler un regard. Je dévie ensuite vers sa carrure imposante. Il y a dans ses mouvements un mélange de fougue et de grâce. Je finis par baisser le regard, gênée par cette intensité de ressentis inexplicables

qui s'emparent de moi. Suis-je la seule à discerner cette attraction dépourvue de toute logique ? Sa voix me remet les pieds sur terre. Depuis combien de temps suis-je dans mes pensées ?

— Anna ? Ça te dit de faire de la pâtisserie avec Lucia et moi tout à l'heure ? Nous dégusterons nos créations ce soir au dessert.

— Avec plaisir.

Suis-je dans un rêve ? Je me pince discrètement le bras. Non, je ne rêve pas, je vais prendre des cours particuliers avec Antony De Luca ! J'ai envie de sauter partout, mais je me contiens : je suis une adulte tout de même !

Au moment de les quitter, Lucia s'approche doucement de moi.

— Tu avais raison, maintenant qu'il a réglé ses problèmes de travail, il a l'air content d'être là. C'est que je m'inquiète parfois pour lui. Il est tellement sérieux.

Je ris et lui dépose un baiser sur le front.

La semaine se déroule ainsi, chaque jour, nous nous promenons tous les trois avec Plume le matin. Nous discutons de notre passé, de mon enfance, de la sienne, de tout, de rien, avec aisance, comme si nous nous connaissions depuis toujours. Il ne parle pas de la mère de Lucia. Je ne sais pas s'ils sont ensemble ou non. Je suis juste focalisée sur cette alliance qu'il manipule en permanence et sur la photo que j'ai aperçue dans son portefeuille. Antony est si discret sur son quotidien que je n'ose pas poser les questions qui me brûlent les lèvres. J'ai juste constaté qu'il manipule sa bague chaque fois que la tension devient trop forte entre nous, cela me rappelle régulièrement la présence silencieuse de sa femme. Lucia discute avec moi, de plus en plus, ce qui m'emplit de bonheur, elle me confie ses joies, ses peines et son attachement pour Plume. Les après-midi, nous partons skier ensemble, tandis que Lucia a son cours de ski. Nous avons à peu près le même niveau et c'est très agréable de ne pas être seule. Vers 17 h, nous rentrons pour pâtisser. Chaque soir nous dînons ensemble avec ma tante, Antony

et Lucia après des séances culinaires animées, réalisées avec les moyens du bord. La créativité d'Antony me surprend sans cesse et je m'attache doucement à lui, sans pouvoir lutter. Je sens que je lui plais, peut-être que je me trompe, mais son regard incandescent quand il m'observe laisse peu de place au doute. J'essaye de prendre le plus de distance possible. Je ne veux faire vivre à personne ce que j'ai vécu avec Baptiste. Cette situation est tout de même grisante et je reprends petit à petit confiance en moi. Ça fait un bien fou de se sentir jolie et désirée.

Je réalise tout à coup que ce soir, nous sommes vendredi, la semaine est passée à une allure folle. Dire que j'ai failli ne pas venir, j'aurais vraiment raté quelque chose !

Antony

Font-Romeu, décembre 2019.

Presque une semaine que nous passons tout notre temps avec Anna. Je n'avais pas vu Lucia aussi épanouie depuis longtemps. Au départ, j'ai pensé que sa présence gênerait nos moments père/fille, mais en réalité, c'est elle qui a demandé qu'Anna passe du temps avec nous. Au final, je pense même qu'elle a apaisé notre relation.

Anna est une fille géniale. Nous avons énormément de choses en commun. Notre goût pour la pâtisserie, cette façon de ne jamais vouloir gêner, ce côté têtu.

Je pense à elle, de plus en plus, et mon alliance me brûle les doigts pour me rappeler ma promesse. Je ne suis pas prêt à ne plus aimer Maria et je ne peux pas faire ça à Lucia. Mon cœur se déchire sans cesse entre cette attirance insoutenable pour Anna et ma raison. Ce matin encore, en voulant caresser Plume, ma main s'est retrouvée contre celle d'Anna. Mon souffle s'est coupé, mon cœur s'est accéléré et je suis resté pétrifié en cherchant à prolonger l'instant. J'ai plongé mon regard dans le sien, tentant de savoir si elle aussi ressentait cette attirance insoutenable. Elle a baissé les

yeux vers le sol et sorti sa main comme si elle était en feu, mais j'ai aperçu un sourire au coin de ses lèvres. Rien qu'à ce souvenir, mon corps s'embrase.

La fin de semaine approche et je n'ai pas réussi à me résoudre à m'éloigner. Chaque fois que je me dis qu'il faut que je passe moins de temps avec elle, je m'entends lui proposer de rester. C'est comme si mon cerveau ne m'obéissait pas lorsqu'elle est dans les parages. Et puis après tout, je ne fais rien de mal et Lucia semble ravie par cette présence féminine.

Elle a également eu un petit coup de cœur pour Anna et la présence de Plume n'y est pas pour rien. Elle ne parle que de cette nouvelle amie qu'elle semble admirer. Lucia se livre si peu que je me réjouis de cette connivence entre elles et cela me permet de moins culpabiliser sur cette attirance qui me retourne le cœur. Je pense à ce que m'a dit Anna, Lucia rêve d'avoir un petit chien et ça lui ferait peut-être du bien, elle qui est si solitaire. C'est vrai que grâce à cet animal, elle semble s'être ouverte aux autres. Je l'ai même vue discuter avec les enfants de l'autre famille présente dans la chambre d'hôtes.

Hier, nous sommes allés au marché de Noël ensemble. J'ai offert un petit ange à Lucia et à Anna avec leurs prénoms gravés dessus. Elles étaient comme deux enfants, fières et enjouées. La spontanéité d'Anna me surprend, je n'ai jamais rencontré quelqu'un comme elle. Elle me rend fou avec ses rires qui sonnent comme du cristal et ses regards mélancoliques. Elle semble timide et l'instant d'après, il émane d'elle une force extrême. Je ferme les yeux et pense à ses lèvres qui sont comme des cerises bien mûres, rouges et charnues et je donnerais cher pour croquer dedans. Face à cette pensée, mon corps entier se tend, c'est incroyable comme elle me rend réactif. Lorsque je suis avec elle, j'ai la sensation d'être un enfant qui s'affranchit des interdits.

Tandis que je bois un verre de vin servi par sa tante, je les observe installer leurs anges sur le sapin en riant.

— On reviendra chaque année ! Promis ? demande Lucia.

Anna me lance un regard interrogatif auquel je réponds d'un hochement de tête.

— Promis, lui répond-elle tendrement.

Lucia saute dans les bras d'Anna et l'enserre. Elles sont belles, l'instant est beau. Ma fille a un sourire émerveillé sur le visage, son rire résonne à travers toute la pièce. Anna et elle sont réellement complices, elles se chuchotent des mots doux dans les oreilles. Je ne sais pas ce qu'elles se racontent, mais Lucia éclate de rire dès qu'Anna s'approche d'elle.

Je remarque que cette dernière a une mèche de cheveux sur le visage, j'ai envie de la déplacer et de caresser sa peau, mais je n'ose pas m'immiscer dans leur bulle de bonheur. Je profite donc de ce spectacle qui m'émeut au point qu'une larme tente de se faufiler au coin de mon œil.

Je voudrais capturer cet instant et le garder pour toujours dans un écrin pour pouvoir le regarder quand mon cœur s'assombrit.

Et voilà que je me transforme en guimauve ! Il faut que je me ressaisisse, je suis un homme après tout.

La tante d'Anna commence à préparer le dîner et je lui propose mon aide afin de chasser toute cette émotion qui m'envahit tout à coup. Demain, c'est le Nouvel An, nous dînons tous ensemble, notre dernier repas avant le retour à Bordeaux.

Anna

Font-Romeu, décembre 2019.

Il est 16 h, je rentre de la supérette. Je suis chargée d'apporter farine, sucre et beurre pour la tarte aux fraises de ce soir, une lubie de Lucia pour fêter la nouvelle année.

16 h 5-16 h 10-16 h 20… Que se passe-t-il? Ils ne sont toujours pas rentrés. Je réalise que je n'ai pas le numéro de téléphone d'Antony et je m'installe au coin du feu, résolue à l'attendre. Comme à mon habitude, je m'inquiète et imagine tout un tas de scénarios possibles. Qu'a-t-il pu se passer? Depuis mon accident, je suis devenue un peu parano et je m'alarme très rapidement. J'attrape un roman, mais je me rends vite compte que je relis trois fois le même passage sans rien comprendre.

À 17 heures, la sonnette retentit. Je me précipite vers la porte. J'ai littéralement couru, j'ai un peu honte, mais je me suis fait tellement de souci. J'aperçois Antony dans l'encadrement et je me jette dans ses bras, soulagée. Je m'éloigne assez rapidement, gênée par mon élan de spontanéité. Antony reste également quelques instants hébété et c'est sa fille qui le sort de sa torpeur en le poussant pour se frayer un passage dans la maison avec tous les paquets qu'elle porte de ses bras frêles. Je me recoiffe et la suis, le plus posément possible en tentant de calmer l'incessant tambourinage dans ma poitrine. Une fois que nous avons déposé les sacs de courses, je commence à déballer leur contenu aidée par Antony. Une fois que mon cœur s'est un peu calmé, je l'interroge sur le fin mot de l'histoire.

— Je suis vraiment désolé que tu te sois inquiétée, s'excuse Antony. On est allé chercher les fraises dans un village autour, car ils n'en avaient pas ici. Au retour, nous nous sommes un peu perdus. En réalité, ce n'est pas la bonne saison pour les fraises, c'est un peu compliqué à trouver ici. J'ai négocié avec Lucia et ce sera une tarte aux fruits. J'ai voulu te téléphoner, mais je n'avais pas ton numéro. Alors j'ai cherché sur *Facebook*, et je t'ai envoyé un message sur *Messenger*… Tu ne l'as pas reçu ?

— Non. J'ai eu un accident grave en voiture et j'ai changé de téléphone par la suite. Je ne crois pas avoir installé *Messenger* sur celui-ci !

Je l'attrape et observe les différentes applications puis conclus :

— Non, je ne l'ai pas. Je vais l'installer, ça peut toujours servir !

Je clique sur "installer" puis pose mon téléphone sur le plan de travail.

Antony commence à laver les fruits tout en me remerciant chaleureusement pour la semaine que j'ai fait passer à sa fille. Je rougis de plaisir et lui réponds :

— Ta fille est géniale, on s'est bien trouvées toutes les deux. Et puis, pâtisser avec toi a également été vraiment fabuleux ! Je m'estime chanceuse d'avoir pris des cours particuliers sachant l'attente qu'il y a pour s'inscrire à tes leçons. Je ne te remercierai jamais assez, j'ai beaucoup appris !

Il baisse les yeux et je vois un sourire apparaître sur son visage.

— J'ai également apprécié ces moments, murmure-t-il, l'air

soudain gêné.

Antony me tend une pomme que je commence à éplucher. Nous sommes face à face, séparés uniquement par la table étroite sur laquelle nous travaillons. Nos mains s'effleurent à quelques reprises pour saisir un couteau ou déposer les fruits dans le saladier.

— Si tu veux, à notre retour à Bordeaux on peut continuer, mais avec du bon matériel ? me demande-t-il en plongeant son regard dans le mien.

Mon cœur s'affole. Plus je passe de temps avec lui, plus j'ai envie de me blottir dans ses bras. Je repense à la sensation de tout à l'heure, à son odeur.

Euh… Que répondre ? J'en ai très envie, mais passer trop de temps ensemble n'est pas forcément une bonne idée.

— Oui… Non… Enfin si, ça serait génial, je me dis souvent que j'ai raté ma voie.

— Il n'est jamais trop tard. Tu es vraiment douée, tu sais et j'en vois des élèves ! Tu devrais tenter !

Il s'est arrêté de couper la poire qu'il a entre les mains pour me couvrir de son regard. Je sens mes joues s'empourprer, je murmure un merci entre mes lèvres.

— Tu as peur de quoi ? me demande-t-il.

C'est vrai, je suis terrorisée à cette idée et sa question m'oblige à exprimer tout haut les craintes qui m'assaillent :

— J'ai peur de décevoir mon père, de me retrouver sans travail et sans argent… De ne pas être à la hauteur.

— Tu es à la hauteur, c'est évident. Tu as un don ! me lance-t-il en reprenant la découpe des fruits.

— Oui, mais là, j'ai un travail sûr et mon père compte sur moi.

— Es-tu heureuse dans ce que tu fais ?

Je détourne le regard, gênée d'avoir été démasquée.

— Pas vraiment. C'est même parfois d'un ennui mortel!

— La vie est courte Anna, c'est dommage d'avoir des regrets ou de continuer quelque chose qui ne nous convient pas. Réfléchis-y! Si tu as vraiment envie de faire de la pâtisserie, je suis prêt à t'aider et à t'accompagner! C'est tellement dommage de passer à côté de ses rêves.

— Merci beaucoup en tout cas, réponds-je, flattée par ses compliments.

Les fruits sont maintenant prêts. Je jette un regard à mon téléphone et aperçois que l'application *Messenger* est maintenant installée. Tandis qu'Antony attrape la farine pour faire la pâte, je récupère le mot de passe sur mon adresse mail. Je sens le regard d'Antony posé sur moi. Je lève les yeux lentement pour admirer les petites rides au coin de ses prunelles rieuses. Ses lèvres pleines bougent et donnent envie de croquer dedans. J'entends sa voix forte, grave, sensuelle… J'écoute son intonation sans réellement faire attention à ce qu'il dit.

— Anna? Anna?

— Oui?

— Tu t'en sors avec ton téléphone?

Je suis tellement déstabilisée par son regard que je mets quelques minutes à répondre.

— Oui, ça charge.

Il explose de rire :

— Je m'inquiétais, ça fait trois fois que je te pose la question!

— Pardon, je suis dans mes pensées.

À peine le mot de passe entré, des sonneries retentissent. Des messages apparaissent les uns après les autres. Mon regard se pose sur un en particulier, c'est le journaliste Jean Bernard, celui que j'avais contacté quand ma mère avait disparu! Des bribes de mémoire me reviennent alors. Cette fois-ci, mes souvenirs

sont limpides. Je me souviens lui avoir écrit et je sais maintenant avec certitude que ma mère avait disparu. Instantanément, mon cœur s'accélère et tambourine dans ma poitrine. Le souvenir qui m'assaille m'en donne des vertiges et je dois m'accrocher au rebord du plan de travail pour ne pas m'effondrer.

— Anna ? Ça va ?

J'entends bien sa voix, je sais qu'il est là, et pourtant, je ne peux rien faire d'autre que de me cramponner pour ne pas vaciller. Inquiet, Antony m'aide à m'installer au sol et va me chercher un verre d'eau.

— Tu es toute blanche.

— Je viens de retrouver des bribes de mémoire datant d'avant mon accident. À chaque fois, c'est la même chose. Comme si ce souvenir demandait à mon corps un effort surhumain.

Je bois quelques gorgées. Je me sens mieux et me redresse puis attrape mon téléphone avec impatience. Reprenant petit à petit mes esprits, j'appuie sur ouvrir et le message apparaît.

> Bonjour, j'ai des choses à vous dire concernant votre passé, si vous voulez bien me rencontrer. Auriez-vous la possibilité de me rejoindre quelque part ou de me téléphoner ? Je suis en Bretagne, vers Saint-Malo et vous ?

Le message remonte à plusieurs mois, avant mon accident.

— On dirait que tu as vu un fantôme.

— C'est un peu ça, dis-je la voix tremblante avant d'ajouter : Tu me fais un thé et je te raconte tout ?

— Avec plaisir ! répond Antony plein d'entrain.

Lorsqu'il revient avec nos boissons chaudes et quelques

gourmandises, nous nous installons plus confortablement et enfin, je lui raconte tout. La disparition de ma mère, les mensonges de ma famille à mon réveil et ce message.

— Et tu vas faire quoi ?

— Je ne sais pas trop, il me reste quelques jours de vacances, je devrais peut-être y aller ? dis-je hésitante.

— C'est où exactement ?

— Saint-Malo, en Bretagne.

Un court instant, Antony ne dit rien. Il semble réfléchir, je le vois à sa façon de froncer les sourcils. De nouveau, je me perds dans l'observation de son visage lorsqu'il me lance :

— Écoute, il me reste encore une semaine de vacances avec Lucia. Ma grand-tante habite Dinard, pas loin de Saint-Malo. On a une grande maison de famille là-bas. Si tu veux, on peut y aller ?

— Heu, ça me gêne de vous embarquer là-dedans.

— Non, Lucia sera ravie. Et moi aussi… ajoute-t-il en baissant les yeux vers le plan de travail.

J'ai envie de lui sauter dans les bras et de l'embrasser, mais je me contiens. À la place, je sens un sourire naître sur mes lèvres.

Je me sens mieux et propose de poursuivre la recette. J'attrape un couteau pour finir de couper les fruits, mais il s'échappe maladroitement de mes mains. Je me penche pour le ramasser, Antony fait de même. Nos mains se frôlent au moment de saisir le manche de l'ustensile et je ressens des fourmillements doux qui remontent jusque dans mon cœur. Moi qui le pensais en mille morceaux et mon désir disparu, je me laisse emporter vers des sensations éteintes. Je plonge mon regard dans le sien, le temps s'arrête, la tension est palpable. Je lis dans ses yeux la même flamme qui m'anime, muée dans un instinct presque animal. Ou peut-être que je rêve ? Ses yeux s'arrêtent au niveau de ma poitrine et il arrive à descendre la fermeture éclair de mon débardeur d'un seul regard.

Mon cœur s'emballe. Soudainement, la magie s'arrête et Antony se relève et plonge ses mains dans la farine, le beurre, le sucre, de manière très concentrée. Je l'observe. Ses traits ne sont pas parfaits, son nez un peu trop long, ses sourcils trop épais, et pourtant il est d'une indescriptible beauté dans le faisceau de lumière solaire qui traverse la pièce. Dois-je m'embarquer dans ce voyage en Bretagne auprès de lui au risque que mon palpitant explose ou dois-je rentrer sagement à Bordeaux ? Quelques minutes s'écoulent, lentes, comme suspendues puis je m'entends lui répondre « OK, on y va ». Il me sourit et de sa voix grave, et me répond à son tour :

— Parfait !

Il crie à travers le salon à sa fille qui est dans la chambre :

— Lucia, demain on part à Dinard avec Anna, on ira voir tata !

La petite débarque comme un boulet de canon et s'écrie :

— Trop génial, je pourrai dormir chez elle ?

— Oui !

Lucia enserre son père fortement et court vers moi pour en faire autant.

— Merci Anna, ce sont les meilleures vacances de ma vie ! déclare-t-elle joyeusement.

Ses petits bras me serrent fort, je la soulève et la fais tournoyer.

Antony nous regarde, ému. La soirée du Nouvel An est simple, mais joyeuse. Lucia nous a préparé un spectacle de danse et la ville tire un feu d'artifice. Vers 23 h, nous sortons donc dans nos tenues de ski afin d'assister au spectacle. Lucia me tient la main et m'avoue, des étoiles plein les yeux, que ce n'est que la deuxième fois qu'elle verra un feu d'artifice. Les lumières fusent, l'écho des pétards résonne encore plus fort dans la montagne. Le ciel est dégagé et on aperçoit les étoiles. Il fait froid, mais nous sommes bien couverts. Lucia lance tout à coup une boule de neige à son père et nous changeons d'année dans une bataille de boules de neige improvisée

en hurlant des "bonne année" à tout va. Je ris tellement que j'en ai mal au ventre. Lorsque nous rentrons, nous prenons un chocolat bien chaud afin de nous réchauffer. Lucia monte sur mes genoux et pose sa tête dans le creux de mon cou. Je sens sa douce odeur de vanille et lui caresse ses cheveux encore humides. Je songe quelques instants à mes propres mèches désordonnées qui me collent sur le front et à la tête que je dois avoir, mais je n'ose pas bouger car la petite semble s'endormir. C'est d'ailleurs ce qu'il se produit peu de temps après.

— Antony, je crois que tu peux la coucher, murmuré-je.

Il l'attrape et se dirige vers la chambre pour la déposer dans son lit. Elle paraît minuscule dans les bras de ce grand brun et ce spectacle m'émeut plus que je ne veux l'admettre. Ma tante m'annonce qu'elle va également rejoindre les bras de morphée et me demande de saluer Antony.

Je reste seule sur le canapé quelques instants, ignorant si le père de famille va revenir. Pourtant, j'aperçois sa silhouette qui franchit la porte quelques instants plus tard. Mon corps frémit, j'ai envie qu'il reste près de moi, je ne demande pas plus que sa présence. Il part dans la cuisine nous servir un verre de vin blanc puis s'installe près de moi, beaucoup trop près. Mon cœur s'emballe.

— J'ai passé une délicieuse soirée, m'annonce-t-il. ça m'a fait un bien fou de rire autant.

— Moi aussi.

Je le regarde dans les yeux, avec intensité. Je ne sais pas lequel de nous deux va baisser le regard le premier, mais je pense que ça ne sera pas moi. Mes mains se crispent sur le pied de mon verre, ma respiration s'accélère. Le temps se suspend, j'ai une furieuse envie de plaquer mes lèvres contre les siennes, mais j'ai peur aussi. Il n'y a que nous et tout est possible, mon palpitant accélère encore, c'est fou comme il résonne. J'espère qu'Antony ne remarque pas mon trouble même si je ressens le sien. Je le vois s'approcher de mon

visage. Il va m'embrasser, c'est le moment. Je ne suis pas prête, j'en meurs d'envie pourtant. Je ferme les yeux. Respire, Anna, respire. En fait, je suis prête, je ne veux que ça, ses lèvres contre les miennes. Les secondes semblent s'étirer, c'est fou tout ce qu'il peut se passer dans un cerveau en quelques instants. Mes lèvres attendent les siennes qui ne viennent pas. Son visage se rapproche encore, son souffle est proche. Je le sens déposer un baiser au coin de mes lèvres puis s'éloigner. Ce n'est qu'un simple contact, mais mon corps en est tout frémissant.

— Bonne année Anna et bonne nuit, murmure-t-il en se relevant.

Je reste haletante sur le sofa en le regardant s'éloigner. C'est mieux ainsi, ne pas aller trop vite alors que je ne sais pas où j'en suis ni où il en est. Lorsque je me retrouve seule, je fais le point et conclus que l'année commence plutôt bien. Je m'attache de plus en plus à lui, mais qu'importe, je me sens vivante, vibrante et heureuse. J'ai de moins en moins peur chaque jour et de plus en plus confiance en moi. Peut-être a-t-il raison, peut-être devrais-je reprendre la pâtisserie et réaliser mes rêves. Je pars me coucher ce soir avec la certitude que ma vie est en plein changement et que même si je suis amoureuse de quelqu'un d'inaccessible, il m'apportera beaucoup de choses.

Anna

Font-Romeu, janvier 2020.

Je réalise que je vais partir en Bretagne avec Antony et Lucia et suis partagée entre une joie intense et une terreur ardente. Je ne peux plus reculer, Lucia est trop heureuse de notre départ et je ne me vois pas la décevoir. Alors, comme dans toute situation où je n'ai pas le choix, je décide de vivre l'expérience en me laissant porter. Je me rends dans le salon pour me faire couler un café bien fort afin de me réveiller, car j'ai encore la tête cotonneuse après le vin blanc de la veille. Ma tante a commencé à préparer le buffet et je m'approche pour lui apporter mon aide.

— Nous avons encore passé une excellente soirée hier soir ! dit-elle joyeusement.

— Oui, c'est clair, nous avons bien ri.

Tout en l'aidant à installer le couvert sur les différentes tables, nous poursuivons notre discussion.

— Antony est un homme charmant. Et cette petite Lucia…

— Je ne te le fais pas dire.

Ma tante s'interrompt et plonge dans mon regard.

— Il n'est pas libre, c'est bien ça ?

— Mhh, je n'en sais rien. Il a son alliance, mais il ne parle jamais de sa femme, comme s'ils n'étaient plus ensemble. Tu ne trouves pas ça étonnant ?

— La petite Lucia a mentionné sa mère à plusieurs reprises pour raconter des anecdotes de Noël, c'est tout ce que je peux te dire, ajoute-t-elle sur le ton de la confidence. Il est peut-être comme tous les hommes qui veulent une maîtresse ou il vient tout juste de se séparer !

— Oui, tu as sûrement raison. En attendant, ça me fait un bien fou de me sentir appréciée.

Elle me tend une pile de serviettes en papier afin que je les installe tandis qu'elle pose les couverts sur les différentes tables. Nous poursuivons notre conversation tout en nous activant afin que tout soit prêt pour les voyageurs.

— Oui, mais tu as déjà beaucoup souffert à cause de Baptiste et je m'inquiète.

— Ne te fais pas de souci, je suis plus forte que j'en ai l'air. Et puis, je sais à quoi m'en tenir.

Enfin, en théorie.

— J'ai confiance en ton jugement, mais je me devais de t'en parler, surtout depuis que vous avez décidé de partir en Bretagne ensemble.

— Merci.

— Mais je reconnais que c'est un homme charmant, s'exclame-t-elle avec un regard espiègle.

— Oui, il a une aura extraordinaire. Tu ne trouves pas qu'il a quelque chose d'énigmatique ? Il est très gai et pourtant, il y a comme une tristesse enfouie qui apparaît dans son sourire par moments. Il m'intrigue. Et puis, tatie, tu sais que j'ai toujours rêvé

de faire de la pâtisserie. Eh bien, il me donne envie de me lancer, de changer de vie. Je m'ennuie tant dans mon travail.

Elle s'interrompt, s'approche de moi et me prend les mains.

— Oui, tu es jeune. Il faut réaliser tes rêves. Je sais que ton père a vraiment insisté pour que tu sois avocate, comme lui. Mais si tu n'es pas heureuse, il ne faut pas continuer. Je n'ai pas toujours vécu ici. Avant, j'étais secrétaire à Bordeaux. C'est comme ça que j'ai connu ton oncle, il était cadre. Nous travaillions tous les deux à la mairie. Ce sont tes grands-parents qui m'avaient trouvé ce travail. Nous rêvions tous les deux de vivre à la montagne et d'avoir des chevaux. Quand nous avons annoncé notre décision à nos familles, tout le monde nous a traités de fous, nous avions un travail sûr et nous quittions tout pour l'inconnu. Mais je n'ai jamais regretté ce choix, nous avons eu une belle vie, bien plus heureuse que si nous étions restés en ville. Alors, si tu penses que changer de voie te rendra plus heureuse, n'hésite pas une seconde. La vie est courte ma chérie. Mes quarante années avec ton oncle sont passées si vite…

Une larme roule sur sa joue.

— Désolée, la blessure et le manque sont toujours vifs.

— Je t'aime tatie. Merci de me soutenir, lui assuré-je en la serrant tendrement dans mes bras

Je boucle ma valise, l'excitation monte en moi. Je vais laisser ma voiture ici et faire la route avec Antony et Lucia. Je ne sais pas où je vais ni ce que je vais y trouver, mais je suis décidée. Je tente quand même d'appeler ma mère pour savoir si je pourrais obtenir quelques informations. J'espère presque, au fond de moi, qu'elle ne répondra pas et que je pourrai vivre cette expérience, mais je me dois d'essayer quand même. Je m'installe donc sur le lit, les jambes recroquevillées pour me sentir en sécurité. Le cœur battant, je l'entends décrocher.

— Allô ma chérie, tout va bien ? Tu passes de belles vacances ?

— Excellentes!

— Formidable! Je m'en doutais, tu as toujours adoré passer du temps là-bas.

Sa voix est enjouée, mais je la coupe dans son élan.

— Maman, si je t'appelle c'est parce que j'ai besoin de réponses. J'ai des bribes de souvenirs datant d'avant mon accident. Je sais maintenant avec certitude que tu avais disparu. J'aimerais comprendre pourquoi. Et surtout, pourquoi tu ne veux pas en discuter depuis mon réveil? Qu'est-ce qu'il s'est passé?

— Pff, tu m'agaces, me répond-elle. Y' a rien à dire, c'est bon. Le principal c'est que tout aille bien et que je sois revenue! Je ne voyais pas l'importance de parler de quelque chose qui est passé et qui ne se reproduira plus! À cause de moi, tu as eu un accident.

J'imagine sa tête à travers le combiné du téléphone. La ride du lion qui se forme lorsqu'elle est énervée, sa petite moue avec la bouche.

— Maman, tu racontes n'importe quoi. L'accident et ta disparition ne sont aucunement liés. C'est important pour moi de comprendre, et surtout, de retrouver l'ensemble de mes souvenirs. C'est très compliqué et frustrant d'avoir perdu autant d'informations.

J'attends quelques secondes qui me paraissent une éternité.

— Je n'ai pas du tout envie d'en discuter. Tu as retrouvé tes souvenirs et j'en suis contente. Maintenant, il n'y a rien d'autre à ajouter! Fin de la discussion. Je ne veux plus que tu me parles de ça, tu m'entends?

Son ton s'est fait plus ferme, sa voix plus aiguë, elle est agressive. Je n'obtiendrai rien de sa part, je le sais. J'hésite à abattre ma dernière carte et à lui parler de mon expédition en Bretagne, mais j'ai peur qu'elle réussisse à tout foutre en l'air. Je décide donc de ne rien lui révéler, quitte à revenir sur le sujet plus tard. De toute façon, pour je ne sais quelle raison, ce souvenir la met dans un état proche de l'hystérie, ce qui me donne encore plus envie de savoir ce qu'il s'est passé. La réponse est peut-être en Bretagne, ou non, mais je chercherai jusqu'à ce que j'en obtienne une.

— Dans ce cas, je te souhaite une bonne fin de journée, dis-je d'un ton cassant.

— Ne le prends pas mal, tout le monde a le droit d'avoir son jardin secret.

— Oui, mais pas quand c'est au détriment des autres… Je me suis réellement inquiétée.

J'ai envie de lui raccrocher au nez, son égoïsme me met en colère.

— Tu ne peux pas comprendre.

— C'est sûr que si tu n'expliques pas, c'est impossible. Bonne fin de journée maman.

Je raccroche, énervée par son attitude et plus que jamais déterminée à en savoir davantage. Pour l'heure, je termine mes préparatifs, embrasse chaleureusement ma tante et me dirige vers la chambre d'Antony.

Lucia est déjà prête, elle tire sa valise rose à roulettes jusqu'à la voiture où nous entassons tous les bagages dans le coffre.

Anna

Entre Font-Romeu et Saint-Malo, janvier 2020.

Après une petite heure de route, Lucia s'est endormie paisiblement. Le soleil réfléchit sur les vitres et diffuse une chaleur presque suffocante alors que nous sommes en hiver. Quelques gouttes perlent sur le front d'Antony à la lisière de sa chevelure dense et noire et il se décide à baisser le chauffage. La musique envahit l'habitacle de la voiture et il remue ses mains sur le volant.

— Anna, tu es déjà allée en Bretagne ? me demande-t-il d'un ton énigmatique.

— En fait, non, dis-je en accompagnant ma réponse d'un mouvement de tête.

— Tu vas voir, c'est magnifique !

— Oui, ça a l'air.

Une musique de Coldplay se met en route et Antony commence à chantonner ce qui m'arrache un sourire. Malgré sa bonne humeur, je n'arrive pas à me détendre, pensant bien trop à ce rendez-vous qui m'attend.

— Tu sembles soucieuse, affirme Antony en baissant le son de la musique.

— Je le suis… ce n'est pas tous les jours que l'on tente de découvrir les secrets de sa mère.

— As-tu reçu une réponse de l'homme que tu dois rencontrer ?

— Oui, il ne m'a pas confirmé l'heure et le jour du rendez-vous, mais il m'a dit qu'il serait à Saint-Malo cette semaine.

— Génial ! Je vais déposer Lucia chez ma tante deux ou trois jours, car elles adorent passer du temps ensemble, je pourrai te faire visiter un peu si ça te dit ?

Je rougis.

— Bien sûr que ça me dit !

Je vais passer plusieurs jours juste avec lui. Je me demande ce que sa femme en pense, lui a-t-il dit ? Sont-ils réellement ensemble ? J'essaye de faire abstraction de mes idées déplacées et le reste de la route se déroule parfaitement bien.

Nous arrivons à Dinard en fin de journée. La maison de sa tante se trouve dans une petite rue charmante en recul du front de mer, au sein de la vieille ville. Une femme voûtée à la peau grisâtre et ridée nous ouvre la porte. Elle est emmitouflée dans un châle aux couleurs ternes. Son visage est accueillant. Je suis incapable de lui donner un âge. Elle sourit et je constate qu'il lui manque une dent sur l'avant. De sa voix railleuse, elle lance joyeusement :

— Bonjour, les jeunes !

— Tatie ! lance Lucia en lui sautant dans les bras.

La complicité évidente de leurs rapports me fait chaud au cœur.

— Entrez ! Je vous ai préparé des crêpes et une bolée de cidre ! dit-elle après avoir donné deux grosses bises bruyantes à Antony et m'avoir saluée.

En traversant la pièce, je me trouve propulsée des années en arrière. La pièce principale est sombre et surchargée d'objets en

tous genres ; des chandeliers érodés, des vases émaillés, des piles de livres anciens, poussiéreux. Des assiettes de porcelaine sont accrochées sur le mur surplombant la cheminée, sans doute la collection de toute une vie. C'est un véritable désordre qui donne une allure conviviale à l'espace. Les meubles sont anciens et faits d'un bois sombre. Un mélange d'odeur de feu de cheminée, de cuisine et de poussière me pique le nez. Lucia ne semble pas gênée le moins du monde puisqu'elle est déjà partie installer ses affaires dans la chambre qu'elle a l'habitude d'occuper. Nous nous installons autour de la table du salon. La tante d'Antony, qui se nomme Alberta, verse, de sa main tremblante, le cidre dans des genres de petits bols. Elle me tend la chaise et m'invite chaudement à m'installer. Elle doit sentir que je ne suis pas particulièrement à l'aise. Elle tient la main d'Antony de sa main déformée, presque translucide, abîmée par le temps.

— Je suis heureuse de vous voir. Je suis désolée de ne pas avoir pu garder Lucia la semaine dernière, mais tu comprends, avec ma cure, ce n'était vraiment pas possible.

— Ne t'inquiète pas tatie, au final, ça m'a fait du bien de prendre du temps avec ma fille. Ton séjour s'est bien passé ?

— Oui, mes rhumatismes vont légèrement mieux, même si je n'aurai plus jamais vingt ans !

Nous restons une heure à bavarder. Alberta s'intéresse énormément à moi et ne semble être nullement surprise par ma présence. C'est une femme douce et chaleureuse. Nous dégustons les crêpes et la bolée de cidre avec délice, puis Antony annonce notre départ. Lucia nous embrasse à peine tant elle est heureuse de passer quelques jours ici. Nous montons dans la voiture, des sentiments mêlés d'excitation et de peur me nouent le ventre. Que va-t-il se passer alors que je serai seule avec lui ? J'écoute les ondulations de sa voix me bercer :

— Nous allons dans ma maison de famille. J'y ai passé la majorité

de mes vacances, enfant. Comme je vivais en Italie, je ne voyais le reste de ma famille que l'été. C'est un lieu chargé d'émotions pour moi.

Nous partons vers le front de mer. L'eau bleue transparente jaillit sur le bord des falaises longeant la côte. Des villas incroyables resplendissent sur le bord des rochers, majestueuses et imposantes. J'aperçois des îles au loin, perdues dans l'eau turquoise et des voiliers qui traversent comme des mouchoirs portés par le vent, leurs voiles blanches tendues et fières.

— Il fut un temps où Dinard était une station balnéaire très huppée. De riches Anglais sont tombés amoureux de la station au XIXe siècle, il me semble. Ce que je peux comprendre, car l'endroit est magique. Ils ont commencé à construire des villas cossues, des petits châteaux, puis des hôtels et enfin beaucoup de casinos le long de la côte. La plupart de ces maisons sont classées aujourd'hui, tant elles sont fabuleuses. C'est la première vraie station balnéaire française, tu le savais ?

— Non, je n'en avais pas connaissance. C'est extraordinaire et magique ! Et dire que je n'étais jamais venue par là… On veut toujours partir à l'étranger, mais il y a de vrais trésors en France.

Nous longeons la côte, j'en prends plein les yeux. L'arc de cercle de falaises surplombant la mer est un panaché de vert, de bleu, de blanc. Enfin, nous arrivons devant une villa, plus petite que celles devant lesquelles nous sommes passés, mais dont l'architecture n'a rien à leur envier. Posée dans un écrin de verdure d'où l'on aperçoit de loin l'azur de l'eau, une maison grise et rouge, où cohabitent colombages, véranda, bois, granit et pierre pour former un mélange harmonieux et original.

— Waouh, cette maison est juste fantastique ! m'écrié-je étonnée par sa beauté.

— Ce sont mes ancêtres qui l'ont construite, me répond-il avec fierté.

J'ai des étoiles dans les yeux, je me croirais dans un rêve : Princesse Anna. Je m'avance vers un porche où se balancent des rocking-chairs en bois clair. Le vent fait cliqueter des carillons. Antony ouvre la porte.

J'entre dans la maison, le vent froid s'engouffre à l'intérieur en même temps que moi, soulevant les différents tissus qui recouvrent les meubles. Je frissonne. Il fait sombre et humide et une odeur de renfermé et de poussière me chatouille le nez. Antony relève le bouton du compteur électrique, allume la lumière, puis ouvre les volets des immenses baies vitrées. L'ambiance glaciale contraste avec la beauté des lieux. L'entrée donne sur un salon dont les volumes sont impressionnants. Le plafond haut, recouvert de moulures, est habillé d'un immense lustre en cristal. Une table rectangulaire pour une vingtaine de personnes trône devant une immense cheminée en marbre blanc, subtilement veiné de beige et dont le bandeau est orné de dorures, de feuillages et de fleurs sculptés. Antony commence à retirer les draps recouvrant les meubles. Je m'approche pour l'aider, impatiente de découvrir la beauté des objets qui m'entourent. Dans un silence apaisant, j'observe ce lieu étonnant de richesses. Puis, je m'aperçois que lui aussi reste sans prononcer un mot. Il semble ailleurs. Dans ce silence religieux, nous avançons dans un bal de draps blancs pour redonner de la vie à la pièce. Au-dessus de la cheminée, se trouve une peinture représentant un couple entouré de ses deux enfants. La peinture est subtile et je suis absorbée par l'élégance des traits des différents personnages, mais surtout, par ce que dégage ce tableau, de la mélancolie et de la tristesse, ce qui est étonnant pour un portrait de famille. Antony se rend compte de mon émoi et en profite pour briser le silence :

— Ce sont mes arrière-grands-parents, mon grand-père et ma grand-tante, dit-il en me les présentant du bout des doigts.

— Ce tableau est juste fabuleux, m'exclamé-je enthousiaste.

— Je trouve aussi.

— Le peintre a su capter leurs expressions, il a fait un travail incroyable. Regarde la mélancolie dans les yeux de ton arrière-grand-mère et le regard fier de son mari ! Il se dégage une indescriptible noirceur, expliqué-je en me rapprochant davantage du tableau pour en saisir les détails.

— Tu as une observation très fine. Effectivement, ils vivaient une difficile période de deuil. Quand ils ont quitté l'Italie pour s'installer ici, ils ont perdu leur plus jeune fils.

— Oh, c'est terrible, dis-je en mettant une main devant la bouche.

— Oui. En tout cas, tu es très sensible, personne n'avait jamais fait cette remarque.

Je baisse les yeux. Sur la cheminée se trouve une impressionnante collection de portraits recouverts de poussière.

— Tu as un chiffon ?

— Oui, tiens ! me répond Antony en ouvrant un tiroir.

Je l'attrape et commence mon nettoyage. Antony commente :

— Ma mère, mon père, mon frère. Ici, c'est ma tante Louisa et son mari. Là, mon cousin, son fils et sa femme.

— C'est une belle famille.

Je continue d'attraper les cadres un à un et à nettoyer l'importante couche de poussière.

— Alberta, il y a environ vingt ans, dit-il en restant figé devant le cliché. Elle était vraiment belle.

— Effectivement, approuvé-je.

— Celui-là, c'est le jour de mon mariage. C'est ma femme, Maria.

Je regarde la photo, tremblante. Il n'a pas dit mon ex-femme ou la mère de Lucia. Il a dit : "ma femme". Sur le cliché, Antony est plus jeune, il est élégant dans un costume gris foncé. À son bras, une jeune femme brune et typée dans laquelle je retrouve les traits de Lucia. Ils rient aux éclats et semblent heureux.

— Et sur celui-là, c'est la naissance de Lucia, enchaîne-t-il en me montrant un nourrisson dans les bras de sa mère.

J'essaye de ne pas me montrer déstabilisée, pourtant, je le suis terriblement. Je n'arrive pas à comprendre la relation qu'il peut avoir avec elle. Il a l'air fou d'elle tout en étant triste. Et notre relation, si l'on peut dire, semble lui importer puisqu'il a tenu à venir jusqu'ici pour me soutenir. Une ambiance pesante s'est installée entre nous. Je ne peux détacher mon regard du sourire de son épouse. Le silence me semble durer une éternité, pour ne pas avoir l'air trop décontenancée, je finis par lancer :

— Elle était vraiment adorable Lucia !

Antony hoche la tête afin de me signifier son accord, puis comme s'il voulait passer à autre chose, me propose d'aller faire les courses avant que nous nous installions. Je réponds par l'affirmative espérant prendre du recul rapidement après avoir vu ces images de famille heureuse. Pourquoi m'amener ici sans son épouse et laisser sa fille à sa tante s'ils ne sont pas séparés ? Pourquoi me montre-t-il ces photos sans aucune explication ? Qu'est-ce qu'il attend de moi ? Je me sens un peu perdue. Peut-être veut-il seulement être gentil ? Je me fais sûrement des idées quant à une attirance réciproque. Je suis juste une amie qu'il veut aider. Pfff, je suis parfois fatiguée d'être moi avec toutes ces questions incessantes qui m'assaillent !

Antony a retrouvé sa légèreté habituelle et je suis plus détendue. Je me répète sans cesse qu'il faut que je me laisse porter. Au retour, le ciel se pare de gris foncé, le vent se lève. Le soleil de l'après-midi a disparu laissant place à un paysage d'apocalypse, la mer presque noire vient s'écraser sur les parois rocheuses, les fouettant et faisant jaillir une brume blanche, le combat de l'eau et du vent. Je me sens si impuissante face à ce spectacle.

— Il va y avoir une tempête. Je crains que nous soyons obligés de rester à la maison ce soir. Ici, elles sont très fortes. Ça ne te dérange pas? me demande-t-il en déposant les courses dans la cuisine.

— Non, pas de souci.

— Je vais cuisiner pendant que tu t'installes dans ta chambre. Il va peut-être falloir passer un petit coup d'aspirateur, car cela fait plus de trois ans que nous ne sommes pas venus! Habituellement, nous logeons chez Alberta.

Antony m'indique une chambre au premier étage qui sera la mienne et me fait visiter le reste de la maison, ou devrais-je dire du manoir imposant et de ses six chambres aux boiseries et sculptures dignes des chambres de princesse. Je retire le drap recouvrant le lit à baldaquin et je souris en apercevant un dessus-de-lit rose et cuivré représentant des roses qui s'entremêlent, assorti au fauteuil de la coiffeuse. J'ai l'impression d'être dans un autre monde. Une fois ma valise défaite je me change pour une robe noire confortable, m'attache les cheveux en un chignon improvisé et me repoudre les joues avant de redescendre. Antony est aux fourneaux, un tablier noir autour de la taille et un chiffon dans la main. Il lève la tête vers moi et m'interroge :

— Tu veux qu'on fasse la pâte feuilletée pour faire un kouign-amann demain?

— Oui, avec plaisir.

— J'ai mis le poulet et les pommes de terre au four, c'est simple, mais c'est mon plat préféré !

— J'adore ça aussi.

Antony commence à délayer la levure dans un peu d'eau tiède pendant que je mélange la farine et le sel. Je fais un puits du bout des doigts pour le laisser déposer la levure. Antony plonge ses mains dans la pâte et malaxe avec une dextérité étonnante. Ses doigts dansent dans la pâte beige qui se soulève en des cercles presque parfaits.

— Regarde Anna, c'est comme ça qu'elle doit être. Souple et légèrement élastique.

Je pose mes mains sur la pâte chaude, Antony y a laissé les siennes. Mon souffle se coupe, le contact de ses mains chaudes et de la pâte déclenche des frissons jusque dans le bas de mon ventre. Le temps s'est suspendu, puis il retire ses mains.

— Tu peux la déposer sur ce torchon. Il faut la laisser reposer. Le poulet sera prêt d'ici une demi-heure, le temps de prendre l'apéro !

Nous partons dans le salon. Sur le côté, se trouve une housse de guitare. Je m'approche pour la regarder et demande :

— Tu joues ?

— Je jouais. Cela fait très longtemps que je n'ai pas touché à une guitare.

Son regard est devenu sombre.

— C'est dommage. J'aimerais t'entendre.

Il me regarde, ses yeux ont changé d'expression, laissant naître une étincelle de joie.

— Si tu es sage, je te jouerai quelque chose après manger. Ta demande me motive. À vrai dire, ça fait un moment que je pense à m'y remettre.

— Super ! m'exclamé-je en sautillant de joie, ce qui déclenche le fou rire d'Antony.

— Tu es comme une enfant parfois, tu es enthousiaste de tout. Tu me fais rire, et il y a peu de gens qui me donnent le sourire comme ça !

Je me sens rougir.

— Merci.

L'orage gronde et la maison tremble à chaque coup de tonnerre me faisant frissonner. Antony s'en aperçoit et m'annonce qu'il va allumer la cheminée, ce qui me ravit. J'adore regarder les flammes danser dans l'âtre, elles sont souvent signe de réflexion chez moi. Je laisse mon hôte s'affairer quand, à mon tour, je me décide enfin à lâcher des yeux l'homme qui hante mes pensées pour mettre la table.

J'ouvre le buffet qu'Antony m'a indiqué. Les assiettes sont à l'image du reste de la maison, faites d'une porcelaine fine et délicate. Je dispose sur l'immense table nos couverts qui me semblent ridicules, perdus au milieu de toute cette place. Antony installe de vieux journaux et du petit bois dans la grille de l'âtre, et les allume avec dextérité. L'odeur des embruns marins est rapidement remplacée par la senteur tourbeuse du feu de bois. La pièce se réchauffe rapidement et Antony, qui s'active, retire son pull ce qui ne manque pas de faire chavirer mon cœur au moment où j'aperçois le bas de son ventre musclé. Je comprends que je ne suis pas discrète quand la commissure de ses lèvres esquisse un sourire. Il m'invite à m'asseoir à table en tirant ma chaise avec galanterie, puis il attrape une bouteille de vin rouge qu'il a posée sur le buffet.

— Tu aimes ça ? me demande-t-il en faisant claquer le bouchon.

— Euh, je n'en bois pas vraiment, même pas du tout à vrai dire, avoué-je.

— Tu es bordelaise, c'est curieux de ne pas boire de vin ! sourit-il. Goûte celui-ci, il est léger et peu tannique, tu devrais aimer, c'est un vin italien, de ma région d'origine.

La saveur du vin me fait un peu grimacer au premier abord puis au bout de quelques gorgées, je prends plaisir à y découvrir une certaine délicatesse. Antony attrape sa guitare et s'installe face à moi à table. Des notes de jazz manouche se détachent dans les airs et se déposent sur mon cœur. La gaîté et la mélancolie de la musique s'emparent de moi et une larme roule sur ma joue.

— Tu pleures? me demande-t-il en s'arrêtant de jouer. Ça ne va pas?

— C'est beau, murmuré-je, la voix serrée par l'émotion.

— C'est une chanson de Stéphane Wrembel, *bistro fada*.

— Je la trouve magnifique.

Je suis impressionnée par ses talents de musicien. Y'a-t-il quelque chose qu'il ne sache pas faire? Mon cœur est irréversiblement troublé par cet homme. J'essuie mes larmes, je me sens un peu ridicule d'être aussi sensible même si cela semble toucher Antony qui se remet à jouer.

La cheminée crépite et donne du rythme à la chanson. Dehors, des bourrasques frappent la maison. Un éclat de tonnerre plus fort que les autres fait trembler les murs et nous sursautons au moment où le courant se coupe. Antony repose sa guitare et se met à chercher des bougies à l'aide de la lumière de son téléphone en m'expliquant que les tempêtes sont courantes dans le secteur et que la maison est plutôt bien équipée en bougies. La maison s'éclaire doucement d'une douce lumière orange. La cheminée fait danser les flammes dans le salon et je reste hypnotisée devant leur beauté tandis qu'Antony installe les chandeliers sur la table.

— Heureusement que c'est un vieux four à gaz, sinon, nous n'aurions pas pu manger! s'exclame Antony en partant chercher le repas dans la cuisine.

— La cuisson est parfaite! Le poulet est croustillant et les pommes de terre fondantes à l'intérieur et croquantes à l'extérieur, m'extasié-je ce qui déclenche un beau sourire d'Antony.

Antony poursuit la discussion en parlant cuisine, puis me propose :

— Pour finir la soirée, ça te dit une partie d'échecs?

— Oui, je n'ai pas joué depuis des années, mais ça peut être très sympa.

Mon portable vibre. C'est un message de Jean Bernard que je lis à haute voix.

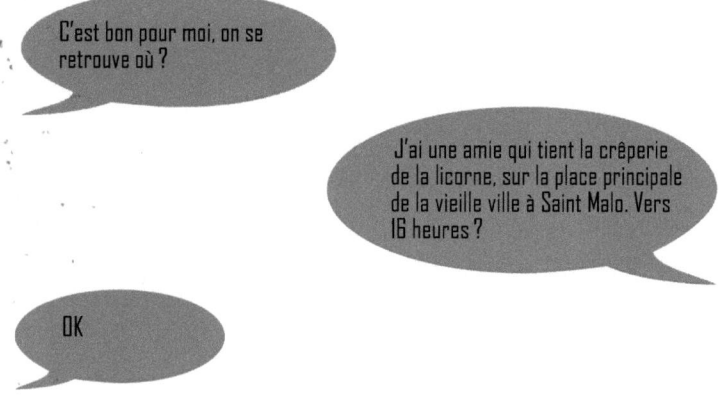

Je peux vous retrouver demain en début d'après-midi. Est-ce possible pour vous ?

Mon ventre se retourne, mon pouls s'accélère : demain ? Déjà ? Antony m'observe et me demande :

— Tu veux y aller, tu es sûre ?

Je hoche la tête, je sais qu'il faut que j'y aille. Puis je clique sur répondre à Jean Bernard.

C'est bon pour moi, on se retrouve où ?

J'ai une amie qui tient la crêperie de la licorne, sur la place principale de la vieille ville à Saint Malo. Vers 16 heures ?

OK

— Je me demande si je fais bien d'y aller. J'ai peur ! Il a dit qu'il avait des choses à me révéler. Mais quoi ?

— Le courage n'est pas l'absence de peur. Si tu n'y vas pas, tu te poseras toujours des questions. Et puis, tu n'es pas toute seule, je serai là ! affirme Antony.

— Merci, tes paroles m'apaisent, dis-je avec un grand sourire.

Je sens le regard d'Antony sur moi, ce genre de regard qui ne

laisse aucun doute sur son attirance pour moi. Mon cœur tressaille, mon ventre vibre. Je plonge mes yeux dans les siens, mais il détourne son regard avant de se remettre à parler.

— Y'a un truc que j'adore faire quand je suis ici. Tu as le droit de me dire non, je comprendrais.

— Oui, quoi? demandé-je soudain curieuse.

— Je me lève tôt et pars observer le lever du soleil sur la plage. Je suis tellement habitué à me réveiller de bonne heure avec la pâtisserie que ça ne me pose pas de problème. Je sais qu'il fait froid, je ne veux pas te l'imposer, mais j'aimerais partager ça avec toi.

— Je veux bien tenter l'expérience, avec plaisir! réponds-je sincèrement enthousiaste malgré le froid qu'il fera dehors.

Nous finissons le repas, puis Antony se dirige vers une petite table qu'il retourne et transforme en plateau d'échecs. Il ouvre un tiroir dans lequel sont posées des pièces sculptées à la main, toutes plus singulières les unes que les autres. Nous jouons jusqu'à deux heures du matin. La concentration face au jeu me fait penser à autre chose, même si la présence d'Antony me perturbe de plus en plus. Je regarde ses lèvres pleines qu'il mordille quand il se prépare à déplacer ses pièces, ses mèches de cheveux qui se baladent sur son front, son sourire lorsqu'il gagne. Nous avons fait trois parties, j'en ai gagné une. Je commence à bâiller à intervalles réguliers alors Antony range les pièces d'échec avant de me dire :

— Il faut qu'on aille se coucher, demain tu as une importante journée qui t'attend!

— Oui, tu as raison, même si je me demande comment je vais réussir à dormir, tant je suis excitée!

Il s'approche de moi, me regarde intensément dans les yeux. Je pense qu'il va m'embrasser et j'ai des frissons dans tout le corps. Je ferme les yeux. Je sens son souffle sur mon visage, mon cœur bat tellement fort que j'ai peur qu'il l'entende. Je sens ses lèvres se poser sur mon front.

— Bonne nuit, Choupinette !

J'éclate de rire. Mélange de stress, de déception et de soulagement.

— Ça, c'est du surnom ridicule !

— Quoi ? Ça ne te plaît pas ? Je trouve pourtant que ça te va super bien. T'es trop mignonne. J'adore quand tu fais la moue avec ton petit nez et ta bouche !

— Ouais, c'est quand même très saugrenu !

— Et ça va rester en plus !

Antony et moi rions. Je prends le coussin du canapé et lui jette dessus.

— Je te préviens, si tu m'appelles Choupinette, je vais te trouver un surnom encore pire !

Il me renvoie le coussin.

— J'attends ça avec impatience, Choupinette ! Allez au lit ! Demain est un grand jour !

Je pars dans ma chambre, me jette sur le lit et serre fort mon coussin contre mon cœur. Je prie à haute voix. « Pitié, faites que les choses se passent au mieux et que je ne souffre pas trop ». J'ai peur de ce qui m'attend, peur de ce que je vais ou non apprendre. J'ai peur d'être déçue et que Jean Bernard ne me révèle rien d'important. Et si je me l'avoue, ce qui m'inquiète le plus, ce sont mes sentiments naissants vis-à-vis d'Antony. Mon cœur sera-t-il capable de s'en remettre ? Ma tante avait raison, je suis trop fragile et incapable de contrôler mes émotions.

Antony

Saint-Malo, janvier 2020.

Je suis profondément perturbé de voir Anna ici, en Bretagne, dans cette maison qui a abrité tant de souvenirs et de beaux moments en famille.

Je ne sais pas ce qu'il m'a pris de lui proposer de venir. Ça m'a pourtant semblé une bonne chose, sur le moment. Mais, la voir dans cette maison me retourne le cerveau. Des images d'elle se mélangent à celles de Maria comme dans un tableau flou. J'aurais dû lui proposer que l'on prenne chacun une chambre d'hôtel. D'un autre côté, je me suis toujours senti apaisé ici et ça me fait du bien de renouer avec cet endroit.

Plus je passe de temps près d'elle, plus je rêve de l'embrasser et de la serrer dans mes bras. Je sens que c'est réciproque et c'est encore plus compliqué. J'ai bien failli déposer mes lèvres sur les siennes tout à l'heure. Elle avait fermé ses yeux et ses lèvres roses, à la lumière des bougies, m'appelaient. Ça a été une véritable torture. Sa peau, son odeur, sa douceur, être avec elle est comme une évidence qui ne s'explique pas. Lorsque nous avons regardé la photo de mon mariage, j'ai bien vu la moue qu'elle a faite lorsque j'ai appuyé sur le fait que Maria était ma femme. Maria est ma femme et je l'aimerais toujours. Mon ambivalence va me rendre fou.

Je me demande ce qu'a pensé Alberta de la situation, ou Lucia. Est-ce que j'agis avec discernement ou seulement en écoutant mon cœur ?

Malgré les sentiments antagonistes qui m'agitent et mes remords nocturnes, je tente de m'endormir en me persuadant que je suis là pour aider Anna. Elle a besoin de réponses à ses questions et si elle s'est trouvée sur ma route à autant de reprises, ce n'est pas pour rien. Je mets donc mon cerveau en pilotage automatique, pourtant, mon corps bien réveillé pense à Anna, me procurant une douce sensation de chaleur au creux du ventre. C'est décidé, je me laisse porter et profite de ces doux moments avec elle. Elle a besoin de moi et, je me l'avoue, j'ai besoin d'elle. Mon cœur n'a pas été aussi comblé depuis si longtemps, est-ce égoïste de ma part de vouloir vivre cela ? Par moments, je me dis que je n'aimerais pas être à ma place et cette phrase est aussi tordue que mon cerveau en ce moment. Je respire un grand coup, puis je mets mon réveil pour le lendemain tout en ayant vérifié au préalable que le temps était propice à un lever de soleil dégagé. À l'idée de faire vivre ce moment que j'aime tant à Anna, je souris tout seul. Je crois que je ne peux pas lutter contre ce que désire mon cœur. Le sommeil ne vient pas. Dès que je ferme les yeux, les lèvres d'Anna m'obsèdent, sa voix, son sourire et ses éclats de rire. Mes barrières s'effondrent chaque jour un peu plus et mes certitudes également.

Anna

Saint-Malo, janvier 2020.

Je dors profondément lorsque je sens une main caresser ma joue et une voix chaude me murmurer :

— Debout princesse !

Je grogne un peu, me demande quelques secondes où je suis, puis de ma voix endormie, je demande :

— Il est quelle heure ?

— 6 h 30

— J'arrive !

Antony a la délicatesse de sortir de la chambre. Je me précipite hors du lit, saute dans un jeans, enfile un tee-shirt, un sweat gris et attrape mon manteau fourré et une écharpe. Je regarde ma tête dans le miroir. J'ai les cheveux en bataille et des cernes. Je prends quelques minutes pour me coiffer et me maquiller légèrement. Je sais qu'il faut que je me dépêche si on veut arriver avant le lever du soleil. Nous sortons. Le vent s'est calmé et les nuages se sont dissipés. Il fait froid, la nuit d'encre est parsemée d'étoiles.

Je monte dans la voiture et Antony démarre. Une douce odeur remplit l'habitacle.

— Ça sent bon !

Antony sourit, l'air ravi.

— J'ai pris le temps de faire quelques croissants au réveil ! m'explique-t-il.

Nous arrivons près de la place centrale de Dinard. Celle-ci se trouve en arc de cercle, on aperçoit, dans la brume sombre de la nuit, des bateaux qui se balancent de droite à gauche au rythme de la mer. La marée est haute. Le froid est saisissant et je me demande quelques secondes ce qu'il m'a pris de sortir si tôt en plein hiver. Antony installe une couverture imperméable sur le sol et m'indique d'un mouvement de main de m'asseoir. Je le regarde sortir d'un panier, un thermos de café et les croissants chauds. Il s'installe près de moi et me tend une tasse fumante. La première gorgée me fait du bien, car je grelotte. Il se rapproche et me serre contre lui. De sa voix grave, il m'annonce :

— Le meilleur moment va bientôt arriver. Ce que je préfère, c'est l'impression de me sentir vivant quand les couleurs du matin apparaissent.

Nous restons un moment l'un contre l'autre à boire notre café chaud et à manger nos croissants. Avec la couverture et mon manteau, ma température s'est régulée. Quelques minutes de silence s'écoulent, j'écoute le roulis de l'eau, chancelante, agitée mais apaisante. Soudain la première touche de rose apparaît à l'horizon, suivie d'une nuance d'orange, de poudre de violet et de bleu. Le rose se diffuse par nuées se mélangeant à tous les nuages

aux couleurs chaudes. Les bateaux continuent de tanguer dans la brume du matin, des îles font surface, la plage est déserte et nous appartient. C'est un spectacle magnifique qui s'offre à nous. Je ne voudrais être nulle part ailleurs.

— Je n'avais jamais pris le temps de faire ça…

— Tu aimes ?

— C'est magique.

Antony me caresse le bas du dos, je dépose ma tête sur son épaule. Je suis submergée par un bonheur inattendu. Les minutes s'écoulent. Les commerces derrière nous commencent à s'animer. Les marins ont rejoint leurs embarcations afin de constater les dégâts de la tempête. C'est toute une vie qui s'éveille petit à petit devant nous telle une pièce de théâtre silencieuse et suspendue. Mon corps glacé est engourdi et je suis contente lorsque Antony propose d'aller marcher jusqu'au rivage.

J'enlève mes baskets et mes chaussettes et relève mon jeans, puis nous avançons vers la mer. Le sable est glacé, mais j'adore la sensation qu'il procure au contact de mes pieds nus. Le jour est presque complètement levé. Naturellement, Antony me prend la main et la maintient tendrement. Nous marchons, en silence pendant un moment, puis nous arrivons près de l'eau qui glisse sur mes pieds, elle n'est pas aussi froide que je l'imaginais. Des éclats brillants se mélangent au sable fin et sont révélés par le soleil qui commence à éclairer la plage, c'est magnifique et telle une enfant, je jubile :

— Regarde Antony, il y a des paillettes dans le sable ! C'est trop beau, le sable brille !

— C'est en partie pour cette raison que j'aime cette plage, les minerais qui constituent le sable sont particulièrement brillants.

Antony me regarde, puis m'éclabousse du bout du pied. Je râle :

— Hey ! Arrête ça de suite !

Il me tire la langue.

— Sinon quoi, Choupinette à paillettes ?

— Sinon… Ma vengeance sera terrible, Lapinou !

Antony éclate d'un rire franc et sincère.

— Lapinou n'a peur de rien !

Il m'asperge bien plus qu'auparavant et part en courant. Je le suis et tente de l'éclabousser à mon tour, mais il se retourne et lance un jet d'eau encore plus intense. Je ris à gorge déployée et continue de le poursuivre sans me décourager. J'arrive à son niveau, donne un grand coup de pied dans l'eau et arrive à le mouiller légèrement. Malheureusement, ma cheville se tord au même moment et je m'étale au bord de l'eau. Je ris tellement que je ne ressens pas le froid qui s'insinue déjà en moi. Il s'approche pour m'aider à me relever et j'en profite pour tirer sur son bras et l'amener vers moi. Il tombe à son tour en riant et me met du sable sur le nez.

— Comme ça, tu es toi aussi à paillettes !

Je me passe de l'eau sur la figure. Elle est glacée et je commence à frissonner. Nous sommes à quelques mètres l'un de l'autre. Antony me regarde dans les yeux, il s'approche et me pousse du bout de ses doigts délicats. Je suis maintenant couchée dans le sable mouillé qui me pétrifie de froid, je pense que mon manteau va être trempé, mais je ne peux me relever. Il s'approche, je l'attire et il se retrouve au-dessus de moi. L'eau avance et recule à quelques mètres de nos corps enlacés. Mon cœur palpite, tous mes sens sont à fleur de peau. Je sens son souffle chaud, son regard dans le mien, sa bouche qui s'approche. Je ferme les yeux et mon cœur s'arrête quand il dépose ses lèvres chaudes et salées sur les miennes. C'est un baiser doux, rempli de sel qui me renverse complètement. J'imprime chaque seconde, ne sachant pas ce qui se passera par la suite. Je suis bien, enfin sans compter mes membres qui commencent à trembler et à se statufier. A priori, j'ai froid, mais je n'ai pas envie que ce moment s'arrête. Antony le remarque, il se

214

relève délicatement. Il regarde l'horizon, silencieux. Mon corps en profite pour frissonner davantage et mes mâchoires ont décidé de jouer des castagnettes. Je me demande ce qu'il peut bien penser de la situation. Personnellement, je n'arrive pas à organiser mes idées. Je me sens perdue, joyeuse et congelée en même temps.

— Tu as froid, il faut qu'on rentre sinon tu vas être malade.

— Non, ça va…

Antony rit aux éclats.

— Viens, on va enlever tes vêtements !

Choquée par sa proposition, je m'arrête un instant et le regarde sans comprendre. Il veut vraiment me voir nue ici ? Là, maintenant ?

— Non, mais je n'veux pas me retrouver nue sur la plage ! rétorqué-je presque vexée.

Cette fois-ci, Antony ne m'écoute plus, il m'attrape et me porte jusqu'à la serviette. Je crois qu'il pense que mon cerveau a également gelé et il n'a pas vraiment tort ! Les tremblements parcourent mon corps, me secouant de soubresauts. Je ne sais pas si ce n'est que le froid ou également l'adrénaline. Antony me pose sur le sable. Il retire deux serviettes de son panier et m'en pose une sur les épaules.

— Enlève tes habits, je vais te prêter un gros pull.

Je m'exécute difficilement à cause des grelottements. On dirait une poule avec une paire de ciseaux, alors que lui a retiré ses habits derrière sa serviette comme s'il ne craignait pas la température sibérienne qui nous entoure. Il se retrouve avec un tee-shirt et son caleçon mouillé. Il est vraiment beau alors que je suis sûre que je ressemble à un poisson mort. Antony s'approche de moi pour me tenir la serviette, car il a bien compris que je n'y arrivais pas. J'enfile son gros pull en laine bleu marine en tentant de calmer les soubresauts qui me secouent. Je vais attraper la mort, mais je suis heureuse. Je garde uniquement ma culotte mouillée.

— Ne me regarde pas !

— C'est tentant pourtant !

Je lui tire la langue et me mords la lèvre au passage. Nous montons ensuite en voiture, les tremblements ne se calment pas, je suis littéralement gelée. Je m'observe dans le miroir du pare-soleil, j'ai les lèvres mauves, le teint cireux, les cheveux décoiffés. Je ne ressemble à rien. Il allume le chauffage à fond, mais cela ne suffit pas. Le pull d'Antony sent son odeur, mais il me pique la peau.

Je me frotte les bras et l'observe espérant qu'il va dire quelque chose pour calmer mon cœur dont la cadence s'accélère et résonne entre mes côtes. Il n'a pas ouvert la bouche, mais lorsqu'il tourne la tête vers moi, il fait une moue désapprobatrice.

— En arrivant, tu files direct à la douche pendant que je te fais un thé ! Tu vas être malade sinon !

Nous échangeons uniquement cette phrase lors du chemin du retour. Je suis préoccupée. Après ce que j'ai vécu à cause de Baptiste, je n'ai envie pour rien au monde d'être responsable de la souffrance de quelqu'un d'autre. J'aurais aimé qu'Antony dise quelque chose, mais il est définitivement mutique. Il a les sourcils froncés et semble être dans le même embarras que moi. J'entre dans la maison et monte directement à l'étage dans la salle de bain attenante à ma chambre. J'aperçois une baignoire sur pieds et j'allume l'eau, décidée à prendre un bain bien chaud. Mon corps se réchauffe progressivement, en revanche, mon cerveau n'arrive pas à se calmer, ma raison m'indique qu'il faut que je mette les choses au clair mais mon cœur semble avoir envie de profiter de chaque instant : à croire que mon cœur a des neurones en moins ! Je décide de prendre conseil auprès de mes copines, des avis extérieurs me feront du bien !

Messagerie de groupe : Nous les princesses !

Coucou les filles, j'ai besoin de vous, suis enfermée dans une maison en Bretagne avec un mec canon et génial, mais qui semble déjà pris... Que faire ?

Marine : Génial ! Profite de la vie, on n'en a qu'une ! Tu as peur de quoi ?

Je trouve ça pas cool de faire la même chose que Barbie Pétasse.

Marine : Tu n'es pas responsable de son couple ! S'il vient vers toi, c'est peut-être que tout ne va pas bien pour lui ? Allez, pour une fois, pense un peu à toi !

Laurène : D'accord avec Marine ! Il est comment ? Envoie-nous des photos ! Sinon les vacances se passent bien ?

Marine : Moi, au top. J'ai rencontré Sergio depuis mon arrivée à Saint-Barth, il est canon et riche. Le rêve !

Profite bien ! Merci les filles. Je dois vous laisser. Gros bisous je vous aime.

Lorsque je descends, je retrouve Antony qui s'affaire avec la pâte feuilletée, sans doute pour réaliser le kouign-amann. Il est concentré et ne me voit arriver que lorsque je suis à quelques mètres de lui.

— C'est bon, tu t'es réchauffée ?

— Oui, merci ! dis-je en restant figée comme une dinde de Noël.

— Tu veux m'aider pour le kouign-amann ?

— Oui, mais je n'en ai jamais fait !

— La pâte a bien gonflé ! Il ne faut pas qu'elle soit trop épaisse pour pouvoir l'étaler. Pendant ce temps, peux-tu attraper le beurre que j'ai sorti tout à l'heure du frigo ? me demande-t-il tout en continuant de passer le rouleau à pâtisserie.

— Je me lave les mains et je suis à toi !

Euh… Je suis à toi… Comment va-t-il comprendre cette phrase ? Il sourit et ses yeux pétillent, je sens qu'il a envie de répondre, mais qu'il est bien trop galant pour cela. Il me montre comment disposer le beurre, le sucre, étaler la pâte et la replier.

— La qualité du feuilletage est le secret de la réussite, mais ce n'est pas le plus simple, c'est dépendant du beurre utilisé, de la chaleur et de l'humidité. Mais avec le temps, tu sauras. Je te montre ce qu'on doit obtenir.

De ses mains expertes, il malaxe, étale avec dextérité. Je l'observe, attentive.

— Anna, maintenant que tu as compris la technique, je peux te laisser terminer, je dois passer voir Lucia et Alberta, je n'en ai pas pour longtemps. OK ? Dès que tu as fini, tu le mets au four vingt-cinq minutes à cent quatre-vingt-dix degrés environ : il doit être croustillant à l'extérieur et fondant à l'intérieur !

Il sort de la pièce en me faisant un signe de la main et sans me laisser le temps de dire quoi que ce soit. Seul subsiste le bruit de ses pas qui s'estompe tel un lointain écho. Dans la catégorie super

froid, je voudrais Antony.

J'étale la pâte, ajoute le beurre, le sucre comme il me l'a indiqué, très consciencieusement, puis enfourne le gâteau. Je monte me maquiller. Je me regarde dans le miroir.

Franchement, qu'est-ce qu'il me trouve ? Je suis tellement quelconque. Comment peut-il tromper la mère de sa fille ? Pourquoi ne parle-t-il jamais d'elle ? Sont-ils en instance de séparation ? Il faut vraiment que je lui pose des questions et que je mette les choses au clair. Cette situation n'a que trop duré.

Et voilà que je me parle encore ! De mieux en mieux...

Une fois que ma mine ressemble à peu près à quelque chose, même si mes cheveux ont décidé de rester désorganisés, je descends pour attendre Antony. Je regarde à nouveau les photos du mariage et de la naissance de Lucia : c'est décidé, s'il est marié, je ne peux pas faire ça !

Je vois une platine vinyle posée sur le buffet du salon. Je m'approche, c'est Elvis. J'adore. Je le mets en route, « *That's all right mama* » commence à envahir la pièce. Au début, je n'ose pas bouger, mais très vite, je suis prise par la frénésie que déclenche la musique en moi et commence à remuer, d'abord mes épaules, puis mes hanches : oh et puis zut, on n'a qu'une vie et je suis seule ! Je me lève et me déchaîne. Ça fait un bien fou ! Ensuite, c'est « *Jailhouse rock* » qui démarre, et je continue à danser fiévreusement, libérant toutes les tensions que j'ai accumulées. Je suis en pleine chorégraphie lorsque je me rends compte qu'Antony m'observe. Je m'arrête net, honteuse.

— Désolée, ça fait longtemps que tu es là ?

— Non, enfin depuis le début de la chanson. Ne t'excuse pas, continue, t'es trop mignonne !

Bonjour le ridicule... Je regarde mes pieds et me sens rougir. La chanson suivante démarre c'est « *Hound dog* », une de mes préférées. Je le vois s'approcher de moi imitant le déhanché d'Elvis

et m'entraînant dans un rock. Il veut certainement me mettre à l'aise et je me laisse donc emporter.

— Tu aimes Elvis ? me glisse-t-il dans le creux de mon cou.

— Oui et toi ?

— J'adore !

Nous exécutons une chorégraphie improvisée, encore une chose qu'Antony sait faire et que l'on a en commun de surcroît. Je m'élance dans ses bras, il me projette en l'air, je ne tiens que son cou et il me fait tourner autour de son corps dans un tour lâché endiablé. Puis la chanson se termine.

— Il faut y aller ! lâche-t-il à peine essoufflé par notre chorégraphie improvisée. Tu as un rendez-vous qui t'attend ! Et avant, je compte bien te faire visiter Saint-Malo !

— Et le kouign-amann ? m'inquiété-je.

— Il est déjà sorti du four et a l'air très réussi !

Il éteint le tourne-disque, je le suis vers la porte, attrape mon sac et un pull en polaire qu'il a préparé pour moi pendant que mon manteau sèche. Je ne suis pas très classe, mais je n'aurai pas froid. Je suis plus légère que ce matin et malgré tout, je me demande ce qui m'attend. Nous nous garons à Saint-Malo, près du port. Un manège ancien tourne, les bateaux se reposent, la ville grouille de touristes.

— Il est midi, tu veux aller manger quelque part ou tu préfères des sandwichs sur le sable ?

— Les sandwichs ! Même s'il fait froid, il fait très beau, je veux profiter du soleil !

Antony se dirige vers une boulangerie, nous commandons des sandwichs et du *coca* puis nous allons regarder les baigneurs, les bateaux et la mer en mangeant. Je brise le silence.

— C'est beau, j'aime tellement la plage et le soleil.

— Moi aussi, ça m'emplit de calme.

Il se rapproche de moi et nous restons à manger collés l'un contre l'autre.

— J'aime cet endroit, la Bretagne, expliqué-je. Je ne crois pas avoir déjà eu un coup de cœur aussi grand pour un lieu !

— Je te comprends…

— Tu n'as jamais voulu venir habiter ici ?

— Si, très souvent à vrai dire. Mais la vie ne m'en a pas donné l'opportunité pour l'instant. J'ai d'abord eu mon poste à Paris, puis après cette opportunité pour «Chez Gusto». Mais peut-être un jour… murmure-t-il en regardant l'horizon. Et toi, tu as toujours vécu à Bordeaux ?

— Oui, toujours ! J'aime ma ville et puis, je ne me suis jamais posé la question de faire autre chose que ce que l'on avait prévu pour moi. Jamais, jusqu'à il n'y a pas longtemps. Peut-être que si, comme toi, j'avais suivi mon rêve d'être pâtissière, j'aurais été obligée d'aller me former ailleurs…

Nous ne nous regardons pas, trop absorbés par la beauté de la mer.

— Oui, Bordeaux est une ville agréable, ajoute-t-il comme pour lui-même.

Nous restons à discuter sur le sable, de tout, de rien, de nos projets, de nos rêves. Sa main est proche de la mienne et j'ai envie de la prendre. Mais depuis le baiser de ce matin : rien. Pas un geste vers moi. Il sait que c'est une erreur et c'est mieux ainsi. Enfin, peut-être. Nous marchons ensuite le long des remparts, Antony m'explique plein d'histoires sur la ville.

— Tu sais, Saint-Malo a alterné des périodes où elle a été une forteresse ou une cité de commerce. Elle a été presque entièrement détruite lors de la Seconde Guerre mondiale par les Américains car elle logeait une garnison allemande, puis elle a été reconstruite quasiment à l'identique pour donner cette impression de forteresse des mers !

— Comment sais-tu tout ça ?

— Mon grand-père était passionné d'histoire, et vu qu'on venait là tous les étés… m'explique-t-il avec fierté.

Je regarde mon téléphone, il est 14 h 45. Mon ventre se tord et j'annonce, anxieuse :

— Ça va être l'heure !

Anna

Saint-Malo, janvier 2020.

Nous arrivons devant la crêperie de la licorne. J'ai les mains moites, mon cœur cogne contre ma poitrine très fort, trop fort. Je m'arrête quelques instants. J'ai envie de faire demi-tour. Antony me regarde, presque amusé. Je pense qu'il ne se rend pas compte de ce que je ressens, car moi-même, je trouve cela exagéré. Il se tourne vers moi et me murmure :

— Respire, Anna, tout va bien se passer !

Il me saisit la main et m'entraîne vers l'intérieur. La chaleur de son contact me rassure. Je regarde nos doigts enlacés et un sourire s'échappe de mes lèvres. Malgré cela, des vagues d'angoisse s'agitent dans mon cœur, un vrai océan en pleine tempête.

— Comment va-t-il me reconnaître ? On s'en va, tant pis…

— Non, personne ne va nulle part ! Nous n'avons pas traversé la moitié de la France pour faire demi-tour maintenant ! Allez, courage !

Antony accentue la pression de sa main. Mon cœur bat tellement

fort que j'en ai la tête qui tourne. Heureusement, il continue de m'apaiser.

— Tout d'abord, Anna, cette crêperie n'est pas très grande, en plus, il a dit connaître la patronne, alors nous allons nous annoncer et tu verras, tout ira bien.

— Merci… Je me sens un peu ridicule de stresser comme ça.

— Pff, non, ne t'en fais pas.

Il ne sait pas à quel point sa présence me rassure. Un serveur habillé d'une salopette blanche et d'une marinière nous accueille. C'est un bel homme dans la vingtaine, grand, mince, avec une barbe naissante et de beaux yeux bleus.

— Bonjour, une table pour deux personnes ?

Je n'arrive pas à répondre, bien heureusement, Antony est là et annonce :

— Nous avons rendez-vous avec quelqu'un.

— Une table pour trois alors ?

— Nous devons rencontrer un certain Jean Bernard. Il n'aurait pas réservé par hasard ?

— Ah, dans ce cas, suivez-moi, il prend toujours cette table !

Je m'avance, observant l'emblème d'une licorne blanche sur un fond rose, et me demande comment un homme peut avoir ses habitudes dans un endroit si féminin. Et puis, je pense tout à coup que cette réflexion est tout à fait sexiste, même les hommes ont le droit d'apprécier les licornes ! Tous les serveurs sont habillés d'une salopette et d'une marinière et la plupart portent un chapeau de paille. Nous nous installons autour d'une petite table, au centre de celle-ci, dans un pot rose, se trouve un journal où est détaillé le menu. Antony l'attrape.

— Tu veux quelque chose Anna ?

— Non, pas vraiment, merci. J'ai l'impression de ne plus avoir d'air… et que mon estomac a rétréci !

224

— Dans ce cas, je prends juste une crêpe et du cidre parce que c'est bon pour le moral, tu verras ! Respire Anna, tout va bien se passer, il n'y a pas de raison de se mettre dans un état pareil.

— C'est fou d'être aussi angoissée alors que je n'ai, en réalité, aucune raison de l'être. Après tout, je ne sais ni qui il est, ni ce qu'il va me dire.

— Oui, et c'est pour ça qu'il faut essayer de te détendre. Je sais que l'on ne contrôle pas toujours ses émotions, alors fais au mieux. Je vais commander, je reviens.

Antony se lève. Mais, je n'arrive pas à me calmer malgré toute la bonne volonté que j'y mets. Un homme entre, la cinquantaine, la peau tannée par le soleil, un regard noir, intense et inquiet. Quelque chose de familier se dégage de lui sans que je ne sache quoi. C'est lui, je le sais sans qu'il n'ait besoin de se présenter. Je reconnais l'homme que j'ai vu sur la photo *Facebook*. Il s'approche de la table. Antony n'est pas revenu, il discute avec un serveur. Je prie du regard pour qu'il voie Jean Bernard s'asseoir et qu'il accoure, mais il est absorbé par sa conversation.

— Bonjour, vous devez être Anna ? dit-il avec douceur.

— Oui.

Je me lève pour lui serrer la main et m'entrave presque dans la chaise.

— Bon… jour.

Il me serre la main fermement et me détaille de la tête aux pieds en décrochant un sourire sincère. Antony en profite pour arriver.

— Bonjour, je suis Antony, un ami d'Anna.

Jean Bernard ne décroche pas son regard de moi.

— Tu ressembles à ta mère.

— C'est bien une des premières fois que l'on me le dit.

— Oui, c'est vrai que tu n'es pas blonde comme elle, mais tu fais cette petite moue avec la lèvre qu'elle faisait quand elle était

225

inquiète et tu as la forme de sa bouche et de ses yeux même s'ils ne sont pas du même bleu.

Il me regarde avec tendresse, mais je reste figée dans mon angoisse. Heureusement, Antony propose un peu de cidre et détend l'atmosphère en demandant à Jean Bernard :

— Alors, vous avez toujours vécu dans le coin ?

— Oui, toujours ! Et vous, vous êtes d'où ?

— On habite à Bordeaux.

— Et vous connaissez la région ?

— Moi oui, j'ai passé toutes mes vacances à Dinard, par contre pour Anna c'est la première fois.

J'observe la scène comme si j'étais absente, j'ai énormément de mal à interagir, c'est comme si les mots ne voulaient pas sortir. Jean Bernard a un regard doux et rieur. Il m'inspire confiance.

— Ta mère sait que tu me vois aujourd'hui ? me demande-t-il de but en blanc.

— Non, réponds-je d'un ton qui se veut plus sec que ce que j'avais prévu.

— Tu devrais peut-être lui dire avant que nous discutions ?

— J'ai eu peur qu'elle vous empêche de me parler.

— Je comprends, mais je vais te demander de lui dire. Après, je te promets que je me livrerai à toi. Mais il faut lui donner une chance de s'exprimer.

— Comment ça ? Vous ne voulez rien me dire ? éructé-je. Pourquoi m'avoir fait venir alors ? Elle ne me dira rien, je l'ai déjà questionnée à maintes reprises.

— J'avais besoin de te rencontrer et dans tous les cas, je te donnerai ma version des faits, une fois que tu en auras informé ta mère, m'explique-t-il en fronçant le nez et les sourcils comme s'il craignait ma réaction.

— Non, mais c'est une blague ? hurlé-je, abasourdie. Vous m'avez fait traverser toute la France et maintenant vous ne voulez rien me dire ? Savez-vous dans quel état je suis ?

L'adrénaline me fait passer du mutisme à une colère intense. C'est la folie dans mon cœur, mes émotions se mélangent dans une tempête effroyable. Jean Bernard regarde ses mains, il semble désolé, mais même face à son air fragile, mon exaspération ne s'apaise pas. J'ai trop accumulé de stress pour me calmer si facilement. Il enchaîne :

— Je comprends et j'en suis désolé, mais je pèse le pour et le contre depuis ce matin et je pense que c'est la meilleure solution.

— La meilleure solution pour qui ? dis-je en me levant.

— Pour toi, pour ta mère, peut-être même pour moi.

— Mais vraiment, je ne comprends pas. Pourquoi m'avoir fait venir si vous pensez que ma mère me parlera d'elle-même ?

— Désolé. En fait, je voulais te rencontrer. J'aurais dû te le demander avant, mais j'avais peur que tu ne viennes pas.

Je bouscule la chaise et sors du restaurant, furieuse. Antony me suit sans rien dire tandis que Jean Bernard m'interpelle :

— Anna, ne le prends pas comme ça !

Je ne me retourne pas. Trop de pression, trop de stress, tout ça pour ça ! Je marche à toute allure, n'attendant même pas Antony. Je ne me reconnais pas, impulsive et furieuse. Je sais qu'il faut que je me calme alors je m'arrête brutalement en pleine rue et laisse les larmes si longtemps retenues s'écouler le long de mes joues. Antony m'attrape par les épaules.

— Anna, calme-toi ! dit-il face à ma mine décomposée. Il n'a peut-être pas tort. Si ta mère t'a caché quelque chose, il vaut peut-être mieux que ce soit elle qui te l'apprenne, non ? Et puis, il n'y a aucune raison pour réagir si violemment.

— Non, tu as raison, je ne sais pas ce qu'il m'a pris. Désolée.

Et voilà, je passe encore pour une hystérique, j'ai tout gagné ! Il pose ma tête contre son torse ce qui m'apaise instantanément. Il sent bon, il respire calmement alors que c'est la tourmente dans mon corps. Il me caresse les cheveux, nous restons plusieurs minutes dans un moment d'accalmie, jusqu'à ce qu'il sente ma respiration ralentir.

— Viens Anna, on va marcher.

À regret, je me détache de son corps chaud et rassurant.

Nous nous dirigeons vers la voiture, je monte sans poser de questions et le laisse prendre la route. Antony se gare et nous descendons dans une petite station balnéaire. De larges falaises de craie blanche dominent la mer, c'est magnifique. Nous nous dirigeons vers un sentier isolé et j'emboîte le pas à Antony. J'écoute le son du vent, sinueux et plaintif malgré le vent et le froid, je profite des paysages.

— Tu vas voir, la vue est incroyable ici ! Quand j'étais petit, ma mère m'y emmenait souvent ! C'était notre endroit à tous les deux, ça m'apaisait. Elle me racontait des histoires de marins en regardant l'horizon.

Nous marchons lentement, j'aperçois la mer bleue, transparente, des goélands traversent le ciel devant les rayons obliques du soleil. La falaise recouverte d'herbe surplombe une plage de sable fin et clair, dont l'eau est si transparente qu'on aperçoit les fonds marins. D'énormes rochers dorment sur la plage et se font caresser par les vagues. Antony s'assoit, je me blottis contre lui et dépose ma tête sur son épaule.

— Je suis désolée de m'être mise dans un état pareil. Je ne sais pas ce qu'il m'a pris. J'ai cette intuition que ce que l'on me cache est vraiment important, je ne sais pas pourquoi. Je n'avais jamais envisagé que ma mère puisse me mentir et ça secoue mes convictions.

— Ne t'inquiète pas, je comprends. Tu devrais peut-être

l'appeler maintenant ?

— Oui.

J'attrape mon smartphone et compose le numéro de ma mère avec anxiété me demandant ce qu'elle va me répondre.

— Allô ma chérie, tu vas bien ? me demande-t-elle gaiement.

— Je suis en Bretagne, balancé-je sans perdre une seconde.

Je sens que ma voix tremble, je suis terrifiée à l'idée de ce qu'elle pourrait bien me dire.

— En Bretagne ? demande-t-elle d'une voix soudain aiguë.

— Oui, à Saint-Malo pour tout te dire.

— Ah ! me répond-elle d'une voix teintée de doute.

— J'ai rencontré un certain Jean Bernard. Tu le connais ?

Mon cœur palpite, le silence résonne dans le combiné de mon portable. J'espère sincèrement qu'elle va dire quelque chose, mais j'entends uniquement un petit oui, presque murmuré à l'autre bout du fil.

Je ne parle plus, j'attends de voir si elle va ajouter quelque chose. Quelques secondes s'écoulent avant qu'elle n'ajoute :

— Il t'a dit quelque chose ?

— Pour l'instant, non.

Elle soupire au travers du combiné, comme soulagée, engendrant un mouvement de colère en moi.

— Et toi maman, tu as des choses à me dire ?

— Écoute Anna, le passé, c'est le passé. Chacun a le droit d'avoir son jardin secret et tu dois respecter le mien. Je ne veux pas que tu le revoies, tu m'entends ?

Je me lève tout à coup. Je commence à faire les cent pas pour calmer mes émotions. Je regarde Antony qui semble essayer de décrypter notre échange et finis par lancer de manière agressive :

— Mais pourquoi ?

— Parce que je te le demande ! Il y a des choses qui sont mieux là où elles sont ! s'insurge-t-elle.

— Maman, si tu ne me dis rien, il me parlera…

— Vous m'emmerdez tous à vouloir déterrer le passé ! proteste-t-elle en hurlant. Jean Bernard ne te parlera pas, je vais m'en assurer, crois-moi ! Et toi, arrête de fouiner, c'est pour ton bien que je te dis ça, je te l'assure.

Comment me cacher des choses peut me faire du bien ? Se rend-elle compte de la tempête intérieure qui m'habite. Antony me fait signe de la main de me calmer. Je prends une grande inspiration, puis demande à ma mère :

— OK, mais jure-moi que tout ça n'a rien à voir avec moi alors !

— Je te jure tout ce que tu veux tant que tu ne le revois pas. S'il te plaît Anna.

Elle étouffe un sanglot, je sais que je ne tirerai rien d'elle. Elle est bien trop têtue pour cela. Alors je me rassois auprès d'Antony et avant de raccrocher je lui lance un dernier :

— D'accord maman, je te fais confiance, par contre, sache que si tu me mens, je le saurai et je t'en voudrai vraiment !

Je bluffe, je ne vois pas comment je le saurais, mais je veux m'assurer que toute cette histoire ne me concerne pas.

— Merci, répond-elle d'une voix pleine d'espoir.

— Encore une chose maman, si tu disparais à nouveau comme tu l'as fait, je ne veux plus te revoir, je te préviens !

— C'est bon, tu as fini tes reproches ?

— Oui, c'est bon !

Mon cœur n'a jamais été aussi agité. Heureusement, Antony a pris ma main ce qui calme légèrement mon stress.

— Et que fais-tu en Bretagne ? finit-elle par me demander.

— Je suis avec des amis que j'ai rencontrés chez tatie.

— Oh, je suis ravie pour toi. Profite bien alors, je te fais confiance moi aussi Anna. Je t'embrasse ma chérie, sache que je t'aime plus que tout et que tout ce que je fais, c'est toujours pour toi.

Je n'ajoute rien et raccroche, sceptique. Je ne reconnais pas ma mère, elle qui m'a toujours eu l'air droite et parfaite est aujourd'hui entourée d'un voile de mystère.

— Alors, tu comptes faire quoi ? m'interroge Antony.

— Je ne sais pas trop. Elle a promis que ça n'avait rien à voir avec moi et elle a le droit d'avoir un jardin secret, elle n'a pas tort. J'espère qu'elle ne me ment pas. Mais je ne sais pas quoi faire.

— Tu ne vas pas recontacter Jean Bernard ?

— Tu ferais quoi si tu étais moi ? demandé-je perdue.

— Je ne suis pas toi Anna !

Il m'attrape le nez entre ses deux doigts et me le pince.

— Ouille ! Ça fait mal !

— Oups, pardon ! C'était pour te faire penser à autre chose… Mais tu as un si petit nez !

Je m'approche pour attraper le sien, il saisit mon poignet au passage. Je ris aux éclats.

— Moi, je vais attraper ton grand nez !

— Tu trouves que j'ai un grand nez ?

— Assez grand pour que je m'en empare !

Nous nous battons comme des enfants. Bien évidemment, je ne gagne pas cette bataille, mais je me retrouve dans ses bras et c'est encore mieux. Mon visage et le sien se rapprochent, j'ai une envie irrépressible de ses lèvres sur les miennes, mais il se relève et suggère :

— On va se balader sur la plage ? Il faut descendre le long de la falaise mais il faudra escalader pour remonter. Ça ira ?

J'ai le cœur en vrac, malmenée par mes sentiments divers et

variés, par cet amoncellement d'émotions et pourtant, je donne le change en répondant de manière enjouée.

— Oui, en plus, il y a l'air d'y avoir de beaux coquillages et j'adore ça !

— Alors, c'est parti !

Après une expédition à travers les rochers, nous arrivons sur la plage. Nous ramassons des coquillages. C'est à celui qui trouvera le plus beau. Je les garde précieusement dans les poches de ma veste en jeans. La remontée n'est pas aisée et je manque de déraper à plusieurs reprises, car les semelles de mes chaussures glissent dangereusement. Antony est obligé de rester près de moi pour me retenir. Je commence à avoir un fou rire nerveux qui devient rapidement contagieux. Nous nous posons quelques minutes sur les rochers à mi-chemin. Je suis épuisée, mais j'ai passé un excellent après-midi. Nous ne nous sommes pas embrassés et c'est incontestablement mieux ainsi. Je ne suis pas ce genre de filles, même si je l'avoue, mon corps ne réclame que ça.

Nous arrivons à la villa. Antony part cuisiner et j'en profite pour naviguer sur internet lorsque je reçois un message de Jean Bernard.

> Anna, je viens d'avoir ta mère au téléphone. Elle est furieuse. A priori, elle t'a fait promettre de ne pas me parler, mais ce que j'ai à te dire est important. Je comprendrais si tu veux respecter la promesse faite à ta mère, mais si tu changes d'avis, je serai à la crêperie de la licorne demain à 14 heures. J'espère vraiment que tu viendras

Je me lève d'un bond et me dirige vers la cuisine pour lire le message à Antony. Je lève les yeux vers lui avant de lui demander :

— Tu crois que je dois faire quoi ?

— Euh, tu as envie de le revoir ?

— Je ne sais pas. J'ai promis à ma mère. Mais d'un autre côté, s'il insiste autant, c'est que c'est peut-être important, non ?

— Oui, c'est curieux de vouloir à ce point te parler.

— La nuit porte conseil, je vais réfléchir, je ne sais pas quoi faire. J'ai fait une promesse et je n'aimerais pas trahir ma mère et d'un autre côté ma curiosité est vraiment piquée.

— En attendant, à table ! J'ai fait une petite salade, un peu de légèreté nous fera du bien !

Nous nous installons à table, Antony me sert un verre de rosé, une assiette de salade composée et une tartine de tapenade. Notre discussion porte sur cette énigme et à la fin du repas, ma promesse faite à ma mère s'est étiolée. Je suis décidée à aller au rendez-vous, tant pis, ce sera mon jardin secret à moi ! Après tout, j'ai bien le droit d'en avoir un aussi.

— Anna, tu peux aller m'attendre dans le salon, je vais passer des coups de fil pendant que je débarrasse !

— OK, tu es sûr que tu n'as pas besoin d'aide ?

— Non, c'est bon, va te reposer, la journée a été fatigante.

Il va peut-être téléphoner à sa femme et ne veut pas que je sois dans les parages ? Ou alors il veut parler travail avec son associé. Quoi qu'il en soit, je pars dans le salon, m'installe sur le canapé et continue à regarder mon téléphone. J'entends la voix d'Antony ondoyer au loin. Je m'allonge, mes paupières sont lourdes, je ne vais les reposer que quelques secondes… Finalement je laisse le sommeil m'emporter…

Anna

Saint-Malo, janvier 2020.

Lorsque je m'éveille, l'encre de la nuit a retiré les couleurs du jour, des ombres dansent dans la pièce, animées par le reflet des arbres au travers des fenêtres. Je suis sur le canapé du salon, un plaid posé sur le corps. Je me suis endormie… Je regarde l'heure sur l'écran de mon téléphone, 4 h 32, je referme les yeux et me rendors.

Ce sont les pas d'Antony qui me tirent à nouveau du sommeil, cette fois-ci, il est 6 h 45. Je me lève, les yeux encore gonflés de sommeil et imagine la tête que je dois avoir, ce qui me donne furieusement envie de me cacher. Antony est en caleçon et il n'a pas idée de l'effet que me fait son corps musclé au réveil. Il me sourit, m'embrasse sur le front, doucement en murmurant :

— Salut, Choupinette, bien dormi ?

— Oui, désolée, j'étais épuisée, je crois…

— Ce n'est pas grave, la journée a été éprouvante il faut dire. Et puis, tu es toute jolie quand tu dors !

235

Je me sens rougir.

— Merci.

Je me lève, toute chamboulée par ce compliment et surtout la vue de son corps musclé à peine vêtu. Je suis tellement focalisée sur cette vision attirante que je m'emmêle les pieds dans le tapis et termine ma course dans le creux de ses bras. J'ai tout juste le temps de humer son odeur sucrée avant de me redresser avec son aide puis de m'excuser. La réalité c'est que, pour une fois, je suis ravie de ma maladresse. Antony se met à rire et pour dissiper mon trouble, j'éclate de rire à mon tour.

Avant de quitter la pièce, Antony m'interpelle :

— Tu veux aller déjeuner quelque part ? Je ne sais pas s'il y a quelque chose de proche, mais on peut tenter le coup. Le bourg n'est pas très loin !

— OK, laisse-moi quelques minutes pour prendre une douche !

Nous partons à pied dans le lieu-dit le plus proche de la villa. Malgré le manteau que j'ai enfilé, la brise légère du matin me glace la peau. Antony me précède d'un pas assuré.

Nous passons devant une petite boulangerie dont les lumières sont éteintes. Sur un écriteau, nous pouvons lire « ouverture à 9 h ».

— Zut, ils ne sont pas matinaux ici !

Un homme promène son chien, Antony en profite pour s'avancer et lui demander conseil, puis il revient vers moi.

— Alors, il n'y a rien d'ouvert ici le matin sauf le petit bistrot d'Henri. C'est la maison là-bas, celle qui fait l'angle et qui est un peu délabrée.

Il m'indique une vieille bâtisse en pierre dont les murs sont effrités et qui ne paye pas de mine. Nous nous avançons, si l'homme ne nous l'avait pas indiqué, nous n'aurions jamais deviné que c'était un bistrot. Je regarde à travers les vitres poussiéreuses. Il n'y a personne à l'intérieur. Antony frappe aux carreaux et appuie

sur la poignée. La porte s'ouvre. Nous entrons dans ce lieu hors du temps, l'espace est petit, mais une douce atmosphère m'enveloppe. Je m'installe sur la chaise en bois peu confortable, en observant Antony. Il est encore plus beau dans la chaleur du bar, son nez un peu rougi par le froid. Ses yeux doux et pétillants de joie me regardent et je me sens belle et vivante. L'homme qui nous sert a le visage usé par le temps, sa peau, tel un vieux parchemin, semble raconter une vie douce et joyeuse. Il s'approche et demande :

— Vous désirez les jeunes ?

— Il y a une carte ?

— Euh, non, ici pas de carte !

— On peut prendre un petit-déjeuner ?

— Je peux vous faire des tartines, des œufs et du café, ça vous va ?

— Pour moi, ça sera parfait et toi, Anna ?

— Parfait également !

Par sa simplicité, son accueil, il donne au lieu un bonheur d'être «ici et maintenant». Tout est à sa place dans ce fouillis organisé imprégné d'objets de tout temps : un piano, des livres, des jeux en bois sur chaque table, tout est posé là de manière anarchique mais inexplicablement coordonnée. Dans ce moment imprévu, c'est comme si tout était en ordre. Un homme entre avec sa guitare, il a la cinquantaine et s'appelle Jacques. Il commande du vin chaud et commence à bavarder avec nous. L'odeur du vin chaud se mélange à l'odeur de l'ancien, du souvenir et du pain grillé. Antony parle, sa voix est grave et douce, son charme est sublimé par la joie dans son regard. Jacques s'assoit à la table d'à-côté et nous explique qu'il est musicien classique. Il nous propose de nous faire un petit concert, juste pour nous deux. La guitare me parcourt de mille frissons, le temps se fracture et semble se mettre en pause. Des mikados sont étalés sur la table, Antony me propose de jouer. Une fois le concert terminé, nous écoutons des histoires drôles qui parlent de guitare et des souvenirs racontés par Jacques et Henri, j'écoute la vie et le rire d'Antony qui résonne. Je viens de réaliser à quel point je suis en train de tomber amoureuse de lui. Je ferme les yeux et remplis mon cœur de chaque instant, sans penser ni au passé ni à l'avenir… Et puis, Antony se lève, va payer l'addition et se penche vers moi. Il me regarde dans les yeux, ses yeux verts dans lesquels je plonge infiniment. Je sens cette attraction, comme une connexion profonde et inexpliquée, tout s'est arrêté autour, même les voix de Jacques et Henri, mais ses lèvres se posent sur ma joue, contre le coin de mes lèvres, torture infinie… Un baiser appuyé, ancré dans ma chair. Je m'en délecte en gardant les yeux fermés, impuissante, soumise à ce supplice. Puis il se relève brusquement et part vers la sortie. Je mets quelques secondes à retrouver mes esprits. Il est parti, me laissant haletante et coupable.

Je me lève si vite que je m'entrave dans le pied de la chaise, maudissant ma maladresse. Heureusement, je me rattrape à une table, ça aurait pu être pire, j'aurais pu m'étaler par terre : il faut relativiser, ça peut toujours être pire ! Je me retourne, un signe de la main aux deux compères et j'arrive dans la rue où Antony marche au pas de course vers la maison, comme s'il voulait me fuir : c'est sûrement ça d'ailleurs ! J'accélère et me mets à son niveau, je devrais entamer une discussion par rapport à son attitude, et à ce que je ressens, mais ce serait avouer que ça existe, que je suis aussi horrible que Juliette et Baptiste, et ça, je ne le peux pas. Mieux vaut être frustrée que voleuse de mari ! Je l'interpelle sur le ton de l'ironie afin de casser le malaise qui s'est créé.

— Hey ! Tu fais la course ? lui demandé-je en me remettant à son niveau.

— Euh, non ! me dit-il d'un ton sec.

Il poursuit sa marche sans me regarder. Puis son portable vibre, il lit un message avant de me proposer :

— Je vais manger avec Lucia et ma tante ce midi, tu veux venir ?

238

Je me sens tout à coup de trop face à son attitude déroutante. Alors, je murmure :

— Enfin, si ça ne dérange pas… Je ne veux pas m'imposer.

— Ce sont elles qui ont proposé ! Lucia a très envie de te voir. Et tu ne me déranges jamais.

— Dans ce cas, d'accord. Qu'est-ce qu'on apporte ?

— Le kouign-amann et une bouteille de cidre !

Nous passons par la villa, puis nous partons directement chez Alberta. Antony est à nouveau silencieux, je dirais même qu'il a l'air soucieux. Je n'ose pas poser de questions. Lucia nous accueille en nous sautant dans les bras, Alberta a mis la table alors qu'il n'est que 10 heures et elle prépare un bœuf bourguignon. Nous nous mettons tous en cuisine pour donner un coup de main. Lucia parle sans cesse, nous racontant chaque détail de ce qu'elle a fait avec Alberta : balades, ramassage de coquillages, aquarium, cuisine…

Le repas est très convivial, Alberta est drôle, avec un esprit vif et une excellente répartie. Elle semble trouver ma présence tout à fait normale ce qui me fait penser qu'Antony et sa femme ont soit une relation particulière, soit ils sont séparés depuis peu, ce qui expliquerait son attitude déroutante. Il ne m'a pas parlé depuis le bistrot. J'arrive presque à en oublier ma prochaine rencontre avec Jean Bernard. Mon esprit reste encore partagé et je sais qu'à tout moment, je suis susceptible de changer d'avis.

Le dessert se termine et avec lui l'heure du rendez-vous arrive. Même si les doutes m'assaillent, je décide d'y aller. Nous embrassons Alberta et Antony demande à Lucia d'attraper ses affaires.

— Papa, s'il te plaît, je peux rester une dernière nuit ? Après je ne reverrai pas tata avant trop longtemps !

— Oh oui, elle peut rester, nous avons encore des trucs à faire toutes les deux ! Je me sens si seule quand vous n'êtes pas là !

Antony semble contrarié, je pense que la présence de sa fille

lui aurait assuré d'être à l'aise avec moi, mais il acquiesce. Lucia lui saute dans les bras.

— Merci, t'es un papa génial !

Nous les saluons. La lueur de joie dans les yeux d'Alberta la rend presque jolie. Lucia est collée à elle, au cas où on les séparerait. Je me dis que si Antony a fait en sorte de rester seul avec moi, c'est qu'effectivement il doit s'être passé quelque chose avec sa femme.

Anna

Saint-Malo, janvier 2020.

Le moment est venu, Antony se gare. Je me sens moins stressée qu'hier, mais mon cerveau reçoit des injonctions paradoxales : j'y vais, je n'y vais pas… Finalement, mes pieds m'entraînent vers la crêperie où nous entrons. Le serveur nous reconnaît, Antony commande trois bolées de cidre brut, puis nous attendons. Il essaye de détendre l'atmosphère en parlant, mais je n'arrive pas vraiment à l'écouter. Mes oreilles bourdonnent, mes mains sont moites. J'ai peur de regretter de trahir ma mère, je maudis ma curiosité.

Jean Bernard entre, il a les sourcils froncés et le regard dur. Il nous cherche, puis s'approche d'un pas hésitant. Il esquisse un petit sourire en s'asseyant.

— Bonjour, merci d'être venus.

Il semble tellement préoccupé qu'il a presque l'air plus âgé. Ses traits sont tirés, il regarde ses mains, ses cheveux blancs tombent sur son visage. Il ne parle pas, alors je prends mon courage à deux mains.

— Voilà, je suis là, contre l'avis de ma mère. J'espère que je ne le regretterai pas…

— Anna, ce que j'ai à te dire n'est pas facile… Mais si je ne le fais pas, je sais que je risque de me le reprocher et je crois que je m'en suis assez voulu toute ma vie.

Le ton solennel avec lequel il dit cela me fait froid dans le dos.

— Je vous écoute.

— Je vais te raconter mon histoire, alors voilà… dit-il nerveusement en se frottant les mains sur les cuisses. J'ai rencontré ta mère il y a un peu plus de trente et un ans. C'était un bel été, le plus beau de ma vie. Elle est arrivée un matin, je me souviens de mon cœur qui s'est emballé quand je l'ai vue descendre de la voiture, ses longs cheveux blonds, sa robe rouge qui voltigeait dans les airs. Elle a pris son petit sac de cuir, m'a souri et s'est dirigée chez ma voisine, Gisèle. Ma vie a basculé ce jour-là, j'ai su que rien ne serait plus comme avant. J'avais eu le seul et unique coup de foudre de mon existence.

Il fait une petite pause, boit une gorgée de cidre. Ses yeux brillent d'une lueur d'espoir.

— Elle s'était mariée quelque temps auparavant et son mari étant parti au service militaire, elle venait passer quelques mois chez son amie Gisèle afin de faire sa dernière année d'études. Nous avons sympathisé immédiatement. Elle retournait mon cœur chaque fois qu'elle riait, nous parlions pendant des heures, de tout et de rien. Je l'amenais pêcher avec moi et elle restait silencieuse dans la clarté de la lune. Nous étions un petit groupe de jeunes, ta mère, ma sœur et son copain, Gisèle et moi, insouciants et heureux. Chaque soir, nous nous retrouvions autour d'un repas animé et joyeux. Nous écoutions du blues et dansions. J'étais très timide et respectueux de ta mère. Je savais qu'elle était mariée, mais nous étions tellement fusionnels que ce qui devait arriver, arriva. C'était un soir de pleine lune. Elle avait enfilé des bottes de pluie et un ciré jaune sur sa robe

fleurie, ses cheveux blonds volaient dans le vent de la nuit. Elle riait aux éclats à la moindre occasion. Elle était plus belle que jamais. Nous sommes montés dans le bateau, sa main a effleuré la mienne et son regard bleu m'a observé un moment. Elle m'a demandé de lui apprendre à pêcher, je lui ai pris la main pour lui montrer comment faire un nœud et je ne sais comment, ses lèvres se sont retrouvées contre les miennes. Nous ne nous sommes plus quittés après cela. Notre amour était comme une évidence, je l'aimais de tout mon cœur et c'était réciproque. Gisèle nous mit plusieurs fois en garde, mais nous ne voulions rien entendre. Ton père revenait en permission de temps en temps et ta mère faisait bonne figure. Elle prétextait une maladie, une vieille tante qui avait besoin de son aide, elle nourrissait des trésors d'idées pour éviter de rester avec lui. Moi, j'en mourrais. Neuf mois se sont écoulés ainsi, les plus beaux de ma vie.

Il s'arrête pour observer ma réaction. Je déglutis. Je n'en reviens pas. Ma mère… Adultère… Je vois de qui je tiens alors ! Je hoche la tête pour l'inviter à poursuivre, curieuse d'en savoir davantage.

— Elle est venue vivre chez moi, mais ne savait que faire. Son engagement devant Dieu pour le mariage la mettait face à des valeurs dont elle avait du mal à se défaire. Et puis au mois de juin, elle m'a annoncé qu'elle était enceinte. Elle n'avait plus le choix, elle devait divorcer. Pour elle, c'était un signe. Mais tu sais, à l'époque ce n'était pas si simple par rapport au regard des autres. Et, son mari n'était pas commode, elle le craignait. Pour ma part, j'étais le plus heureux des hommes, mon rêve allait se réaliser et j'allais être père. Elle ne pouvait plus attendre et décida d'écrire une lettre à ton père afin de le quitter. C'était un peu lâche, mais elle avait trop peur pour l'affronter directement. Elle lui a tout expliqué, notre amour, sa grossesse, tout. Il n'a pas répondu. Le temps qu'il la reçoive et qu'une permission lui soit accordée, nous étions fin juillet. Ce soir-là, nous dînions tous ensemble chez Gisèle : ta mère, Charlotte, ma petite sœur, et moi. Nous avons entendu une voiture se garer

dans l'allée et nous avons vu ton père en descendre. Ta mère et moi étions tétanisés. Elle est venue se blottir contre moi, sa main sur le ventre. La porte était ouverte et il est monté directement au deuxième étage de la maison où nous mangions sur la terrasse. Il a ouvert violemment la baie vitrée et a hurlé à ta mère de le suivre. Elle s'est mise derrière moi, mais il s'est avancé, lui a pris le bras pour la tirer de force en l'insultant. Je me suis interposé en le repoussant. À ce moment-là, il a sorti une arme et l'a brandie sur moi. Ta mère s'est mise à hurler, Charlotte pleurait et criait. C'était un brouhaha effroyable. Il m'insultait et intimait à ta mère de monter dans la voiture et de me quitter, qu'elle n'avait pas le choix et que sinon, il nous tuerait tous. Nous étions comme dans un mauvais film, sa rage était tellement intense que je le sentais capable de mettre son plan à exécution. Je tremblais de peur pour moi, mais surtout pour elle. Plusieurs minutes se sont écoulées, me paraissant des heures. Il continuait à hurler que si elle ne montait pas immédiatement dans cette voiture, il allait me tuer. Il était hors de lui, sa main tremblait en me menaçant. Je n'osais plus bouger, il avait l'air tellement incontrôlable. Ta mère était têtue et ne flanchait pas. Elle tentait de le calmer en lui disant qu'ils devaient trouver une solution, qu'elle ne pouvait pas rester alors qu'elle ne l'aimait plus. Elle a essayé de le raisonner, mais voyant qu'elle n'obtiendrait rien par les mots, elle est montée sur le muret de la terrasse et a menacé de sauter. Elle lui hurlait qu'elle préférait mourir plutôt que de vivre avec lui. Je n'avais jamais eu aussi peur. Ça a duré quelques minutes, elle avait l'air si déterminée que ton père a fini par lâcher son arme, est tombé à genoux et s'est mis à pleurer. Il a compris qu'elle ne viendrait pas, malgré ses menaces, et qu'elle préférait encore la mort. Je me suis approché d'elle pour qu'elle descende du muret, mais son pied a glissé sur la rambarde et je n'ai pas réussi à la rattraper à temps. J'ai hurlé et entendu les cris des autres qui résonnaient. J'ai cru que mon cœur allait s'arrêter. Je tremblais tellement que je n'arrivais pas à m'approcher du bord

pour voir si elle était vivante. J'ai soudain entendu sa voix qui me criait "tout va bien". Je me suis alors penché. Elle était sur l'avant-toit, au deuxième étage, vivante. J'ai enfin retrouvé un semblant de respiration même si l'adrénaline et l'intensité de ces dernières minutes faisaient trembler tous mes membres. Marie m'a pris par la main, m'a dit que j'étais tout blanc et a proposé de descendre avec moi pour m'aider à ramener ta mère. Nous sommes descendus sur l'avant-toit en prenant une échelle. Ta mère nous attendait, assise et en sanglots. J'ai attrapé sa main pour l'aider à se relever et je l'ai serrée contre moi le plus fort possible. Nous avons commencé à retourner vers l'échelle et j'ai tourné la tête au moment où ma sœur Charlotte a glissé sur les tuiles du toit recouvertes de mousse. J'étais tellement concentré sur Marie que je n'avais pas fait attention à elle. Je l'ai vue tomber du deuxième étage et s'écraser sur le sol. Ma petite sœur de dix-huit ans, morte sur le coup.

Des larmes coulent sur ses joues, la gorge serrée par l'émotion, il reprend sa respiration. Il n'ose pas lever la tête et débite son monologue en regardant ses mains dont les doigts sont mêlés et tellement serrés que les phalanges sont blanches. Il finit par lever les yeux vers moi.

— Malgré la chute, ta mère n'a pas perdu son bébé… tu as tenu bon. Les jours suivants ont été terribles. Je n'arrivais plus à me lever, j'étais dans une torpeur incontrôlable. La culpabilité m'avait totalement emporté. Alors, ton père a pris la situation en main. Il connaissait des gens haut placés qui ont proposé de maquiller l'accident en suicide sous la condition que ta mère revienne avec lui et ne me revoie plus jamais. Je n'aurais jamais dû dire oui, mais j'étais trop effondré pour me battre. Son assurance a eu raison de nous. Il était riche et influent et moi, à l'époque je n'étais qu'un petit journaliste qui débutait. La culpabilité me rongeait et j'ai été un homme lâche. J'avais peur de la vie que je pourrais offrir à ta mère, je ne me sentais plus digne d'être aimé. Ce jour-là, j'ai tout perdu : l'amour de ma vie, ma sœur et mon bébé. J'ai passé

des mois à me morfondre. Je suis tombé en dépression sévère. J'ai même été hospitalisé. Et puis, j'ai eu un déclic. J'ai aperçu une petite fille qui aurait eu ton âge et ça m'a fait un électrochoc. J'étais en train de passer à côté de ma vie alors que je n'étais pas responsable de l'accident. Lorsque j'ai enfin réagi et que j'ai essayé de vous retrouver, il était trop tard. Ce fut sans succès. Vous aviez déménagé sans laisser aucune trace. À l'époque, il n'y avait pas internet. J'ai passé ma vie à attendre ta mère et à la chercher. Je n'ai jamais cessé de l'aimer, tu sais. J'ai prié chaque jour pour que vous soyez heureuses. J'ai tout raté, par lâcheté. Et puis un jour, il y a quelques mois, j'ai reçu un message de Gisèle, elle avait vu un de mes articles en ligne et me donnait des nouvelles de ta mère. C'était inespéré, je pense que si j'avais gagné au loto, je n'aurais pas été aussi heureux. Alors je lui ai écrit un mot pour qu'elle le donne à ta mère. J'avais enfin retrouvé de l'espoir, mais je l'ai trouvée un matin devant ma porte.

Je suis abasourdie. Ma mère a disparu pour retrouver cet homme? Il semble me dire qu'il est mon père biologique. Ce n'est pas possible, je dois nager en plein cauchemar. Je n'arrive pas à assimiler l'information, lui, mon père?

— Tout ceci est complètement dingue! J'ai du mal à y voir clair, dis-je les larmes aux yeux. Ça veut dire que vous êtes…

— Ton père… me répond-il ému.

J'essaye de respirer correctement, l'air semble se raréfier et la pièce tourne autour de moi. Antony cherche mon regard et moi, celui de Jean Bernard pour tenter d'y voir plus clair.

— Mais pourquoi a-t-elle agi ainsi? parviens-je à articuler difficilement.

— Elle avait décidé de quitter ton père. Je pense que ma lettre lui a fait un électrochoc. Elle s'est enfuie sur un coup de tête et je pense qu'elle avait besoin de prendre du recul pour savoir comment dire la vérité. On ne vit pas toute sa vie dans le

mensonge en pouvant s'en libérer aussi facilement. La crainte s'est vite transformée en fuite. Elle et moi avons ça en commun, être lâches. Après quelques semaines et mes encouragements, elle avait décidé de tout te révéler. Elle comptait te téléphoner, mais elle n'en a pas eu le temps, tu venais d'avoir ton accident.

Je réagis en sautant presque de ma chaise.

— Pourquoi avoir mis autant de temps à m'appeler ?

—Ce n'est pas si simple Anna… Elle a gardé tellement longtemps ce secret, que j'imagine que le livrer devait être compliqué pour elle.

Je sens la colère monter en moi, je suis en sueur, j'ai si chaud que je respire à peine. J'enchaîne :

— Et pour moi alors ? Donc, tout le monde m'a menti depuis ma naissance… Mon père, ma mère et même Gisèle ? demandé-je d'une voix qui se brise. Pourquoi ? Pourquoi ont-ils fait ça ? Je ne suis rien pour qu'on me manipule ainsi ?

— Ils ont voulu que tu aies la meilleure vie possible. Ta mère t'aime de tout son cœur et son mari t'a élevée comme sa propre fille.

— Oui, dans la dureté et l'exigence. Je comprends mieux pourquoi cette différence avec mes frères. Dire que j'ai tout fait pour avoir grâce à ses yeux, c'était perdu d'avance. Et toi… Tu nous as abandonnées ? Mais pourquoi ? hurlé-je entre deux sanglots.

— Anna, il faut comprendre, ce n'était pas si facile…

— Non, je ne comprends pas ! Je ne comprends pas qu'elle ait choisi de me mentir, que tout le monde trouve ça normal. Je ne comprends pas qu'elle ait voulu me séparer de mon vrai père, qu'elle choisisse la facilité et le confort. Vous êtes tous horribles… ma voix se brise.

Antony caresse ma main, mais même son contact ne m'apaise pas. Je ne sais plus qui je suis ni ce que je fais là. C'est comme si tout à coup, j'avais perdu mon identité. Je me lève d'un bond et pars

hâtivement vers la porte. J'ai besoin d'air, besoin d'espace, ma cage thoracique est complètement comprimée par ce flot d'émotions. Antony m'a suivie, Jean Bernard est resté assis atterré derrière la table. J'arrive à prononcer quelques mots :

— S'il te plaît Antony, ramène-moi !

Je me sens vide et trop pleine à la fois, le cœur arraché à mes souvenirs qui viennent s'entremêler avec douleur. C'est comme si un nuage noir m'entourait m'empêchant de penser, de voir, de sentir. J'ai l'impression de me noyer, de dériver de plus en plus loin, submergée par l'éréthisme de tous mes sens. Les larmes coulent sans discontinuer sur mes joues. J'entre dans la maison et pars m'enfermer dans ma chambre. Je ne peux et ne veux pas parler. Antony comprendra. J'ai mal, tellement mal que mes jambes ont des difficultés à me soutenir. Je m'effondre donc sur le lit. Je ne cesse de me répéter qu'on m'a volé mon identité et cette pensée me submerge comme une vague en pleine tempête. Mon corps se recroqueville sur lui-même cherchant son unité intérieure, je pleure fort et sanglote comme une enfant et je me moque du fait qu'Antony puisse m'entendre. J'ai l'horrible sentiment que l'on m'a arraché une partie de moi, que je ne suis plus complète. La souffrance morale s'est muée en souffrance physique et tout mon corps est douloureux. Mon cœur se serre de plus en plus, comprimant ma poitrine. Je n'ai plus envie de lutter, je laisse les émotions m'envahir et me recouvrir jusqu'à ce que mes larmes se tarissent, je ne pensais pas arriver un jour à ne plus en avoir. Je finis par m'endormir, épuisée.

Antony

Saint-Malo, janvier 2020.

Je ne sais pas quoi faire. Cela fait plusieurs heures que je tourne comme un lion en cage. J'y vais ? Je n'y vais pas ? A-t-elle besoin d'être seule ou au contraire, a-t-elle besoin de présence ?

Je commence à préparer le repas en essayant de me calmer. C'est terrible ce sentiment d'impuissance qui m'assaille. Jean lui a lancé une bombe. Le genre de révélation qui perturbe une existence. Je ne sais pas comment j'aurais réagi à sa place, mais certainement très mal.

Chaque famille a son lot de problématiques. Tout en coupant des légumes pour faire une soupe, je pense au divorce de mes parents, à leurs disputes incessantes, à la fierté de mon père qui a été totalement anéantie lorsque ma mère est partie pour un autre. Mes souffrances d'enfant ressurgissent, mais ce n'est rien à côté de ce que vit Anna, au moins, je sais qui je suis.

De surcroît, notre situation n'est pas simple non plus. Elle ne doit pas savoir sur quel pied danser avec moi. Je souffle le chaud

249

et le froid, je suis perdu depuis que je la connais, partagé entre des pensées totalement contradictoires. Mais il faut que ça cesse, que je lui parle, que je lui dise la vérité, que j'avoue qu'à chaque fois que je la regarde, je sens mon cœur se retourner. Avec Maria, je n'ai jamais ressenti ça, pourtant je l'ai aimée et je l'aime encore. Mais Anna me ressemble, c'est comme si elle était un bout de moi. J'arrive à deviner ses pensées et j'ai la sensation de la comprendre comme elle semble le faire pour moi.

Je la revois danser sur Elvis, rire aux éclats pendant que nous cuisinons, dormir sur le canapé, je revois nos moments à trois avec Lucia. Elle m'apporte cet équilibre dont je manque tant. Sa simplicité et sa spontanéité me font tellement de bien dans cette société habitée par le paraître. Elle ne mérite pas tout ce qui lui arrive. J'ai de la chance, elle a réussi à me faire évoluer, à me faire ressentir à nouveau. J'ai envie de pleurer de joie de la savoir près de moi.

Pourtant, j'ai peur, une peur panique qui fait évanouir mes certitudes. Et si j'allais trop vite ? Et si je n'étais pas prêt ? Et si elle n'était pas prête ?

Je poursuis la cuisson du repas, les larmes aux yeux. J'ai comme un trop-plein d'émotions, alors je laisse les larmes rouler sur mes joues. J'ai des sentiments pour elle, c'est indéniable, mais suis-je assez stable pour les assumer ? Et elle, peut-elle débuter une histoire alors même que sa vie vole en éclats ?

Le repas est prêt, je décide d'attendre encore un peu avant de la rejoindre. Je pars chercher mon journal dans lequel je confie mes sentiments, m'installe sur le canapé et commence à noter tout ce qui me passe par la tête. Une chose est claire pour moi, vivre sans elle me paraît maintenant impossible, il faut que je le lui dise et voir ce que ça donne.

Anna

Saint-Malo, janvier 2020.

Antony ouvre la porte doucement et je m'assois sur le lit.

— Je peux entrer ?

— Oui.

— Tu veux manger quelque chose ?

— Non merci, je n'ai pas vraiment faim…

Il s'installe près de moi, pose sa main sur la mienne.

— Je suis là si tu as besoin de parler.

— Merci, mais il n'y a pas grand-chose à dire. On m'a menti, depuis que je suis née… Je ne sais plus qui je suis Antony…

Il me serre fort contre lui. Je sens son cœur s'accélérer contre ma poitrine. De sa voix suave, il murmure :

— Je suis là, Anna, ne t'inquiète pas.

Il caresse mon dos, passe sa main dans le bas de mes reins, déclenchant une vague de frissons. Mon corps est attiré contre le sien et je me blottis davantage. Il attrape mon visage dans le creux

de ses mains. Il émane de lui quelque chose de rayonnant. Son regard plein de bienveillance semble pénétrer mon âme abîmée. Il essuie mes larmes du bout de ses doigts, avec douceur. Des frémissements pétillants partent de mon ventre et se faufilent dans tout mon corps jusque dans ma gorge. Je sens son souffle chaud, mon cœur bat dans ma poitrine, de plus en plus fort. Antony se penche sur mon visage et embrasse mes larmes avec légèreté. Je ferme les yeux. Je sens ses lèvres contre mes joues mouillées. Je suis comme suspendue dans les airs. Je ne peux plus résister, au diable la droiture, au diable les promesses faites à moi-même, au diable qui je suis… D'ailleurs, qui suis-je ? La seule chose que je sais, c'est que je le désire intensément, si fort que j'en ai mal au ventre, si fort que le reste passe après. Je pose mes lèvres sur les siennes, m'attendant à un recul de sa part, mais c'est tout l'inverse qui se produit. Il me pousse vivement sur le lit et m'embrasse avec fougue, d'un baiser salé par mes larmes. Des flammes dansent dans mon corps. Il me tire légèrement les cheveux, j'émets un petit cri, puis je lui mordille la lèvre. Il enlève mon tee-shirt et le jette à terre. Toute l'attente et la tension qu'il y a eu entre nous rendent la situation incontrôlable. Il a envie de moi autant que j'ai envie de lui. Mon ventre tressaille de passion. Il dépose ses lèvres sur ma clavicule, sur ma poitrine, sur mon ventre, puis retire mon pantalon. Désormais en sous-vêtements, je ne peux plus reculer, de toute façon je n'en ai pas envie.

— J'ai besoin de toi Antony…

Il m'embrasse à nouveau avec encore plus d'exaltation, mélange de désespoir et d'envie. Il s'arrête et me regarde dans les yeux, comme s'il voulait retenir ce moment, comme si j'étais la plus belle merveille du monde.

— Tu es tellement magnifique…

— Tu as des préservatifs ? lancé-je de but en blanc tout en prenant conscience que je casse un peu l'ambiance.

— Euh… Dans mon sac, en bas, je reviens.

Il se lève et se dirige vers la porte, j'ai peur qu'il ne revienne pas. J'entends ses pas rapides qui dévalent l'escalier, puis qui remontent aussi rapidement vers moi. Il revient ! Il entre et s'approche de moi.

— Tu es sûre ?

— Oui, c'est bien la seule chose dont je sois sûre aujourd'hui !

Il se soulève pour me regarder dans les yeux.

Je lui souris, attrape son cou et pose à nouveau ses lèvres contre les miennes. Ses mains descendent le long de mes côtes, de mes hanches, jusque sur mes cuisses qu'il écarte pour se positionner entre elles. J'ai chaud, mon bas ventre se crispe, je frémis… Je crois qu'un gémissement vient de sortir tout seul de ma bouche. Je ne sais vraiment plus me contrôler. J'attrape le bas de son tee-shirt et le soulève, il se laisse faire sans aucune résistance, puis je déboutonne son pantalon. Il se relève pour le faire rouler le long de ses cuisses et se retrouve en caleçon face à moi. Je vais mourir tellement il est canon… Son torse musclé me fait face, on aperçoit la ligne de ses hanches et ses abdos, je ne crois pas avoir déjà vu un corps aussi bien fait. C'est sûr, je suis déjà au paradis… De son boxer s'échappe une légère ligne de poils remontant vers le ventre avec laquelle je joue du bout de mes doigts. Il me regarde en souriant. Oui, on peut préparer ma tombe, je suis déjà morte… Il m'embrasse avec délicatesse en prenant soin de me regarder comme si j'étais une œuvre d'art et qu'il ne fallait pas manquer un millimètre de mon corps.

Mes mains se posent sur mon corps pour me cacher. Il les attrape et les maintient derrière moi.

Il va falloir me réanimer, car mon cœur s'est emballé de plus belle… Il me chuchote :

— Y'a un truc que je rêve de faire…

— Oui, tout ce que tu veux ?

À ce stade, je suis prête à faire n'importe quoi, même à sauter d'un hélicoptère sans parachute, alors que j'ai le vertige… Au final, c'est un peu ça, ma vie en ce moment!

— Attends, j'allume la musique.

Il se relève, me laissant admirer ses fesses à travers son boxer rouge bien moulant, humm. Il installe une playlist et revient vers moi. Au passage, il attrape ma culotte et la retire, puis descend son caleçon le long de ses jambes. Oh my god… Il est vraiment bien membré! Puis il installe sa tête entre mes jambes en commençant à embrasser l'intérieur de mes cuisses, dieu que c'est bon… Je frémis, gémis, il joue avec sa langue tout autour de mon entrejambe et prend soin d'effleurer mon clitoris par intermittence, l'air de rien… Cette sensation est délicieuse, enfin il pose réellement sa langue et commence à jouer sur mes lèvres, puis sur mon clitoris.

— Effleure un peu plus et mets moins de pression s'il te plaît.

Je n'ai pas besoin d'en dire plus, on dirait qu'il attendait ce détail pour manier mon corps à la perfection. Mon pouls s'accélère, si ça continue mon cœur va vraiment s'arrêter. Je gémis, et respire fort, c'est bon… Je me laisse emporter par toutes les sensations qui me submergent. Il remonte ensuite ses mains vers mes tétons en prenant soin d'humidifier le bout de ses doigts au préalable et il joue avec eux en continuant avec sa langue. Je sens mon bas-ventre se tordre d'excitation et j'étouffe un petit cri au moment où mon orgasme arrive.

Il approche alors son bassin et balance lascivement ses hanches. J'attrape ses mains en les positionnant au-dessus de ma tête. Il me laisse faire et me regarde en me caressant. Sa respiration est rapide, il gémit et nos corps bougent ensemble pour ne faire plus qu'un.

Pitié, faites que le temps s'arrête…

Je ne suis plus qu'une explosion de sensations, de feux d'artifice, d'éclairs pailletés. Au rythme de ses va-et-vient, mon corps s'anime. Sa peau luisante de sueur me rend folle. Je n'arrive plus à penser

tant le désir de lui appartenir est grand. Le temps se suspend, incandescent.

Enfin, repus et transpirants, nous restons silencieux quelques minutes. Je souris toute seule et dans un élan de bonheur, je lâche :

— Antony, je suis amoureuse de toi.

Pourquoi j'ai dit ça ? Comment ai-je pu laisser s'échapper ces mots ? Il ne répond pas, mais je peux voir un sourire naître au coin de ses lèvres. Il se pose contre moi et me regarde. Je n'avais jamais vu un regard aussi beau, comme s'il voulait retenir chaque parcelle de moi. Nous passons la soirée, puis la nuit à faire l'amour… Je finis par m'endormir d'épuisement.

Anna

Entre Saint-Malo et Saint-Lary, janvier 2020.

Lorsque je m'éveille, il fait encore nuit. Désorientée, je tends mon bras vers Antony, je tâtonne, mais il n'est plus dans le lit. J'attrape mon téléphone sur la table de chevet. 5 h 45. J'enfile mes vêtements qui traînent par terre et me dirige à pas feutrés en bas de la villa. J'observe la lumière du salon et écoute la voix d'Antony. Je m'approche sans bruit et m'arrête juste avant la porte entrouverte. Je patiente quelques secondes, le cœur haletant. Les mains moites, j'ai peur de ce que je peux trouver ou entendre. Antony ne s'est pas aperçu de ma présence, mais en l'entendant pleurer, je me brise un peu plus si cela est encore possible. La culpabilité sans doute ? Et moi, qui suis-je pour l'avoir tenté ainsi et l'avoir fait succomber ? Poussée par la curiosité, je m'approche un peu plus pour voir ce qu'il se passe, toujours en prenant soin de ne pas être repérée. Il est assis sur le grand canapé, un cadre entre les mains. Je reconnais immédiatement celui-ci, c'est celui de son mariage. Je manque de lâcher un cri, puis ma respiration se coupe et mon estomac décide de jouer au salto. J'hésite entre m'avancer et continuer à observer

la scène. Au moment où je me décide à approcher, Antony se met à parler. Je crois tout d'abord qu'il m'a aperçue, mais je me rends rapidement compte qu'il parle à la photo. Je tends l'oreille et écoute sa voix brisée par les larmes.

— Maria, je suis désolé, je suis tellement désolé. Je t'avais promis de n'aimer que toi jusqu'à la fin de mes jours… Tellement désolé…

Ma gorge se serre encore plus et l'émotion m'étreint. La douleur qu'il semble éprouver me tord les entrailles, j'en suis statufiée. Je ne sais pas quoi faire… M'avancer ? Partir ? Rester ? Je reste… et continue de l'écouter.

— Tu comprends, j'ai lutté, je n'avais pas prévu tout ça… Mais elle me touche, elle a besoin de moi, enfin je crois… Mais tu es là et je suis perdu… J'ai tellement peur de la faire souffrir… Il faut que je lui parle.

Tout en caressant la photo, Antony continue de pleurer. La souffrance qui émane de lui est un arrache cœur. J'aimerais tellement lui venir en aide, me glisser contre lui, l'embrasser, le rassurer et lui dire que tout va bien, à quel point je tiens à lui. Mais je ne peux pas. Pour lui, pour moi, pour nous, je dois me retenir. C'est avec ma raison que je décide de faire demi-tour à pas feutrés, je ne veux pas qu'il me voie. Même si c'est une période difficile, je dois m'en sortir sans impacter les autres. Je ne veux faire pleurer personne. Il doit d'abord régler ses propres problèmes. Je ne suis pas prête à souffrir ou à construire une histoire sur des bases instables. Je suis déjà assez déroutée par la situation avec ma mère. Je ne sais pas exactement ce qu'il en est de celle d'Antony, mais je sais que je ne veux pas de quelque chose de complexe. C'est décidé, je partirai quand il ira chercher Lucia tout à l'heure. Les larmes n'attendent pas pour exploser et dévaler mes joues, mais je suis persuadée que c'est la meilleure chose à faire. L'avoir vu dans cet état m'a convaincue.

Je remonte dans le lit et reste là, sans bouger. Une heure, peut-

être deux, s'écoule durant lesquelles, je refais inlassablement le point dans ma tête. Et puis, j'entends la porte d'entrée claquer et la voiture d'Antony démarrer. Je regarde l'heure : 8 h 45. J'ai environ quarante-cinq minutes avant qu'il ne revienne. Je me lève d'un bond, passant d'un état léthargique à un état survolté. J'attrape mon téléphone, recherche l'adresse où je me trouve sur *Maps*, puis tape dans la barre de recherche : Taxi Dinard. Un numéro apparaît et je le compose aussitôt. Une voix d'homme décroche, il a la voix grave. Je lui indique le lieu où je me trouve et il me promet d'être là dans vingt minutes au maximum. Je cours vers ma chambre, attrape mon sac de voyage, jette mes affaires à l'intérieur, saute dans un pantalon et enfile un gilet chaud. Je déchire ensuite une page de mon carnet, attrape un stylo et griffonne.

« Antony, je ne peux pas faire ça. Je t'ai vu pleurer cette nuit. Je ne sais pas quelle est exactement la situation avec ton épouse, mais vu que tu n'en as jamais parlé et étant donné ce qu'il s'est passé hier, j'estime que tu dois régler tes histoires et savoir où tu en es avant de débuter quelque chose. Tout est trop compliqué pour moi en ce moment et j'ai besoin de stabilité et de retrouver qui je suis. Je suis désolée de te laisser comme ça, mais je n'ai pas la force de m'expliquer. Je te souhaite beaucoup de bonheur. Merci pour tout, tu es quelqu'un d'exceptionnel.

Anna ».

Puis j'en prépare un pour Lucia.

« Lucia, je suis heureuse de t'avoir rencontrée. Je m'excuse de partir comme cela, mais j'ai des raisons qui n'ont rien à voir avec toi. Tu es la petite fille la plus incroyable que je connaisse. J'espère te revoir un jour.

Je t'embrasse.

Anna ».

Je descends ensuite pour déposer les mots sur la table du salon et je m'aperçois que mon petit-déjeuner est prêt. Du pain grillé maison, du beurre et de la confiture. Un papier est déposé sur la tasse.

« Coucou Choupinette ! Bon réveil, j'espère que tu as bien dormi. Je suis parti chercher Lucia.

À tout à l'heure.

Antony ».

Je culpabilise quelques secondes de partir comme une voleuse, mais je me rappelle la tristesse que j'ai pu voir en lui cette nuit, puis, je repense à ma mère, Jean Bernard. Un nœud se forme au creux de mon ventre et je dépose à mon tour mes deux mots à la place de celui d'Antony que je glisse dans ma poche de pantalon. Je dis au revoir à cette villa somptueuse, me dirige vers la porte en me répétant que je prends la décision qui me semble la meilleure. J'entends le taxi à l'extérieur. Une bruine fine ajoute de la grisaille à mon cœur. Je grimpe à l'intérieur, je ne peux plus reculer.

— Vous pouvez me conduire à la gare ?

— Bien sûr ! me répond l'homme qui conduit de son haleine chargée de tabac.

Nous roulons et je me laisse à contempler le paysage. Mes larmes se sont taries mais j'ai le cœur gros. Mon corps est épuisé et je ne sais pas où je vais. Je ferme les yeux le temps du voyage, priant pour que les choses aillent au mieux.

Une fois arrivée, j'allume mon téléphone pour regarder les horaires de train et réserver un billet sur mon application. Je me rends compte qu'Antony a essayé de me joindre plusieurs fois. À contrecœur, je bloque son numéro et supprime les messages sans même les écouter. Puis j'efface et bloque celui de ma mère et de mon père, enfin… de l'homme qui m'a élevée. Je supprime également mon compte Facebook, me coupant d'une certaine réalité. J'ai besoin de tranquillité. De faire le vide. De retrouver qui je suis. Le trajet prévu est bien trop long. Il faudrait passer par Paris puis faire 18 h de train. Je me rabats donc sur la location de voiture.

J'appelle ma tante pour lui demander si elle peut venir me chercher à Foix afin de rendre le véhicule et lui donne l'heure approximative d'arrivée. J'ai un long voyage qui m'attend. Elle acquiesce sans poser de question, ce qui m'arrange.

Je m'installe au volant et tente de calmer les salmigondis de mon cerveau. Je ne veux pas avoir un autre accident. Moi qui n'aime pas conduire, je vais être servie.

Les images défilent sous mes yeux. Je me concentre sur ma conduite, écoute la musique, songe à l'après. Finalement, le voyage me permet de me vider la tête. Arrivée vers Foix, je me rends compte qu'il neige et suis bien contente de retrouver ma tante qui a l'habitude de rouler par des temps pareils.

Elle me tend les bras et me serre fort. À son contact, mes dernières barrières flanchent et je me mets à pleurer, de manière incontrôlable. Elle attrape mon sac, me prend la main et me conduit jusqu'à la voiture. Elle me tend un mouchoir.

— Ma chérie, qu'est-ce qu'il y a ?

— Je… tellement de choses.

Je n'arrive pas à parler, coupée par mes hoquets, mes soubresauts… Et puis, que dire ? Elle doit penser que je suis malheureuse à cause d'Antony. Il y a de ça, mais pas que…

— Je ne peux pas… je ne peux pas parler.

— Allez ! Ça va aller, tu parleras plus tard.

Nous roulons, elle allume le poste radio et met de la musique. Je suis inconsolable. Je pleure ma vie pourrie, mes parents pourris, mon boulot pourri, mon mariage avec Baptiste, je pleure d'aimer Antony qui n'est pas prêt. J'ai l'affreuse impression d'être un échec vivant.

— Tu veux rester quelques jours ?

— Non, c'est gentil, réussis-je à articuler entre deux sanglots, mais j'ai pas mal de choses à régler à Bordeaux. Il faut que je rentre.

— OK, mais il va falloir te calmer pour prendre à nouveau la route.

— Promis.

En descendant de la voiture, je suis enfin calmée, mais je constate que la neige tombe à gros flocons alors je me dois d'être raisonnable. J'attrape mon sac et le dépose dans le salon.

— Je reste juste pour la nuit.

Elle me prépare un délicieux repas et me raconte les péripéties de sa voisine pour me changer les idées. J'écoute à peine, mais je la remercie de ne me poser aucune question. Je pars me coucher dès la tombée de la nuit et malgré un sommeil agité, je m'éveille aux aurores.

— Tu ne veux pas rester quelques jours ?

— C'est gentil tatie, mais je préfère rentrer chez moi.

— OK, mais tiens-moi au courant quand tu es arrivée, je vais m'inquiéter vu dans quel état tu es.

— Je vais faire attention ! Merci pour tout.

— De rien, c'est normal. J'espère que ça va aller.

— Oui, ça va aller.

Enfin, j'espère… Je prends la route et me concentre pour rester vigilante.

Que vais-je faire en rentrant ? Reprendre ma vie comme si de rien n'était ? Mon boulot que je n'aime pas avec mon père qui n'est pas mon père ? Mes week-ends avec ma mère et Gisèle qui m'ont menti toute ma vie. Et Baptiste ? Il va bien falloir que je divorce…

Non, je ne peux pas reprendre cette vie-là ! Pas après tout ça !

Je repense à Antony et à ses encouragements. Je peux le faire,

réaliser mon rêve et devenir pâtissière. Ça au moins, c'est quelque chose qui m'appartient! Il faut que je me secoue, sinon je vais m'effondrer, et ça, ce n'est pas possible!

Anna

Bordeaux, janvier 2020.

J'arrive dans le hall de mon immeuble en début d'après-midi, regonflée par de nouveaux projets lorsque j'aperçois madame Gerty. Elle s'approche de moi, d'un pas assuré : ce n'est vraiment pas le moment…

— Je voulais vous voir, justement !

— Ah bon ? Bonjour, madame Gerty !

— Oui, bonjour, en tant que gardienne d'immeuble, enfin, gardienne bénévole… Je dois vous faire part de notre mécontentement ! m'annonce-t-elle d'une voix cinglante.

— Et puis-je savoir pourquoi ?

— Cela fait une semaine que vous mettez la musique bien trop fort le soir ! Vous savez tout de même que c'est interdit après 22 heures, vous avez de la chance que l'on n'ait pas appelé la police ! Ça s'appelle tout simplement du tapage nocturne, madame !

— Euh… J'étais en Bretagne, alors cela m'étonnerait.

— Pas vous, voyons ! Votre mari !

— Mais vous savez bien que l'on est séparés ?

Madame Gerty souffle, elle semble exaspérée.

— Non, mais vous êtes vraiment incroyable ! Vous vous dérobez au moindre souci ! J'ai bien vu qu'il était revenu, moi ! Faut pas m'prendre pour un jambon !

J'ai les yeux qui sortent des orbites, qu'est-ce qu'elle raconte cette vieille folle ?

— Je vais régler le problème, ne vous en faites pas !

Je tourne le dos, sans même la saluer, et monte le plus rapidement possible à la porte de mon appartement. J'entre la clé dans la serrure et ouvre la porte. Sur le canapé du salon se trouve Baptiste avec sa tête enfarinée et un immense sourire sur les lèvres. Ses statuettes de Mario ont retrouvé leurs places sur les étagères et il semble être parfaitement à l'aise avec le fait d'être là !

— Que fais-tu là ? vociféré-je en m'approchant de lui.

— Bonjour.

— Je le répète, que fais-tu là ?

Ma voix est montée d'un ton.

— Ben, euh, en fait…

Il se lève pour me saluer.

— Dépêche-toi de répondre ! lui hurlé-je dessus.

— Je te rappelle que je suis sur le bail et donc je suis aussi chez moi.

— Tu te fous de ma gueule là !

Il a reculé d'un pas face à ma mine contrariée et regarde ses pieds.

— Non… Pas du tout… On est encore mariés en plus !

— Mais tu vis sur quelle planète ? Tu t'es barré avec une pétasse pendant que j'étais dans le coma, tu t'es foutu de moi, tu m'as fait souffrir et là, tu crois que tu peux débarquer comme ça, sans

prévenir et reprendre le cours de notre vie ? Mais t'as des neurones en moins, ce n'est pas possible ?

Il reprend sur un ton plus doux :

— Anna, écoute-moi, j'ai fait une erreur, une terrible erreur… On était bien tous les deux non ? Tu m'as supplié de revenir pendant des semaines… Je pensais que ça te ferait plaisir de savoir que je voulais à nouveau être près de toi et que je t'aime encore. Je suis tellement désolé, je m'en veux, tu sais…

Je suis furieuse, j'ai envie de lui jeter mon sac en pleine figure. Comment ose-t-il ?

— Ben non, tu vois, ça ne me fait pas plaisir !

Bon, le sac est parti en le voyant s'approcher de moi pour me serrer contre lui. Je n'ai pas réussi à contenir ma colère. Baptiste fait une drôle de tête en le recevant sur son épaule mais il ne s'énerve pas pour autant. Heureusement que je ne sais pas viser !

— Anna, calme-toi, prends du recul !

Nous sommes debout, face à face et il tente encore une approche. Je me recule et me maîtrise pour ne pas lui coller la gifle qui me démange au bout des doigts.

— J'ai pris du recul et c'est bien pour cela que je ne veux pas de toi chez moi ! le poussé-je.

— Je n'ai nulle part où aller… me dit-il en regardant ses pieds.

— Eh bien, il fallait peut-être y réfléchir avant, tu ne crois pas ?

— Si…

Il est tout penaud, il me fait presque pitié. Que faire ? Après tout, je viens de découvrir les affres de la passion et l'irrépressible envie d'un autre. Aurais-je résisté si j'avais rencontré Antony à un autre moment ? Puis-je lui pardonner ? Non, je ne crois pas… Ma colère retombe aussi sec et je me dis que finalement, elle ne sert à rien. Je l'invite à s'asseoir sur le canapé.

— Écoute Baptiste, beaucoup de choses se sont passées depuis notre rupture.

— Tu as quelqu'un c'est ça ?

— Oui… Enfin non… Ce n'est pas ça le problème… Mais bon, bref… Te pardonner ton aventure, eh bien, j'aurais pu éventuellement, mais que tu m'aies laissée quand j'étais hospitalisée, dans le coma, au moment où j'avais le plus besoin de toi, ça, je ne peux pas l'excuser. Le mariage, c'est être là l'un pour l'autre, pour le meilleur et pour le pire. Et tu n'as pas été là pour moi. Maintenant, par respect, et parce que tu es encore mon mari, je suis prête à t'héberger, le temps que tu trouves autre chose. Par contre, tu dors dans le salon ! me précipité-je de préciser.

— Merci Anna… Je suis tellement désolé pour mon attitude. Je m'en veux vraiment. Je ne sais pas ce qu'il m'a pris, mais quand j'y pense, je me donnerais des claques. On ne se rend vraiment compte de l'importance des choses que lorsqu'on les perd.

— C'est déjà énorme de le reconnaître, mais ça n'efface pas ce qu'il s'est passé.

— Je n'ai vraiment aucune chance que l'on se remette ensemble, j'en suis conscient. Tu as changé, tu es déterminée et ça se voit.

— Oui, et puis surtout, je ne t'aime plus. C'est terminé, dis-je cinglante.

— OK… J'ai ce que je mérite.

Il a l'air sincèrement triste, mais cela ne me touche pas plus que ça. Les mots sont sortis tout seuls, je ne l'aime plus et c'est une évidence, j'ajoute :

— Demain, je ferai les papiers du divorce. J'aurais dû les faire il y a un moment…

Je me dirige vers ma chambre, très fière de moi. J'attrape mon ordinateur. J'imprime des documents servant au divorce. Je les ai remplis des centaines de fois pour des clients et c'est donc une simple formalité. Je pars ensuite les déposer à Baptiste.

— Tu signeras ça, et tout sera réglé. De toute manière, nous n'avons aucun bien en commun, c'est une procédure simple. Ça nous coûtera environ deux mille euros et ça sera terminé.

— Tu es si froide, ça ne te fait rien ? me dit-il d'une voix fébrile.

— Écoute Baptiste, toutes les larmes ont déjà coulé pour notre mariage. Maintenant, j'ai envie d'avancer avec quelqu'un qui me mérite vraiment.

— Mais tu sais, j'ai changé, j'ai compris…

— J'ai aussi changé et je ne veux plus de cette vie. Je veux mieux pour moi…

Je tourne les talons et pars dans ma chambre d'un pas décidé. Il faut que je trouve une école de pâtisserie prête à me prendre. Peut-être ont-ils deux rentrées dans l'année ? Ça se fait souvent pour les formations continues. Je me concentre sur cet objectif, afin d'oublier le reste…

Ce n'est pas gagné vu que nous sommes en milieu d'année, mais je veux me donner toutes les chances. Je surfe sur internet et commence à téléphoner aux écoles bordelaises qui sont toutes complètes et qui me renvoient à chaque fois vers d'autres écoles. J'essaye ensuite une première école à Paris, puis deux, puis trois. Je commence à désespérer. Je m'y suis prise beaucoup trop tard, c'est fichu. Je tente un dernier coup de fil, après je ferai une pause. Je tombe sur l'« École supérieure de pâtisserie », le site est engageant et donne envie et ils ont une rentrée prévue en février. J'entends le bip de la sonnerie et puis une voix féminine qui décroche :

— Allô bonjour !

— Bonjour, je me présente, je m'appelle Anna Bouleau. Je suis avocate, mais j'ai envie de changer de voie et j'ai toujours rêvé d'être pâtissière. Je sais que je m'y prends très tard, mais auriez-vous, par hasard, une place dans votre école ? débité-je, agacée par la recherche.

— Alors nous avons deux sections qui sont classées en fonction de l'âge, donc permettez-moi de vous demander quel âge avez-vous ?

— Trente ans.

— Ah, donc vous faites partie des candidats en reconversion. Nous sommes malheureusement complets.

— Oh… Et vous n'auriez pas les coordonnées d'une école susceptible de me prendre ? Parce que vous comprenez, c'est vraiment important pour moi. Ma vie vole en éclats, je bosse dans une branche qui ne me convient pas, je viens d'apprendre que mes parents m'ont menti sur mon identité toute ma vie, mon mari est parti pour une autre donc je vais divorcer, je n'ai plus rien. La seule chose dont je suis certaine c'est de vouloir être pâtissière. S'il vous plaît, donnez-moi une chance, c'est si difficile…

Je me sens ridicule, et je ne sais pas pourquoi je lui raconte tout ça, mais ça fait un bien fou.

— Bon, écoutez, je ne devrais pas vous dire ça, mais je suis en plein divorce donc je suis solidaire. Il y a une réunion d'information la semaine prochaine. Normalement nous sommes complets, mais à chaque fois, nous avons des annulations de dernière minute. Alors, regardez sur le site les pièces demandées et venez avec votre dossier complet mardi prochain à 14 heures dans nos locaux. Je ne vous promets rien, mais qui ne tente rien n'a rien…

J'ai envie de sauter partout ! Ce n'est pas grand-chose, mais un peu d'espoir qui regonfle mon cœur. Je me mets sur le site internet avec empressement et commence à réunir les différents documents. Je lis :

- Avoir 18 ans : c'est bon !

- Une pièce d'identité : même si je ne sais plus qui je suis, j'en ai une !

- Avoir un projet professionnel : oui, il faut juste que je le rédige…

- Avoir effectué une immersion/découverte professionnelle en boulangerie-pâtisserie : oui, mais c'était il y a longtemps. Je devrais pouvoir refaire un stage…

La formation s'effectue en alternance et dure quarante semaines. Le coût est de plus de huit mille euros, plus éventuellement des modules à rajouter. J'ai des économies sur mon compte qui devaient servir d'apport pour notre maison à Baptiste et moi. Ça servira à notre divorce et à ma nouvelle vie ! Il va falloir que je déménage, que je trouve un logement sur Paris, un stage… Si je suis prise, j'aurai la chance de tout recommencer à zéro ! Bon, je m'emballe un peu, mais ça fait du bien !

Baptiste frappe à la porte.

— Oui ?

— Je peux entrer ? me demande-t-il en commençant à pousser la porte.

— Hum… Oui.

— Je ne voulais pas être indiscret, mais je t'ai entendue…

— Oui, et ?

— Tu veux devenir pâtissière ?

Je hoche la tête pour lui confirmer. Il m'envoie un sourire.

— C'est courageux.

— J'aurais surtout dû faire ça, il y a longtemps…

— Je ne t'y ai pas poussé non plus, dit-il en s'asseyant près de moi sur le lit. Tu as du talent et je n'ai pas su t'accompagner pour que tu atteignes le meilleur de toi. J'avais peur que tu me délaisses pour ta passion. J'ai été égoïste, du début à la fin.

— Merci de le reconnaître… Sans vouloir être indiscrète, que s'est-il passé avec Barbie Pétasse ?

Il ne relève pas le joli surnom que je lui ai donné et enchaîne :

— Tu es vraiment sûre que tu veux parler d'elle ?

271

— Oui, j'en suis certaine. Je veux comprendre pourquoi tu es sur mon lit ce soir avec cet air si désespéré! Je suis détachée de toi, mais très curieuse et tu me dois bien ça!

— OK, ce n'est pas très glorieux! D'abord, ça a commencé à Hawaï... Ça aurait dû être des vacances de rêves... Mais la réalité, c'est que ça a été nul.

Je jubile intérieurement, il poursuit :

— Nous sommes partis avec ses deux gosses et ils ont été affreux. Je n'ai presque pas pu surfer, car Juliette me faisait des crises chaque fois qu'on faisait un truc l'un sans l'autre. On s'est pris la tête toutes les vacances pour la plus grande joie de ses deux démons qui ont tout fait pour me pousser à bout. J'ai déchanté et me suis rendu compte de la vie facile que tu me menais. J'ai failli revenir, mais je me suis dit que c'était trop tard.

Je l'écoute, je suis aux anges. Je l'engage à continuer :

— Vas-y, je t'écoute...

— Ensuite, nous sommes rentrés et comme chaque année, nous avions le colloque à Djerba avec la direction générale. Elle a voulu absolument m'accompagner et j'ai dit oui, car il n'y avait pas ses enfants. J'avais encore espoir de ne pas m'être trompé à ce point. Le premier soir, nous sommes allés dîner avec monsieur Poulineau, le directeur des banques de France, sa femme, mon collègue Nicolas et son épouse. Tu te doutes à quel point j'étais stressé et je voulais faire bonne impression. Elle est arrivée en minijupe, maquillage à outrance et décolleté bien trop provocant. Je lui ai demandé d'aller se couvrir davantage, mais elle n'en a fait qu'à sa tête. J'ai cru que la femme de monsieur Poulineau allait s'étouffer en la voyant arriver! Et puis, il y a eu le moment le plus gênant. C'était en plein milieu du repas, tout le monde échangeait vivement sur l'hôtel et la ville et elle a lancé à haute voix «Pour une capitale, je trouve la ville de Djerba pas si grande que ça!». Elle a provoqué un silence gêné de la part de tout le monde. Tu te rends compte, elle pensait que

272

Djerba était la capitale de la Tunisie! Bref, après cet impair, je l'ai prise à part et lui ai demandé de moins parler. Ce qui a déclenché une dispute. Elle m'a menacé de partir avant la fin du repas en disant aux autres que j'étais un sale con. J'ai été obligé de la calmer, de m'excuser et même de lui promettre un cadeau pour qu'elle revienne. À ce moment-là, je me suis dit que je m'étais mis dans une situation pourrie, juste parce qu'elle m'attirait et que j'avais perdu mon cerveau. Nous sommes retournés à table, j'étais à bout de forces, mais au moment du dessert, ce fut l'apothéose…

Je le regarde, j'ai envie de rire face à sa mine déconfite. Bien fait!

— Vas-y continue, c'est vraiment une histoire palpitante!

— Ne te moque pas, s'il te plaît, je me sens déjà assez ridicule comme ça! Donc, je disais, au moment du dessert, madame Poulineau nous a dit qu'il y avait une exposition de fossiles le lendemain et a demandé à Juliette si ça l'intéressait. Tu ne devineras jamais ce qu'elle a répondu…

— Non, quoi?

— Elle lui a dit texto «Ah ouais, moi aussi j'adore les faux cils, je m'en fais poser tous les mois, et y' a aussi des faux ongles à cette expo?» Je ne te dis pas l'ambiance… Tout le monde a éclaté de rire, mais nous n'étions pas dupes, elle ne savait pas ce qu'est un fossile. J'ai réalisé à quel point, elle était stupide et vulgaire à ce moment-là et quelle terrible erreur j'avais commise. Au retour, j'ai pris mes dispositions et je l'ai quittée. Je t'avoue que j'espérais que ça ne serait pas trop tard pour te prouver que j'avais compris, et que tu étais exceptionnelle…

J'explose de rire.

— Ah oui, c'est du lourd quand même! Au moins, tu m'as redonné le sourire. T'es vraiment un mec de base, tu t'es laissé emporter par ton désir et tu as pensé avec ton entrejambe. J'ai envie de dire, bien fait! Mais je n'ai pas besoin de le faire!

— OK, moque-toi! Je l'ai bien mérité, tu as raison, je suis un

crétin fini !

— C'est clair ! L'important, c'est de t'en être rendu compte. Tu ne seras que meilleur avec la prochaine.

— Quand tu parles, tu as l'air d'être tellement loin de nous deux.

— À des années-lumière… Il faut que je te parle d'un truc, dis-je en changeant de sujet. C'est important.

— Je t'écoute.

— C'est une longue histoire, mais pour la résumer, je viens d'apprendre que mes parents m'ont menti depuis ma naissance. Ma mère a trompé mon père, qui du coup ne l'est pas. Je t'avoue que je le vis plutôt mal et j'aimerais vraiment prendre du recul.

— Non ? Incroyable ? Comment as-tu appris tout ça ? Tes parents… Si droits… Non ? dit-il choqué.

— Malheureusement si… Cela fait partie des raisons qui me donnent envie de changer de vie, de commencer la pâtisserie, de tout quitter. J'aimerais un peu disparaître le temps d'y voir clair. Je pense partir vivre ailleurs, je vais changer de numéro de téléphone et démarrer une nouvelle carrière, dans une autre ville. Enfin si mes projets aboutissent… Mais même s'ils n'aboutissent pas, je partirai. J'en ai besoin, tu comprends ?

Baptiste a la bouche grande ouverte, il met quelques secondes à répondre :

— Je… C'est choquant ce que tu me racontes… Tu veux vraiment partir ? Mais que s'est-il passé exactement pour que tu en arrives à cette conclusion ?

— C'est trop long à expliquer et surtout, je n'en ai pas envie. La seule chose que je vais te demander, et tu me dois bien ça, c'est de ne donner aucune information à personne. Ni sur mes activités ni sur l'endroit où je me trouve. Je disparais, je te laisse l'appartement et tout ce qu'il y a dedans.

— Mais Anna, je ne veux pas te perdre…

— Baptiste, tu m'as déjà perdue. On a eu de beaux moments ensemble et on peut dire que j'ai été heureuse. Mais maintenant, il est temps qu'on reprenne notre vie chacun de notre côté. Ça me fait bizarre de m'entendre dire cela, mais c'est une des seules certitudes que j'ai et j'aimerais que tu respectes mes choix.

— C'est difficile ce que tu me demandes, tu vas me manquer.

— Je te demande pour une fois de ne pas être égoïste et de penser à ce qui est le mieux pour moi.

Il plonge dans mon regard et c'est celui d'Antony que je rêve de voir. Je baisse les yeux et attends sa réponse.

— OK, je te le dois. Tu es sûre de toi ?

— Sûre… Je pars demain.

— Demain ? Si tôt ? Et tu ne vas dire à personne où tu es ? demande-t-il un peu affolé.

— Non, ça serait trop risqué. Je ne veux pas qu'on me retrouve. J'ai besoin de prendre du recul, du temps pour moi et pour réfléchir.

— Tu n'essayes pas de fuir par hasard ?

— Non, ou oui… De toute manière, ça me regarde.

— Tu es devenue forte Anna… Je me sens vraiment nul, mais je ferai ça pour toi. Parce que tu m'as toujours soutenu et que même là, tu es prête à m'héberger alors que je n'ai pas été à la hauteur…

— Merci…

Il sort de ma chambre et j'attrape plusieurs sacs que je remplis avec des vêtements, puis je mets dans un grand carton mes albums photos et mes souvenirs que je descends à la cave. J'appelle mon opérateur de téléphone et demande une résiliation de la ligne. J'éteins ensuite mon portable et le dépose dans le deuxième carton. Une fois que l'appartement est débarrassé de mes affaires, je me mets sur internet afin de rechercher un appartement. Je prévois deux visites pour demain soir à Paris, puis je réserve trois nuits d'hôtel près de la station de métro étoile nation. J'écris ensuite une

lettre à ma tante, à ma mamie et à mes frères en espérant qu'ils accueilleront mes aveux avec du recul. Je sais que je leur envoie une bombe, mais la vérité doit éclore et ils comprendront pourquoi j'ai besoin de prendre de la distance. Une dernière fois, je relis la lettre à voix haute.

« *Si vous recevez cette lettre, c'est parce que j'ai décidé de disparaître pour quelque temps. Ne vous en faites pas, je vais bien, j'ai juste besoin de faire le point sur ma vie. En effet, il y a quelques jours, j'ai fait une terrible découverte. Lorsque papa était au service militaire, maman a eu une aventure et elle est tombée enceinte de moi. Elle et l'homme qui m'a élevée comme sa fille ont décidé de me cacher cette information et de me mentir. C'est très difficile pour moi. Je suis désolée de vous laisser comme ça sans toutes les réponses à vos questions. Je vous aime fort, vous êtes les piliers de ma vie et vous promets de revenir vers vous dès que je me sentirai mieux. Mes chers frères, j'espère que vous prendrez les choses avec plus de recul que moi, mais j'en suis actuellement incapable. J'espère que maman est prête aujourd'hui, à vous livrer sa vérité.*

Une nouvelle existence s'offre à moi et je l'accueille avec le plus de pensées positives possible.

Bien à vous et avec tendresse et amour.

Anna ».

Je rédige ensuite une seconde lettre à l'attention de mes parents et de Gisèle.

« *Bonjour,*

J'ai rencontré Jean Bernard en Bretagne et vous devez vous douter que votre secret si bien gardé vient d'éclore. Je vous en veux terriblement de tous ces mensonges dans lesquels vous m'avez élevée. Je suis perdue et je ne sais plus qui je suis. Pourquoi m'avoir fait

276

ça ? Ne suis-je qu'un pantin à vos yeux ? Même si je comprends que vous avez dû avoir vos raisons, ma colère est trop grande pour vous pardonner. Vous m'avez perdue, je disparais de vos vies et prends enfin le cours de la mienne.

Anna »

Le lendemain, je pars en direction de Paris. Baptiste a signé les documents et a payé les frais de divorce pour me permettre de débuter au mieux ma nouvelle vie. J'ai peur, c'est indéniable, mais une peur qui donne des ailes. Je ne sais pas où je vais et je me sens seule, mais je ne peux plus reculer. Aujourd'hui, est le premier jour de ma nouvelle vie et je me dois de la débuter de manière positive.

Antony

Bordeaux, février 2020.

Anna est partie. Cela fait plusieurs semaines et je me sens comme un con. J'ai attendu bien trop longtemps pour lui avouer mes sentiments et lui parler de ma situation. J'ai été lâche. J'ai représenté tout ce qu'elle voulait fuir avec son mari et ses parents : le secret et l'absence de communication. Je ne suis qu'un con.

Anna a fui après m'avoir dit qu'elle était amoureuse de moi et je n'ai pas su lui dire que moi aussi. J'avais des sentiments pour elle. Pourtant, je n'ai pas su la retenir.

Son portable, tout d'abord éteint, indique maintenant que le numéro n'est pas attribué. J'ai appelé son cabinet d'avocats, elle a, semble-t-il, démissionné. Elle n'a pas de réseau social et je connais personne de proche d'elle mise à part sa tante qui n'en sait pas plus que moi. Cette situation m'obsède, j'ai l'impression d'être un mauvais détective rongé par le désespoir.

Comment faire pour la retrouver ? Je pense à Jean Bernard, qui a passé sa vie à regretter d'avoir perdu la femme qu'il aime et j'ai la

sensation de vivre la même chose.

Je suis anéanti, je sens monter en moi un enchevêtrement de douleurs à chaque fois que je pense à ma lâcheté et à ce qu'aurait pu être notre histoire si j'avais su communiquer correctement. Elle était perdue et je n'ai pas su l'aider. Les mystères que j'ai semés autour de ma relation avec ma femme ne l'ont pas aidée à prendre sa place dans ce contexte déjà perturbant pour elle.

Je suis retourné à la pâtisserie, abattu. Les filles qui travaillent avec moi ont tout de suite vu que je n'étais pas bien. Elles ont passé de longues heures à m'écouter me lamenter sur mon sort. Elles m'ont dit qu'Anna a sûrement besoin d'être seule pour se reconstruire après le choc qu'elle a reçu, que même si j'avais été libre, elle aurait eu besoin de temps. J'essaye de les croire et d'aller de l'avant. Les regrets ne servent à rien.

Je dois respecter ses choix et je ne peux qu'espérer qu'elle se retrouvera à nouveau sur ma route. Je me sens stupide, comme si j'avais eu droit à un instant de bonheur et que je n'avais pas su en prendre la mesure. Même Lucia s'est fâchée après moi. Comment ai-je fait pour laisser Anna partir ? N'avais-je pas vu qu'elle était parfaite pour moi et pour elle ? Ma fille est plus lucide que moi. Elle s'est à nouveau enfermée dans son mutisme habituel, je sens qu'elle m'en veut, mais elle ne l'exprime pas. Je suis inquiet pour elle, j'aimerais tant la voir sourire à nouveau. Ce matin, j'ai décidé d'aller lui chercher un petit chien pour redonner un peu de vie à notre maison. C'est un bichon, il ressemble à Plume et j'ai hâte de voir l'éclat dans son regard. Je vais la chercher à l'école, enjoué à l'idée de cette surprise qui l'attend chez nous. Elle passe le pas de la porte, une petite boule de poils blancs se jette sur elle. Elle pousse des cris de joie en apercevant le petit animal. Ce bonheur furtif me fait du bien. J'entre dans le salon et découvre mon chausson complètement déchiqueté sur le sol. Le petit chien jappe et sautille, je lance un regard à Lucia qui éclate de rire à la vue de mon chausson. Elle me serre dans les bras en me disant merci.

Je dois me concentrer sur elle et décider coûte que coûte d'être heureux même si Anna me manque.

Anna

Paris, décembre 2021.

J'habite Paris, dans un petit studio sous les toits d'où je peux apercevoir le Sacré-Cœur. J'ai finalement réussi à intégrer une école de pâtisserie, il paraît que je suis très prometteuse. Je me suis fait quelques amis, même si je suis vraiment sur la réserve. J'ai du mal à faire confiance.

Antony me manque, je pense à lui régulièrement, me demandant comment il jugerait ma progression et s'il serait fier de moi, mais je m'interdis formellement de prendre de ses nouvelles. Ma vie est déjà assez complexe comme cela sans que je ne m'ajoute des ennuis. Je n'ai plus de contact avec ma mère ni avec l'homme qui m'a élevée et que je ne veux plus appeler papa. Nous ne nous sommes même pas expliqués. J'ai trop mal pour pouvoir les entendre, car quoi qu'ils puissent me dire, ils sont pour moi inexcusables. Malgré tout, je sens que le chemin vers le pardon se fait doucement, mon cœur se libère chaque jour d'un petit bout de fardeau… Il paraît que cela s'appelle la résilience. Peut-être qu'un jour, je pourrai leur pardonner.

Je donne parfois des nouvelles à Laurène et Marine. Elles ont décidé de venir passer quelques jours chez moi au début des vacances de Noël afin de faire leurs achats festifs. Pour ma part, Noël est, cette année, synonyme de solitude. Mes amies sont donc en ce moment endormies dans ma chambre. Je leur ai fait promettre de ne pas divulguer ni où je suis ni ce que je fais et j'ai pu me rendre compte qu'elles sont dignes de confiance, même si elles ne partagent pas forcément mes choix.

Je corresponds avec Jean Bernard, de longues lettres pour apprendre à connaître ce père qui ne m'a pas vue grandir. C'est bizarre de connaître son père si tard, mais ce n'est pas désagréable. Il a un regard neutre et extérieur, mais très bienveillant. J'essaye également de lui pardonner son absence et de ne pas nous avoir protégées comme il aurait dû, mais il est tellement rempli de souffrance que j'ai du mal à lui en vouloir. Il me parle de ma mère et essaye d'apaiser ma colère. Ils vivent finalement ensemble après tant d'années et je suis heureuse pour eux. Ils se seront aimés toute une vie et mon père biologique mérite le bonheur.

Ma mère a ouvert une boutique de souvenirs en Bretagne. Il me dit qu'elle est heureuse, mais que je lui manque terriblement. Heureusement, mes frères ne lui ont pas tenu rigueur de ses mensonges. Ils se sentent peut-être moins concernés par la situation, je ne leur en veux pas et aimerais être aussi détachée.

Après quelque temps, je les ai contactés, car ils me manquaient. Ils viennent me voir de temps à autre avec leurs familles, cette situation n'a pas entaché nos relations pour mon plus grand bonheur. Ils me donnent régulièrement des nouvelles de l'homme qui m'a vue grandir et que je refuse aujourd'hui d'appeler papa. Il a fait ce que j'attendais. Il s'est muré dans son travail et passe sa vie au bureau. Ses fils sont inquiets et m'ont demandé de le contacter, mais je ne suis pas prête. La colère est encore trop forte. Je ne sais pas si je le serai un jour.

Nous sommes mardi, je laisse les filles endormies après notre soirée pyjama. Je monte sur mon scooter, enfile mon casque et roule à travers les rues bruyantes du quartier de Bercy où se trouve mon école. Il est tôt et les illuminations de Noël sont encore éclairées. Il y a quelque temps, je me serais réjouie de ce spectacle, aujourd'hui, cela me rappelle que je passerai Noël seule. J'ai reçu un mail de mon formateur pour me donner un rendez-vous. Je trouve cela étonnant, car je n'ai pas de difficulté particulière. De surcroît, je suis en stage en ce moment, je ne suis donc pas censée être à l'institut de formation.

Je me dirige vers son bureau et frappe à la porte.

— Entrez !

Je m'approche timidement. La grande taille et l'allure ventripotente de monsieur Ericson m'impressionnent. De sa voix tonitruante, il m'ordonne de m'asseoir. Je m'exécute, ne sachant pas à quelle sauce je vais être mangée.

— Bonjour, monsieur Ericson. Tout va bien ?

Il rit de son rire assourdissant.

— Ce n'est pas tellement habituel d'être convoqué dans votre bureau, ajouté-je.

— Non, rien de grave. En fait, ce week-end j'ai dîné avec de vieux amis et parmi eux se trouvait Antony De Luca. Vous le connaissez ?

Un petit oui sort de ma bouche. Mon ventre s'est tordu à l'annonce de son nom, mes jambes deviennent flageolantes : les joies de l'adrénaline. Monsieur Ericson poursuit :

— Il a une grande pâtisserie à Bordeaux et souhaite en ouvrir une identique à Saint-Malo. Il me demandait si j'avais de bons étudiants qui seraient éventuellement intéressés et j'ai parlé de vous. Son regard s'est éclairé, il m'a dit vous connaître et il m'a demandé de vous donner ceci à la fin du week-end.

Il me tend une enveloppe avec écrit « *Pour Anna* ».

Je suis si surprise que je ne l'attrape pas immédiatement. De son ton sec habituel, il ajoute :

— Eh bien, prenez-la, elle ne va pas vous brûler ! Vous savez, ça serait une réelle opportunité de travailler avec quelqu'un comme lui. Ça peut lancer votre carrière ! C'est un des plus brillants pâtissiers que je connaisse. Et vous, vous êtes si prometteuse… Et puis, il a l'air séduit à l'idée de vous avoir avec lui.

Je me sens rougir. Je voudrais disparaître. Ma seule vraie opportunité de travail est avec Antony… Super !

— Merci.

— Vous pouvez y aller… Réfléchissez-y !

C'est tout réfléchi, je ne veux pas le revoir. Lui aussi n'a pas été franc avec moi. Il ne m'a jamais parlé de sa situation, est resté si secret que je ne sais rien de lui. Je sors du bureau et j'ai envie de jeter la lettre à la poubelle, mais je suis également curieuse de ce qu'il a pu m'écrire.

Il est déjà tard et je dois partir en stage. Je l'ouvrirai plus tard, si je l'ouvre… Je déciderai avec Marine et Laurène ce soir, car je suis incapable de trancher sur le sujet : ma raison me dit de la jeter et mon cœur… me dit l'inverse. La journée passe relativement vite même si j'essaye de ne pas penser à la lettre, mon pauvre cerveau en a décidé autrement et malgré le fait que je chasse mes pensées à chaque fois qu'elles arrivent, je suis focalisée sur ce courrier. Si ça se trouve, il n'y a rien écrit à l'intérieur sauf son numéro de téléphone et je me fais tout un monde pour rien. Le mieux serait de l'ouvrir et d'être fixée…

Mais chaque fois que je me décide, mon côté raisonnable m'en empêche. Bref, mon cerveau est dans un paradoxe inextricable et je vais avoir besoin d'un œil extérieur. Je dois retrouver les filles à Montmartre pour prendre un verre à 19 heures. Je leur envoie un message pour leur raconter ma mésaventure, puis je monte sur mon scooter pour les rejoindre. Bien entendu, toutes les places pour les

deux roues sont prises et je me gare sur un bout de trottoir en priant pour ne pas avoir d'amende. J'attrape mon téléphone pour mettre le GPS piéton que j'ai pris l'habitude d'utiliser depuis que j'habite à Paris et entre l'adresse du bar. J'arrive un peu en avance et demande une table pour trois. Je sors l'enveloppe de ma poche et essaye de la soupeser pour deviner s'il y a ou non beaucoup de choses notées à l'intérieur. Je pense qu'il y a au moins deux feuilles ce qui veut dire qu'il ne s'agit pas uniquement de son numéro de téléphone.

Anna

Paris, décembre 2021.

Les filles entrent dans le bar, hilares et chargées de nombreux sacs en tout genre.

— Salut toi !

— Dites donc, les filles, vous avez dévalisé toutes les boutiques de Paris !

— Celui-là, c'est pour toi ! me dit Laurène en me tendant un sac.

J'ouvre le sac et y trouve un magnifique bracelet avec des breloques qui pendent.

— Un trèfle à quatre feuilles pour la chance, un cœur pour trouver l'amour, trois étoiles à paillettes qui nous représentent, un croissant pour ton futur métier !

— Merci les filles, ça me touche beaucoup.

Je les prends dans mes bras et les embrasse. J'ai des larmes au coin des yeux. Elles sont maintenant ma seule véritable famille.

— Je vous aime les filles.

Laurène me serre encore plus fort et dit :

— Nous aussi on t'aime trop ! Maintenant ma belle, passons aux choses sérieuses ! Tu as eu des nouvelles du pâtissier ? Il est coriace celui-là ! Même en ayant disparu sans donner d'adresse, il a réussi à te retrouver !

Marine renchérit :

— Et il a écrit quoi ?

— Ben à vrai dire, je n'en sais rien. J'hésitais à lire sa lettre…

— Pff, tu risques quoi ? Au pire, tu ne réponds pas !

— J'ai peur de souffrir…

— Allez, si tu ne la lis pas, je le fais ! C'est bon, on ne dormira pas si on ne sait pas ce qui s'y trouve !

Laurène attrape l'enveloppe et la secoue !

— OK, je l'ouvre !

— Attends ! On commande à boire avant. Tu en auras sûrement besoin !

Marine revient avec trois verres de vin rouge et les dépose sur la table. Elle fait mine de faire un roulement de tambour avec ses mains.

— À cette lettre mystérieuse ! Et à notre amitié parce que quoi qu'il ait écrit, nous, on sera toujours là pour toi !

Nous rions. J'ouvre l'enveloppe, et une bouffée d'angoisse m'envahit. Les filles attendent, impatientes.

Je lis à haute voix pour qu'elles en profitent.

« Anna,

Je suis tellement heureux d'avoir enfin trouvé un moyen de te contacter, tu n'imagines pas à quel point… Je suis fier de toi, d'avoir eu le courage d'aller vers tes rêves et fier de ce qu'a pu dire mon vieil ami Marc à propos de ton travail.

J'aurais dû te dire tout ça bien plus tôt, mais voilà, j'imagine que la peur m'en a empêché… Et après, c'était trop tard…

Quand tu es partie, j'ai compris que je n'avais pas fait les choses comme je l'aurais dû. Et puis, Lucia m'a regardé avec son petit air contrarié, elle a mis les mains sur ses hanches et m'a dit : « Papa, tu ne lui as rien dit, c'est ça ? C'est pour ça qu'elle est partie ? T'es trop nul ! ». Avec ses mots de six ans, elle a vu plus juste que moi.

J'aurais dû te dire que tu comptes pour moi, bien plus que tu ne l'imagines, j'aurais dû te dire que tu me rends fou quand tu fronces ton petit nez lorsque tu souris, que je suis ému par ton regard doux et joyeux, que tu es belle même quand tu sors de l'eau gelée et que tes lèvres sont bleues, que j'adore ton enthousiasme, que j'aime te regarder dormir…».

Laurène m'interrompt :

— Ouaah, il est mordu de toi on dirait.

— Mouais…

Marine se tape sur les cuisses.

— Vite ! Vite ! Continue !

J'ai des papillons qui grouillent dans tout mon ventre, je continue toujours à haute voix :

« J'aurais dû te dire tout ça, mais j'aurais surtout dû te dire que je suis libre de t'aimer…

Voici mon histoire, lis-la s'il te plaît et tu pourras décider après si tu veux me revoir ou non.

J'ai rencontré ma femme lorsque j'étais au lycée. Elle venait d'emménager à côté de chez moi, fraîchement débarquée du Brésil. Elle était plus âgée que moi de 4 ans. Elle était belle, brillante, drôle, je suis immédiatement tombé amoureux d'elle et je ne sais pour quelle raison, elle aussi. Ça a été une relation simple et saine.

Si je t'écris tout ça, ce n'est pas pour te faire du mal, mais c'est pour que tu comprennes...

Elle m'a suivi lors de mes études de pâtissier à Paris et a monté un magasin de lingerie qui a très bien fonctionné. Nous nous sommes mariés, nous avons eu Lucia. Nous étions heureux, un bonheur simple et doux. Un soir de décembre, nous rentrions d'une soirée, il pleuvait très fort, j'ai pris le rond-point un peu trop vite et ma voiture a fait un tonneau. Lucia et moi nous en sommes sortis, mais pas Maria... J'ai vécu par la suite les pires moments de ma vie et je peux dire que si je suis encore là, c'est grâce à ma fille. Je me suis plongé à fond dans le travail et dans ma vie de père. Je ne pouvais pas imaginer aimer quelqu'un d'autre un jour, ce n'était pas envisageable, j'avais trop aimé Maria et je lui devais au moins ça après l'accident. Pendant trois ans, tout s'est déroulé comme je l'avais prévu, j'ai réussi à avancer et même à ne presque plus m'en vouloir. Et puis, tu es rentrée dans ma vie. Ton petit sourire timide, ta maladresse, ta beauté naturelle et ta simplicité m'ont renversé, mais surtout m'ont fait très peur. J'ai lutté tu sais, pour ne pas m'attacher à toi... J'avais tellement peur de te faire souffrir ou de souffrir... Mais contre l'amour, on ne peut rien faire. Il était là, tu étais là, je suis tombé amoureux de toi. Je n'ai jamais aimé de la façon dont je t'aime, de manière incontrôlable, à en avoir mal au ventre. Et le comble de tout, c'est que Lucia t'apprécie aussi. Nous nous étions juré tous les deux de ne pas parler de Maria, d'essayer d'avancer. C'était une erreur ça aussi, et je me suis rendu compte que Lucia avait besoin de le faire. On fait tous des erreurs et j'espère que tu me pardonneras de ne te dire tout cela que maintenant. J'avais trop peur pour me l'avouer lorsque tu étais là... C'est arrivé si vite et si fort, je n'étais pas prêt.

Dans cet instant d'éternité aux contours indéfinis, je veux être fou de toi... Et que tu sois folle de moi... Parce qu'aimer est la plus belle chose au monde... Parce que j'ai lutté, mais que ça ne fonctionne pas... Mon cœur est un peu abîmé, mais tu m'as montré qu'il fonctionnait encore... J'espère que mes sentiments sont réciproques et surtout qu'il n'est pas trop tard. Mais je pense qu'il n'y a pas de hasard et que si ton nom croise encore ma route, ce n'est pas pour rien. J'aime penser que peut-être depuis là-haut, Maria m'a envoyé un ange...

Voilà ce dont j'ai envie... Je veux plonger dans cette incertitude qui entoure

mon cœur d'un doux mélange de peur et de joie... Et qui me rend vivant comme jamais depuis longtemps...

Anna, j'aimerais que tu sois la bonne personne.

Tu trouveras dans les pages suivantes des extraits de ce que j'ai pu écrire sur toi dans mon carnet de bord...

Antony

Première rencontre

Aujourd'hui, j'ai rencontré une fille, elle s'appelle Anna.

Elle est là, derrière le comptoir de la pâtisserie, ses cheveux en bataille et ses yeux rouges, elle est touchante. Je ne sais pas pourquoi, je décide de transgresser les règles et de lui vendre les gâteaux invendables. Juste pour voir son sourire. Ça faisait longtemps que je n'avais pas vu une personne si belle et si authentique. Je la raccompagne chez elle et je suis presque soulagé qu'elle soit en couple, car pour la première fois, j'aurais eu envie de la revoir...

Hasard ou pas hasard?

Elle est là, assise dans le tram, les larmes roulent à nouveau sur ses joues rosies par la chaleur. Elle est encore plus jolie que la dernière fois... Elle est venue prendre un thé. J'ai envie de l'aider... Je lui ai proposé de venir à mon premier cours de pâtisserie mardi... J'espère qu'elle sera là... Et en même temps j'espère qu'elle ne viendra pas.

Premier cours de pâtisserie

Elle n'est pas venue...

Vacances

C'est incroyable, Anna est venue passer quelques jours dans le même gîte que nous à la montagne. Elle est plus belle que jamais... Lucia a craqué pour elle aussi, je crois. Nous passons beaucoup de temps ensemble et nous nous

sommes découvert des passions communes. J'ai envie d'être près d'elle sans cesse et je m'en veux. J'ai promis à Maria de n'aimer qu'elle...

Bretagne

J'ai proposé à Anna d'aller en Bretagne. Je ne sais pas ce qu'il m'a pris, mais elle avait l'air tellement désemparée avec les secrets de sa mère, que je n'ai pas pu résister au fait de l'aider... C'est la première fois que je retourne dans la maison de Dinard depuis le décès de Maria. J'ai peur, mais je sais qu'avec Anna à mes côtés, je vais y arriver. Je l'aide et elle m'aide sans le savoir... Je ne veux pas qu'il se passe quelque chose entre nous, je ne suis pas prêt. Je ne veux pas perturber Lucia non plus, je ne veux pas prendre le risque de perdre l'équilibre que nous avons eu tant de mal à construire... Et en même temps, j'en meurs de ne pas l'embrasser...

Premier baiser

J'ai déposé mes lèvres sur sa peau salée et pleine de paillettes, elle était si jolie, elle avait des étoiles dans les yeux... Je voudrais imprimer chaque sensation en moi pour les retenir pour toujours...

Je me dis que j'ai quand même beaucoup de chance puisque je n'ai rien provoqué, je n'ai pas choisi et voilà qu'en quelques secondes, elle sait de moi ce que je ne sais pas ou plus. Elle est bienveillante, souriante, charmante, pétillante et attentionnée. Je la connais à peine et ça a suffi à me faire grandir, me faire évoluer, à me faire ressentir à nouveau... Pour moi les baguettes magiques n'existaient pas plus que la chance... Finalement, elles existent, ELLE EXISTE. Je suis tellement heureux de le savoir que j'ai envie de pleurer de joie, moi qui ne pleure jamais puisque je n'avais plus de larmes...

Première fois...

Mon paradis quand nos peaux se caressent, compatibles, douces et suaves,

Mon paradis quand tes lèvres jouent sur mon corps et que tu me mords la lèvre,

Mon paradis quand ton corps avide du mien se lie dans une étreinte brûlante,

Et que tes mains tirent mes cheveux dans l'alchimie de nous deux...

Te fuir ou te faire fuir...

Je devrais te fuir ou te faire fuir...

Et pourtant...

Je veux retenir ton corps qui me caresse, brûlure glacée qui parcourt mes sens et me consume, visualiser nos vêtements jetés sur le sol, m'envahir des lumières des bougies, sentir mon ventre qui pétille, ton regard doux et sauvage, ton rire cristallin qui se détache dans les airs et se dépose sur mon cœur... Te fuir... Ou te retenir?

Désespoir

Je ne pensais pas pouvoir avoir à nouveau aussi mal et tout est de ma faute. Je l'ai laissée partir et voilà que maintenant elle a disparu sans aucun moyen de la contacter. J'ai mal en permanence. J'ai tenté de la joindre des centaines de fois sur son téléphone, mais le numéro n'est plus attribué. Je suis passé chez elle, mais son ex m'a dit qu'ils avaient divorcé, qu'elle n'habitait plus ici, et qu'il ne savait pas où elle était. Je le soupçonne de me mentir, mais que faire? J'ai même contacté sa tante. Mais rien. Je suis vide d'elle et je ne sais pas comment m'en remettre. Je m'en veux tellement. Lucia m'en veut aussi. Elle a eu besoin de parler de sa mère et je me suis rendu compte que c'était une erreur de le lui interdire. Alors nous avons discuté, j'ai raconté nos souvenirs et ça m'a libéré. Elle m'a dit que sa mère aurait voulu qu'on soit heureux, qu'elle nous avait peut-être envoyé Anna et que moi je l'avais fait fuir... Elle est en colère, mais je la comprends.

Pour Anna... Ce que j'avais écrit le matin où tu es partie... Et que je n'ai pas osé déposer près de ton petit-déjeuner

Il est tellement beau de se laisser surprendre par le charme d'une personne, comme si le libre arbitre n'avait plus de raison d'être, si ce n'est que de choisir l'autre.

Alors le bonheur devient synonyme de présent, la physique, la chimie, l'âme, le cœur et toutes les fonctions physiologiques sont alignés comme les planètes. Amour ? On s'en fout puisque les mots n'ont aucun sens dans ce monde fantastique. Cette même folie qui fait que les histoires pour enfants font rêver n'importe quel adulte. Il fait beau, l'instant est beau, la vie est belle, alors profitons-en !

Voici mon adresse, si tu veux me répondre…
Antony De Luca
20 rue de Belleville
Bordeaux

Je t'embrasse et espère que tu vas bien. ».

Je suis abasourdie. Je n'en reviens pas, je nage en plein rêve… Il m'aime, vraiment… Et moi qui me suis enfuie ! Je me sens un peu ridicule tout à coup. Marine a pris son verre et le tend vers nous.

— À l'amour !

Nous trinquons, je suis rouge, j'ai chaud et des larmes perlent sur mes joues.

— Anna ! Il t'aime ! Fonce !

— Ce n'est pas possible, c'est trop beau pour être vrai, dis-je en les regardant.

— Vive l'amour !

Nous passons une excellente soirée entre filles, bien arrosée et pleine de rires. Elles repartent demain matin et nous profitons jusqu'aux premières lueurs du jour d'être ensemble, ressassant inlassablement nos vieux souvenirs et les nouveaux. Je les accompagne à la gare Montparnasse, car c'est mon jour de repos.

— Bisous les morues !

— Tu nous appelles vite pour tout nous raconter !

— Oui, vous serez les premières au courant ! Je vous aime, merci d'être venues !

— Tu vas nous manquer Anna…

— Vous aussi, vous êtes ma seule vraie famille…

Je les serre fort, je me sens vivante et heureuse comme jamais. C'est comme si tout à coup, tout était devenu beau autour de moi, comme si l'air était plus pur, comme si je volais.

J'entre dans une petite boutique pour acheter un carnet, puis m'installe à la terrasse d'un café et commence à griffonner des idées de réponses. Après deux heures de réflexion, j'y suis enfin.

« Bonjour Antony,

Tu as raison, il n'y a peut-être pas de hasard… Peut-être qu'il y a une raison à notre rencontre. J'ai été surprise de recevoir ce courrier de toi et j'ai failli ne pas le lire, mais je crois que j'ai bien fait.

Je suis désolée de m'être échappée sans avoir eu le courage de te parler. J'ai été lâche, mais je ne pouvais faire autrement.

Quand j'ai compris que tu avais la capacité de changer le temps, de passer du conditionnel au présent, de me faire vivre et être, j'ai su alors pour la première fois de ma vie ce qu'était l'amour, en entier, tellement plein que mes lèvres n'ont pas su retenir ce mot magique et si flou pour moi. J'ai pensé que je t'avais fait peur, c'était le cas, mais pas pour les raisons que je m'étais imaginées. Je pensais que tu n'étais pas libre et pas prêt. Je t'ai vu pleurer cette nuit-là et je ne pouvais pas être la cause de ta souffrance. J'étais moi-même à une période charnière de mon existence et j'avais besoin de savoir.

J'ai bien lu ta lettre, bien sûr que je te pardonne, comment faire autrement ? « J'aimerais que tu sois LA bonne personne… » Une simple phrase que tu as écrit et qui s'est posée sur mon cœur et l'a rempli de toi… et, j'aimerais que tu sois la bonne personne aussi…

297

Je pensais à mon père, le vrai, qui m'a dit récemment : Je l'ai su au premier regard et l'amour ne m'a jamais quitté, comme une maladie incurable. Ma mère et lui se sont enfin retrouvés, après toutes ces années, leur amour est intact. C'est aussi ce que je ressens quand je pense à toi. Malgré mes nombreux efforts pour t'oublier, je n'ai pas réussi à te sortir de ma tête. Oui, dès les premiers moments, j'ai su. Il a ensuite fallu que je me l'avoue, que tu te l'avoues... On ne bouscule pas deux vies aussi facilement même avec une tempête... On a lutté, moi parce que j'avais peur de souffrir à nouveau, toi parce que tu te l'étais promis. Mais je ne veux plus lutter, je veux juste être heureuse.

Tu m'as permis de croire en moi et en mes rêves et une nouvelle existence s'offre à nous. Je suis tellement heureuse que le hasard me permette d'avoir la chance d'être les prochaines pages blanches de ta vie.

Je t'aime.

Anna ».

Je replie la lettre et regarde les gens qui s'affairent avec leurs valises. Dans un ballet de va-et-vient, de couleurs et de bruits se déplacent les personnages autour de moi. Certains sourient, d'autres semblent préoccupés. La vie grouille et il me manque quelque chose. Je suis à la gare, c'est mon jour de repos, Bordeaux est à deux heures de train, la vie c'est maintenant, je n'ai pas de temps à perdre. J'attrape mon téléphone et regarde les horaires du prochain train. Il est dans trente minutes et je serai à Bordeaux à 11 h 50, il y en a un autre qui fait un retour à 22 h 8, c'est parfait. J'appuie sur réserver et me dirige vers le tableau d'affichage. Rien n'est encore inscrit, mais je commence à me dire qu'il aurait peut-être fallu m'assurer qu'Antony serait disponible pour me voir. Je saute des étapes, bien trop pressée et enthousiasmée par cette situation inattendue. Tant pis, au pire, j'en profiterai pour aller chercher quelques affaires au garde-meuble. J'espère juste ne pas

298

croiser mes parents…

Mon quai s'affiche enfin et je monte à bord du train. De toute manière, je n'ai plus le numéro d'Antony alors à part passer «Chez Gusto», je n'ai aucun moyen de savoir s'il est là ou non… L'atmosphère festive du début des vacances de Noël remplit le wagon. Des enfants chantent «Petit Papa Noël '', d'autres finissent de coller des images sur une feuille.

Je déploie la tablette du siège, je vais essayer de dormir dessus, car je me sens à la fois excitée et épuisée et que je n'ai pas envie cette fois-ci de finir sur l'épaule de mon voisin. J'ai le dos courbé et je ne suis pas très à l'aise alors je dépose mon manteau pour m'en faire un oreiller. Je m'effondre et dors durant tout le trajet. Lorsque le train s'arrête, je ne sais plus où je suis : si ça n'avait pas été le terminus, j'aurais raté l'arrêt!

Anna

Bordeaux, décembre 2021.

Je décide de m'arrêter rue Sainte Catherine, la rue la plus commerçante du centre-ville, pour m'acheter un peu de maquillage histoire de ne pas ressembler à un fantôme. Étant donné que je suis partie sur un coup de tête, je ne suis pas au meilleur de ma beauté ! Il fait un froid glacial, la journée est ensoleillée mais l'humidité bordelaise est présente, comme nous sommes en décembre, cela n'a rien d'étonnant. Je suis quand même bien contente d'avoir pris mon gros manteau doublé de fausse fourrure grise. J'entre dans la parfumerie, les odeurs de parfum me piquent immédiatement le nez et je regarde les allées vides et lumineuses. Deux vendeuses m'aperçoivent et se jettent sur moi.

— Bonjour Madame, que pouvons-nous faire pour vous ?

— Vous faites des maquillages ?

— Oui, bien sûr.

— Maintenant, c'est possible ?

Il y a beaucoup de monde venu faire leurs achats de fête, la

vendeuse regarde autour d'elle, puis inspecte mon visage.

— J'arrive de Paris pour faire une surprise à l'homme que j'aime.

— Bon, normalement, il faut prendre rendez-vous, mais je ferai une exception !

Trente minutes plus tard, je ressors du magasin avec une mine superbe ! Vive le cache-misère !

Le grand moment arrive et mon estomac commence à se resserrer lentement. Même si je suis confiante après le courrier d'Antony, je m'imagine les pires scénarios. Et si finalement, il me trouvait moche ? Et s'il croyait ressentir quelque chose et qu'en me voyant ce n'était pas le cas ? Et si… Non ! C'est la peur qui me fait parler.

Je prends le tram et m'arrête devant « Chez Gusto ». La devanture est toujours aussi chatoyante et les décorations de Noël encore plus incroyables que l'an passé. Je m'approche de la porte, lentement, et observe la mise en rayon de gâteaux. Contrairement à autrefois, je ne les regarde pas par gourmandise, mais en essayant d'imaginer les saveurs, en contemplant les détails qui font de cette pâtisserie, une pâtisserie d'exception. Après une dizaine de personnes, je m'approche enfin du comptoir de commande.

Une serveuse me salue, elle est grande et très maigre. Ses cheveux tirés en arrière laissent découvrir un visage anguleux et creusé. Elle ne me semble pas très sympathique. De ses lèvres fines et maquillées d'un trait rouge qui dénote avec la tenue bleu pâle et blanche de « Chez Gusto », elle m'interpelle :

— Que puis-je pour vous ?

— Bonjour, j'aimerais voir monsieur De Luca.

— Pff… Il n'est pas là !

— Quand sera-t-il là ?

— J'en sais rien moi ! Vous voulez commander ?

— Vous n'avez pas un numéro pour le joindre ?

La serveuse se retourne vers sa collègue. Je pense tout d'abord que c'est pour avoir l'information, mais lorsque j'entends sa réponse, mon sang se glace.

— Non, mais je rêve, encore une groupie qui veut voir Antony ! Celle-là a le culot de demander qu'on lui téléphone. Y'en a marre de toutes ces nanas hystériques !

Je sens les larmes me monter aux yeux… Il m'a menti ? Je ne suis pas la seule ? C'est quoi cette histoire ? Je tourne les talons et commence à marcher d'un pas assuré dans la rue. Je me mets à sangloter comme une enfant. Comment a-t-il pu me faire ça ? Pourquoi est-ce que je suis assez bête pour avoir traversé la France pour le voir juste à cause d'un courrier ? Pourquoi je tombe toujours sur des imbéciles ? J'entends une voix féminine qui appelle au loin :

— Madame ! Madame !

Je me retourne et vois la troisième vendeuse qui agite mon gant en l'air.

— Madam', vous avez perdu vôt' gant !

Contrairement aux deux autres vendeuses, celle-ci est petite, ronde avec des taches de rousseur qui lui donne un air enfantin. Elle a un fort accent. J'ai honte, car je suis couverte de larmes.

— Mais vous pleurez ? Oh, ce n'est pas la peine de pleurer pour une autographe !

— Un autographe ?

— Oui, c'est pas ça que vous vouliez ?

— Pourquoi voudrais-je un autographe ?

— Ben, depuis qu'monsieur De Luca il est passé à la télé pour remplacer l'animateur du meilleur pâtissier, c'est le défilé des filles qui veulent le rencontrer à la boutique.

Je me mets à rire, un rire franc, presque un fou rire. Je dois vraiment passer pour une folle, mais tant pis ! Depuis que je suis à Paris, je n'ai pas la télé, comment imaginer ça ?

— Oh, non, en fait, je suis une amie. Il m'a écrit une lettre et vu que j'ai perdu mon téléphone et tous mes numéros, je me suis dit que j'allais passer le voir !

Bon, je me garde bien de dire que je viens de Paris pour ça…

— Dans ce cas, c'est pô pareil… Désolée pourrr tout à l'heurrre ! Les filles no sont pas touchours très fines… Suivez-moi ! Vous vous zappelez comment ?

— Anna.

— *La Anna* ? Celle dou Bretagne ?

— Euh oui…

Je passe de la fille parmi tant d'autres à *la Anna*… Qu'a-t-il dit à propos de moi ? J'aimerais qu'elle creuse cette histoire, mais elle se dirige silencieusement vers la porte de la pâtisserie. Elle entre et ses deux collègues font la grimace. Elle balaye leurs reproches visuels de la main et me fait entrer dans l'arrière-boutique. Aussitôt, la première vendeuse se précipite derrière nous et tire le bras de la première.

— Mais tu as pété un boulon, Yéléna ?

— Non, mêle-toi de so qui to rrrregarde toi !

— Je n'ai pas envie d'avoir d'ennuis ! J'ai besoin de ce boulot !

— Mais tou n'en auras pas si tou retournes surrr ton poste !

Je sens une immense animosité entre les deux femmes. Yéléna se retourne et se dirige vers la salle de pause où j'avais bu un thé avec Antony.

— No faites pas attention à elle ! C'est oune peste finie ! J'appelle Antouny dessouite ! Il va être oux anges et la poutite aussi !

Je souris, je ne comprends pas tout ce qu'elle dit, mais je sais que je vais enfin retrouver Antony. Yéléna prend son téléphone.

— Mousieur de Luca, c'est Yéléna, il faut absolument que vous veniez dessouite ! C'est urgent ! Je vous expliquerai quand vous serez là !

Puis elle raccroche et me regarde, fière de son effet de surprise.

— Il arrive don cinq minoutes ! Quand il va vous y voir ! Oh là là…

Elle prend un morceau de papier et se met à essuyer les traces de maquillage sur mes joues.

— Voilà parfait !

Ce sont les cinq minutes les plus longues de ma vie… J'essaye de me calmer, mais je sens mon cœur qui palpite, ma joie qui monte, j'ai envie de pleurer et de rire… Yéléna m'a servi un thé et a prévenu plusieurs personnes. Il y a un attroupement devant la porte de la salle de pause. J'ai l'impression d'être la reine d'Angleterre !

Enfin, Antony arrive, il est essoufflé et on sent bien qu'il s'est dépêché. Je l'entends à travers le mur demander à Yéléna ce qu'il se passe.

— Mousieur, vonez ici !

— Mais enfin Yéléna, vous ne voulez pas me dire ce qu'il se passe ?

Il entre, il a les sourcils froncés et lorsqu'il m'aperçoit son visage s'illumine et mon cœur explose. Ses yeux sont pétillants de larmes, tout a disparu autour de moi et je ne vois plus que lui. Mon cœur tambourine dans ma poitrine comme une musique envoûtante.

Il s'approche de moi, lentement…

— Anna ? C'est bien toi… ?

Il a l'air de ne pas oser m'approcher alors je prends mon courage à deux mains, lui saute dans les bras et dépose mes lèvres sur les siennes. J'entends mon cœur qui bat, des applaudissements, mais surtout je sens ses lèvres douces et sucrées sur les miennes, sa chaleur, son odeur. Je prie pour que le temps s'arrête…

Finalement, ce Noël promet d'être le meilleur de toute mon existence.

Anna

Dinard, Noël 2073

« *Au tamis de la vie, je n'ai gardé que les paillettes et tout le sable est parti au fil de l'eau* ».

J'inscris cette citation d'Yvan Audouard qui semble avoir été écrite pour moi sur la page de garde puis ajoute :

« *Laissez-vous porter par vos rêves, ils ne vous mèneront pas toujours où vous voulez aller, mais où vous devez être.*

Ils m'ont menée à vous et vous avez rempli ma vie de paillettes.

Avec tout mon amour.

Anna »

Ils sont arrivés. Je descends en prenant soin de me tenir à la rampe. Je suis encore solide sur mes jambes malgré mon âge, mais je préfère être prudente. Ils sont déjà installés autour de la table du salon : Lucia, Marco notre fils, mes cinq petits-enfants et même notre arrière-petite-fille, tous les gens que j'aime réunis et joyeux. Seuls mes frères n'ont pas pu faire le déplacement. L'un parce qu'il a été placé en maison de retraite, l'autre car sa femme est souffrante. Même si nous nous voyons peu, je suis déçue de ne pas les avoir près de moi.

Mes enfants me saluent d'un signe de main, Lucia m'embrasse. Je m'installe près d'Antony et observe le tableau qui s'offre à moi. Je souris et attrape ses mains. Ces derniers temps, elles sont toujours froides.

La porte sonne, Laurène entre, elle est voûtée et marche avec une canne, mais a quand même fait l'effort de venir. Marine est décédée il y a deux ans, une crise cardiaque l'a emportée dans la nuit. Je m'approche, l'embrasse. Elle a perdu son mari il y a peu et ses enfants sont installés en Allemagne, elle a donc pris l'habitude de fêter Noël avec nous.

— Ça va, vieille peau ?

— Je te signale que je n'ai que six mois de plus que toi !

Lucia pose une bûche sur la table qu'elle a confectionnée elle-même. Elle se tourne vers moi pour me demander mon avis.

— Bien sûr Lucia, elle est parfaite. Je pense que tu es encore meilleure en pâtisserie que ton vieux père !

— Joyeux Noël, maman !

Emportée par l'émotion de les avoir tous près de moi, je sens des larmes indisciplinées couler sur mes joues. Tout le monde me regarde, alors je les essuie rapidement d'un revers de manche. Mon petit-fils Henri lance :

— Un discours, mamita ?

Je me lève en me tenant au rebord de la table, maudissant mes genoux.

— Oui… Alors… Vous savez que je suis nulle pour les discours ! Mais je vais quand même tenter : donc, je voulais vous remercier de vous être tous mobilisés pour être là ! Je connais vos emplois du temps et je sais que ça n'a pas dû être facile pour tous… Il faut parfois peu de choses pour arriver au bonheur. L'année où j'ai découvert qui j'étais vraiment, j'aurais aimé que l'on me dise que tout ce qui arrive, que ce soit positif ou négatif, a un sens, j'aurais sûrement eu moins peur si j'avais su la vie qui m'attendait. Je vais commencer par Antony, merci pour la vie que tu m'as offerte, pour l'amour que tu m'as donné. Même dans mes rêves les plus fous, je n'aurais pas pu imaginer mieux. Je lève mon verre à Lucia qui a été comme ma fille tout au long de ces années, je suis fière que tu aies pris notre suite dans la pâtisserie ! Je t'aime ma chérie. À mon fils Marco, pour avoir suivi tes rêves et être devenu un grand chirurgien. À ma vieille copine de toute une vie, Laurène, qui malgré son arthrose est venue quand même ! Tu es ma famille. À vous tous, mes petits enfants qui êtes une joie pour moi. Je ne vous le dirai jamais assez, croyez en vous et en vos projets ! Je suis fière d'avoir eu le courage un jour de devenir pâtissière. Aujourd'hui, il y a dix-sept pâtisseries «Chez Gusto» en France et trois dans le reste de l'Europe. C'est mieux que tout ce que l'on aurait pu imaginer. Alors voilà, j'ai de la chance… Vraiment beaucoup de chance et je vous aime tous.

Lucia commence à découper la bûche.

— Antony et moi avons une surprise pour vous. Nous avons travaillé pendant deux ans pour écrire un livre sur notre histoire. Vous y trouverez des photos, des anecdotes, on vous parle de nos enfances respectives, de vos ancêtres… Il y a des photos de vous, enfants, et des souvenirs. Nous l'avons fait imprimer et relier pour chacun de vous et espérons que ça vous fera plaisir.

Sur la couverture, on peut voir une photo d'Antony et moi lors de l'inauguration de « Chez Gusto » en Bretagne et un titre, « « Chez Gusto », l'histoire d'une famille ». Nous avons l'air si jeunes… Des larmes brillent dans les yeux de mes enfants.

— Vous avez écrit un passage sur ma mère ? s'exclame Lucia en ouvrant le livre. Merci ! Je pense qu'elle m'a envoyé un ange en te faisant entrer dans notre vie.

Je suis émue, je pose ma main déformée sur la sienne. Je ne dis rien, les mots ne suffiraient pas à exprimer ce que je ressens.

La maison de Bretagne se remplit d'éclats de rire à la lecture des souvenirs. Mes petits-enfants me questionnent sur l'absence de mes parents sur les photos de notre mariage. Je leur réponds que c'est une histoire compliquée, mais que parfois, il faut savoir pardonner. Cela m'a pris énormément de temps, mais j'ai finalement réussi à me réconcilier avec ma mère et à tisser un lien sincère avec mon père biologique. Je suis heureuse d'avoir le cœur léger en pensant à eux. L'homme qui m'a élevée n'a jamais tenté de me revoir, j'ai toujours eu de ses nouvelles par l'intermédiaire de mes frères et son absence ne me fait plus mal aujourd'hui. Nous tournons les pages et nous revoyons Plume habillée en danseuse, Lucia le visage couvert de chocolat, on y lit les premiers mots d'Henri…

Je serre dans les bras chaque membre de cette famille qui est la mienne, le bonheur est ici et maintenant.

La journée s'écoule et vient l'ouverture des cadeaux, je regarde mes petits enfants et lis la joie et l'excitation dans leurs yeux. Noël me rappelle toujours la période où Antony et moi nous sommes rencontrés et aimés.

Je profite de cette douce journée pour remplir mon être de tout cet amour qui m'entoure.

Une vraie fourmilière de petites mains s'affaire pour préparer le goûter, puis le repas, je suis comme la reine de la maison, sur mon fauteuil à lire l'histoire de notre vie aux plus petits.

Enfin, la nuit arrive et l'agitation fait place au silence ponctué

du grincement des murs. Mes enfants et petits-enfants se sont installés dans les chambres de la maison. Avant d'aller me coucher, je parcours chaque recoin de cette villa dans laquelle j'ai été si heureuse, le sourire aux lèvres. Antony m'attend dans la chambre, assis sur notre lit.

— C'était une merveilleuse fête! me dit-il.

— Je trouve aussi!

Je m'installe près de lui et prends sa main froide et tremblante. Je l'observe, il est encore beau. Ses cheveux blancs et épais sont soyeux, ses yeux verts n'ont rien perdu de leur éclat, ses rides donnent l'impression qu'il sourit tout le temps. Il interrompt ma rêverie de sa voix grave.

— Tu es sûre Anna?

— Oui, certaine.

— Tu n'as pas peur?

— Je viens de vivre une journée incroyable, mais surtout, une vie extraordinaire comme peu de personnes en vivent. Alors oui, je suis certaine.

— Je sais, mais…

— Le temps m'est compté Antony. Je perds la mémoire chaque jour un peu plus… Le médecin a dit que ça allait s'accélérer. Je ne veux pas oublier qui je suis, ni qui tu es. Je ne veux pas que mes enfants me voient différemment… Et surtout, je ne veux pas être un poids pour les autres.

— Tu ne seras pas un poids pour moi. Je suis là pour le meilleur et pour le pire…

— C'est aujourd'hui, parce que c'était une journée parfaite et que j'ai tous les gens que j'aime près de moi. Je t'aime et tu as été le mari de mes rêves. On a eu des mauvais moments, mais surtout des moments incroyables. Nous avons construit un empire avec nos pâtisseries, nos enfants sont heureux et réussissent… Je veux me

souvenir de tout ça : de la sensation de tes lèvres sur les miennes la première fois, de toi au bout de l'allée de l'église le jour de notre mariage, de Lucia qui me demande de m'appeler maman, de la naissance de Marco. Je veux me souvenir de tout ça, je ne veux rien oublier, tu comprends ?

— Oui.

Antony se lève, va chercher deux verres d'eau et une boîte à bijoux.

— Anna, je le fais avec toi, je ne veux pas d'une vie sans toi… Ça ne m'intéresse pas !

— Mais… Il te reste peut-être encore dix ans à vivre !

— Dix ans tout seul dans cette grande maison à pleurer ton absence ? Non… J'ai déjà perdu une fois la personne que j'aimais et je ne me sens pas prêt à revivre ça !

— Mais…

— Il n'y a pas de mais ma chérie… Notre vie était ensemble et elle finira de cette manière… Je t'ai aimée, Anna, plus fort que tout. Tu as été l'ange qui m'a redonné le goût à la vie. Chaque jour depuis cinquante-cinq ans, je m'éveille avec le sourire. Je n'aurais jamais pu espérer rencontrer quelqu'un qui me fasse autant rire, qui voit la vie toujours du bon côté, qui transforme tout en paillettes. Non, la vie sans toi est impossible…

— D'accord, dis-je à la fois ennuyée et rassurée.

Je me lève, enfile mon tailleur bleu pâle tandis qu'Antony met son costume de cérémonie.

Verres d'eau à la main, nous trinquons et avalons toutes les pilules que nous avons mises de côté depuis plusieurs semaines. J'espère que ça suffira. Puis nous nous installons sur le lit. Je ferme les yeux, colle ma tête contre l'épaule d'Antony et lui caresse la main.

— Je t'aime…

— Je t'aime aussi…

Je sens le sommeil qui arrive, je repasse les plus belles images de ma vie. Je n'ai pas peur, j'ai Antony à mes côtés, rien ne peut m'arriver. Je repense à ce jour où mes pieds se sont posés sur des paillettes dans le sable et laisse la brume m'emporter…

Fin

Remerciements

Je tiens tout d'abord à remercier Anaïs Mony, mon éditrice, pour sa confiance, pour me donner la chance de faire partie de l'aventure Caméléon, pour tous ses conseils avisés, pour le temps passé à sublimer mon roman et pour son écoute. J'ai beaucoup de chance de te connaître.

Merci également à Émilie pour sa correction attentive et son enthousiasme.

Je remercie toutes les auteures de Caméléon pour leurs conseils, nos échanges qui dévient parfois vers un tout autre sujet que l'écriture et leur soutien. Si vous avez envie de les découvrir, elles ont toutes un univers génial.

Un petit mot pour ma famille, particulièrement Romain et mes enfants qui me soutiennent dans mon écriture et me permettent de trouver des moments pour ma passion. Merci de croire en moi surtout dans les moments de doute qui sont assez nombreux. Je vous aime plus que tout.

Je remercie mes parents, Yaya, Marina et Cécile, Marie-Cécile, Blandine, mes cousines, Chloé et Minh de m'apporter leur soutien indéfectible et de croire depuis le début en mon projet fou de devenir auteure. Je vous aime.

Et bien sûr, je remercie mes amies, mes premières lectrices, Astrid, Manue, de m'avoir donné la force et le courage de montrer mes écrits.

À Lorelei Martin, Serge, Phanie Tesse, Helena Tessart, Alice au Pays des livres, les lectures de Laeti, les lectures du petit chat, Emilie de Mot, Perrine Austry, Cynthia Raymond, Valentin Philippe, Lyvia Palay, Virginie Lloyd… Et toutes les autres personnes rencontrées autour de notre passion de la lecture ou de l'écriture. J'espère n'avoir oublié personne. Je suis trop heureuse de partager ça avec vous et d'avoir rencontré de si belles personnes qui ont une passion commune avec moi.

Merci à ceux qui ont croisé ma vie et ont créé un battement d'ailes de papillon qui m'a amenée à écrire.

Bien sûr, je remercie tous les premiers lecteurs de sa première édition qui m'ont fait des retours qui m'ont permis d'avancer et surtout de croire en cette histoire. J'espère que vous découvrirez cette version et que sa transformation vous plaira.

Et enfin merci à vous qui avez ce livre entre les mains. J'espère sincèrement que vous aurez passé un agréable moment. N'hésitez pas à partager votre avis car il n'y a que comme ça que les livres peuvent vivre.

Bibliographie

Le fabuleux carnet des cœurs perdus - éditions Jouvence – Octobre 2022

Contact

Retrouvez Enolla sur Facebook et Instagram

Mail : leseditionscameleon@hotmail.com

Site Web : http://www.leseditionscameleon.com

Biographie

Auteure bordelaise, cadre de santé et maman de deux enfants, je suis passionnée de lecture, de développement personnel et de longues balades dans la nature.

Écrire et lire rythment ma vie depuis l'enfance, mais je n'avais jamais osé me lancer dans l'écriture d'un roman jusqu'à la trentaine. J'ai d'abord débuté par l'autoédition avant d'avoir la chance de rencontrer deux éditeurs qui m'ont fait confiance, Caméléon et Jouvence.

Impression par Books on demand